KB128679

여기까지
한 시절이라 부르자

여기까지 한 시절이라 부르자

박하신 단편집

문학수첩

목차

포물선

　　　　　작은 주먹만 한 형광색 테니스공이 긴 포
물선을 그리며 날아와 머리에 부딪혔다. 지난가을의 일이다.
　점심을 먹고 소화나 시킬 겸 나긋나긋 산책로를 걷던 중이었
는데 느닷없이 무엇인가 날아와 뒤통수를 때린 것이다. 뒤를 돌
아보니 잔디밭에는 테니스공이 데굴거렸고 아랍계로 보이는 이
국적 외모의 사내가 느긋한 걸음걸이로 다가오는 중이었다. 왼
손에 야구글러브를 끼고 있었으므로 공을 던진 당사자인 것 같
았는데, 그는 사과 대신 대뜸 다가와 악수를 청했다. 반갑습니
다. 제 이름은 타미르 레미라고 합니다. 나는 얼결에 악수를 받
고서 테니스공을 주워 건넸고, 레미라는 그 사내는 저는 캐치볼
을 하는 중입니다, 라고 말했지만, 이리저리 둘러보아도 그의

파트너는 보이지 않았다. 그가 종종걸음으로 뒷걸음질을 치면서 이번엔 잘 받으십시오, 라고 말했기 때문에 내가 그의 캐치볼 상대로 낙점되었음을 짐작할 수 있을 뿐이었다.

그렇게 그날 오후 다소 두서없는 전개로 레미와 캐치볼을 하게 됐다. 난 누군가랑 공을 주고받는 일에 생각보다 서툴렀다. 다만 맨손으로 적당한 탄력의 테니스공을 받아내는 느낌이 썩 나쁘지만은 않았던 것으로 기억한다. 반면 그의 몸짓은 아랍의 왕족처럼 우아하면서도 매끄러웠다. 한갓진 리듬으로 공을 주고받으며 우리는 대화를 나눴다.

―이곳에서 일합니까?

―예. 말단 비정규 계약직이긴 하지만요.

그 무렵 나는 항공우주센터라는 지방에 위치한 국가연구시설에서 대학이 알선한 일을 하는 중이었다. 지난해 교내 게시판에는 청년 일자리 창출이니 뭐니 조금 미심쩍을 정도로 많은 공고들이 써 붙여져 있었다. 졸업을 앞두고 막막하던 차에 될 대로 되라는 심정으로 물 로켓 쏘듯 날려 보낸 지원서인데, 국립항공우주센터라는 전공과 전혀 관련도 없고 겸연쩍을 정도로 번듯한 곳에 덜컥 합격해 버린 것이다.

―말단… 그게 무슨 뜻입니까?

―복잡하긴 한데 뭐 그런 게 있습니다.

—그렇군요. 중요한 자리입니까?

—보통 그렇게 보진 않습니다.

24인치 캐리어를 덜덜덜 끌며 이곳에 도착한 첫날. 가장 먼저 마주한 건 그제야 내게 무슨 업무를 맡겨야 하나 궁리를 시작하던 담당자의 얼굴이었다. 누가 봐도 '이거 골치 아픈걸' 하는 표정이었다. 마치 내 도착을 깜빡 잊고 있던 가스 점검 같은 것쯤으로 여기는 듯했는데, 아마 이곳에서의 내 존재는 국가와 대학의 여러 제도가 뒤엉킨 탁상행정의 결과인 듯했다. 난 보충 설명을 요구하는 레미에게 똑똑한 이들이 모인 곳에서도 바보 같은 일은 가끔 벌어지기 마련이라고 얼버무렸고, 그는 무슨 맥락인지 잘 이해가 되지 않는다는 듯 날 물끄러미 쳐다보았다. 1년씩이나 이곳에서 무얼 해야 하는 건지 파악되지 않기로서는 나도 충분히 마찬가지여서 공감할 수 있는 반응이었다. 그날 주어진 일과는 사서함 정리와 퇴근 전 사무실 불 끄기였다.

—당신은 수수께끼 같은 사람이군요.

레미가 공을 던지며 말했다. 그의 눈에는 그렇게 보일 수도 있겠단 생각을 했고, 동시에 내가 그에게 하고 싶은 말이기도 했다. 이번엔 내가 공을 되던졌다.

—당신만 할까요. 왜 다짜고짜 저랑 캐치볼을 하는 겁니까?

그는 여유롭게 공을 받아내더니 날 지긋이 바라보았다.

─제 포물선이 당신에게 닿았기 때문입니다.

* * *

목이 마르지 않냐며 근처 호프집으로 이끈 건 레미였다. 주문
한 500cc 생맥주 두 잔이 나왔을 때. 그는 눈을 반짝반짝 빛내며
이렇게 말했다.

─목표를 정밀히 조준하여 맞추는 능력은 오직 인간만이 갖고
있다는 사실을 아십니까?

뙤약한 가을 땡볕에서 캐치볼을 하고 온 참이라 무척이나 목
이 탔었지만, 레미는 건배도 잊고 말을 이었다. 생물진화학의
거목이자 다윈의 후계자라는 닐 로치에 따르면, 투척능력과 지
적능력은 비례적으로 유의미한 상관관계를 보인다는 요지의 내
용이었다. 영장류의 어깨 진화에 대한 심도 있는 연구를 통해
밝혀진 사실이라고 했다.

─그리고 투척이란… 바로 포물선을 그리는 행위지요.

도통 무슨 말을 하려는 건지 짐작할 수 없었지만, 그의 눈빛
이 터무니없이 진지했던 탓에 어디 한번 들어나 보자는 심정이
었다.

─무언가를 겨누고 던졌을 때 물체의 궤적은 포물선을 그리지

요. 일정한 경사와 곡률로 올라갔다 내려가는 완만한 곡선은 오직 인간만이 그려낼 수 있는 아름다운 선형입니다. 그리고 저는 그 포물선에야말로 모든 인간 행위의 비밀이 담겨있다고 믿습니다.

레미는 담아뒀던 오랜 생각인 듯 유창하게 말을 쏟아냈다. 그가 '오직 인간만이'라는 구절을 짐짓 눌러 말하던 대목에선 코끼리가 코로 물을 내뿜을 때 그려지는 물줄기나, 거기에 비치는 무지개의 포물선 같은 장면이 떠오르기도 했는데, 레미는 쓸데없는 상상력을 싹둑 자르겠다는 듯 검지로 자기 가슴을 쿡 찍었다. 그러더니 천천히 허공에 반원을 그리며 맞은편의 나를 가리켰다.

—가령 오늘 제가 던진 테니스공이 포물선을 그리며 당신에게 가닿은 것은, 단순한 사건이 아니라 사람과 사람 사이에서만 일어날 수 있는 인간적이고 아름다운 무엇. 그러니까, 인연이라는 것입니다.

그러고선 그는 안주로 나온 소시지를 기품 있게 잘라내어 포크로 쿡 찔렀다. 자신의 말에 스스로 감복한 것처럼 보였고 내심 동조마저 바라는 눈치였다. 나는 눈을 끔뻑였다. 그러니까 그가 생각하는 인간의 정의란, 포물선을 그리는 동물. 즉 호모 파라볼라(Homo parabola)쯤 되는 듯했다. 나는 어쩐지 엮여선 영

골치 아플 사람과 너무 오래 함께하고 있다는 생각을 했다. 하지만 동시에 이 인간이 과연 무슨 일을 하는 작자인지 궁금해진 것도 사실이다. 나는 레미에게 항공우주센터에서 일하는지 물었다.

—맞습니다. 오랜 꿈이었죠.

나는 고개를 끄덕였다. 센터 내부에는 천체나 물리, 우주공학 따위에 정통한 외국 출신 전문가들이 즐비했는데, 마침 레미를 보니 그들 중 몇몇이 굉장한 별종이라던 이야기가 생각났다. 별과 별 사이를 오가는 연구에 너무 심취한 나머지 일상적이고 중요한 무언가가 삐끗 어긋나 버린, 그런 사람들 말이다.

—저는 시설의 전반적 환경을 점검하고 관리 감독합니다.

그런데 그의 설명은 뜻밖이었다. 레미가 말한 '시설의 전반적 환경 관리'란 대개 형광등을 갈거나 에어컨 필터를 청소하는 일, 혹은 정원의 잔디를 깎고 관목들의 가지를 치는 일이었다. 그는 한마디로 이곳에 고용된 잡부였던 것이다. 그는 의기양양한 채 말했다.

—아마 여기 제가 없어서는 안 될 겁니다.

그는 그렇게 말하곤 아차, 말실수를 한 것처럼 '별로 중요하지 않은 사람'인 나를 애석하게 바라보았고, 나는 다시 한번 혼란스러워졌다. 당신은 수수께끼 같은 사람이군요. 이번엔 내가 말했고, 그는 잔을 내밀어 건배했다. 나는 레미와 함께 오후 근무를 내팽개치고 죽 농땡이를 피웠다. 그것에 레미는 도의적 책임을 느끼는 것 같았지만, 나는 어차피 내가 자리를 비우고 어디가서 뭘 하건 아무도 신경 쓰지 않는다는 사실을 알고 있었기에 불안하진 않았다. 그런 것보다 신경 쓰였던 점은 어쩐지 이호기 넘치는 사내와 내가 자못 친해져 버릴 것 같다는 으스스한 예감 때문이었다. 나는 이 남자를 또 볼 것 같다.

* * *

대체로 나의 그런 예감은 잘 맞는 편이다. 우리는 그날 우주왕복선의 연료탱크를 채우듯 맥주를 꿀꺽꿀꺽 마셔댔고, 그걸 계기로 점심시간마다 하릴없이 캐치볼을 함께하는 사이가 됐다. 이곳 근무자들은 대체로 그들이 다루는 첨단기계만큼이나 예민하게 굴곤 해서, 나는 우주선의 격실 구조처럼 그들과 벽을 두고서 이격된 생활을 했다. 그런데 레미만은 예외였다. 그는 지겨울 정도로 성실한 태도로 나를 찾아와 야구글러브와 테니스공을 건넸다. 매일같이 캐치볼을 하는 게 지겹지 않느냐 묻자, 그는 매일같은 캐치볼이 아니라고 엄격하게 선을 그었다. 한 치의 오차도 없이 반복되는 포물선은 존재할 수 없다는 것이었다.

이 상황을 전화로 여자친구에게 말해주니 그녀는 타지에서 친구가 생겨서 다행이라고 말하면서도, 뉘앙스로는 썩 탐탁지 않은 기색을 보였다. 세은은 대학 졸업 이후 공시를 준비하고 있는 2년 차 공시생이었다. 굉장히 현실적인 사람이었고 그 점 때문에 가끔 쌀쌀맞게 느껴지다가도 안도감을 주는 사람이었다.

—이상한 사람은 아니야?

세은이 물었고,

—나쁜 사람은 아니야.

나는 답했다. 한 달 전쯤부터 그녀는 아무래도 내가 굳이 멀리까지 가서 허송세월하고 있다고 여기는 눈치였다. 나는 화제를 돌려 내가 어떻게 국가 시설 에너지 절감에 일조하고 있는지 장황히 늘어놓았다. 하지만 내 주요 업무가 사무실 소등임이 금세 들통나는 바람에 별 소득은 없었다.

레미가 이상한 사람이냐고 묻는다면 솔직히 아니라고 확답은 못 하겠다. 그는 캐치볼을 할 때면 종종 포물선이 어쩌고 하며 곧잘 떠들다가, 어떤 날에는 새로운 인본주의가 저쩌고 하며 떠들었고, 그러다 흥이 좀 붙는다 싶으면 자신이 생각해 낸 포스트-포스트휴머니즘이란 무엇인지 열변을 토해냈다. 난 그 말의 반쯤은 이해할 수 없었고 반쯤은 어차피 흘려들었으므로 사실상 레미는 벽에다 대고 떠드는 거나 다름없었다. 그래도 어쩌겠

나. 퇴근하고 나면 별달리 할 일도 없는 벽지에서 남아도는 시간을 감당하려면 서로 말벗이라도 하는 수밖에….

그러다 보니 우리는 점심마다 캐치볼을 주고받는 사이에서, 근무가 끝나면 호프집에서 맥주를 기울이는 사이가 되었고, 함께 전철을 타고 귀가하는 사이가 되었다. 언젠가 그가 술에 취해 전철역에서 비칠거리며 했던 말이 떠오른다.

—직선이 비인간적입니다.

무슨 말이냐고 되묻자, 그는 꼬인 혀로 발음에 유의해 가며 선로를 가리켰다.

—이 철도 말입니다. 나는 곡선을 곧게 펼치려는 시도들 전부가 비참이라고 생각합니다.

이윽고 으레 그렇듯 장광설이 시작됐다. 나 역시 술에 적잖이 취한 탓에 반쯤은 날려먹었지만, 생각나는 대로 그의 말을 옮기자면 대략 이렇다. 철도는 굽이굽이 곡선이 있어야 할 길들을 허물고 뚫어가면서 설치된다. 포물선의 신봉자인 레미의 눈에 철도는 인간성이 개입할 여지가 없는 직선적인 선로다. 그것은 우리에게 직선의 주법을 따라 달리라고 요구한다. 기차의 질주는 효율의 질주이고, 분초를 다투는 근현대적 시간의 질주다. 그는 폴 비릴리오의 질주학이라며 다음처럼 말했다. 기차는 우리를 여행자로 만드는 게 아니라 운송되는 소포로 만들었습니다….

레미는 이러한 방식으로 진보해 온 모든 인류사, 그러니까 인간이 포물선을 다림질해 가며 효율적이고, 치명적으로 변하기 위해 기울인 노력을 하나하나 호명해 가며 분노를 쏟아냈다. 돌멩이가 그리던 포물선이, 살갗을 뚫는 화살이 되었고, 굉음을 내는 대포알이 되었다가, 이제는 쏜살같이 날아가는 총알에 이르렀다며, 모든 포물선이 직선으로 뻗어간다고 한탄하는 그의 표정은 거의 울음을 터트릴 지경이었다.

—과연 여기서 우리는 무엇을 얻고 무엇을 잃었을까요. 나는 그것이 슬퍼서 오늘은 걸어서 가렵니다. 젠장.

나는 어딘가 빈약해 보이는 그의 논리에, 철도에는 엄연히 곡선주로가 존재한다고 딴지를 걸어볼까 했지만 이야기가 길어질 것 같아서 관두었다. 그가 휘청이기에 다가가 어깨를 부축했는데, 레미는 내 팔을 홱 뿌리치더니 아무렇게나 걷기 시작했고 이윽고 가까운 전신주에 다다라 구토했다. 그는 속을 게워내며 사르트르가 어쩌고 하며 이것은 존재의 메스꺼움이다. 존재의 구토다… 하며 뭐라고 지껄였는데 내가 보기엔 그냥 골뱅이소면에 소맥을 너무 많이 마신 탓 그 이상도 이하도 아니었다. 나는 가까이서 레미의 등을 좀 두드려 줄까 하다가 아무래도 새 신발을 신고 온 탓에 그냥 멀찍이서 응원하기로 했다. 구역질을 마친 레미는, 잘 있으세요 친구. 아디오스. 저는 오늘부로 떠납니다. 하곤 터덜터덜 걸어서 사라져 갔고, 난 오늘은 사라져도 내일 또 볼 것만 같은 그 뒷모습을 멀리서 지켜보았다. 점점이 사라져 가는 그의 모습에서 아차, 나는 막차 시간이 이미 지났음을 알아차렸다. 저 혼자 시간을 확인한 것이었다.

* * *

나의 예감은 역시 잘 맞는 편이라서. 다음 날 출근해 보니 사라진다던 레미는 아무렇지 않게 자판기 앞에 앉아 숙취해소음료를 들이켜고 있었다. 나는 별 기색 없이 곁에 설치된 사서함을 정리했다. 사서함 정리는 하루 일과의 시작이다. 나는 매일 우편물 중 내 앞으로 온 것이 있는지 꼭 확인해 본다.

─아무도 보내지 않는데 왜 매일같이 확인하는 거죠?

레미가 물었다.

─언젠가 나를 찾아주는 연락이 올지도 모르니까 매일 같은 사서함이 아닙니다.

그렇게 답하고서 놀랐는데, 어딘가 영 익숙한 화법이었기 때문이다. 그는 내 대답이 뭔가 마음에 든다는 눈치로 고개를 끄덕였다. 그럴 때마다 머리가 어찔어찔 흔들리는 것이 술이 덜 깬 듯 보였다.

점심시간이 되자 우리는 늘 그렇듯 바깥에서 캐치볼을 시작했다. 내가 던진 공이 레미의 글러브 바깥으로 벗어났다. 레미가 잘 좀 던지라고 말했고, 나는 잘 좀 받으라고 말했다. 공을 쫓는 레미에게 물었다.

—포물선에 집착하게 된 계기가 뭡니까?

자신의 과거 얘기는 좀처럼 꺼내지 않는 레미였지만, 그날따라 무슨 바람이 분 건지 입을 열었다. 아니면 술에 덜 깬 것이거나.

—제가 아직 고향 땅에 있던 어린 시절입니다.

까마득한 옛날, 레미는 지중해를 면한 중동의 고향 땅에서 아버지의 손을 잡고 시외에 있는 야구장에 갔다. 그가 기억하는 모든 것이 평화로운 시절이었다. 아버지는 그에게 거리에서 베르베르인이 만들어 주는 샌드위치와 살구즙이 들어간 음료를 사주었고, 레미는 양 볼을 우물거리며 그날 생전 처음으로 야구 경기란 걸 보았다. 레미의 고국에서 벌어지던 야구 경기는 타국의 프로야구에 비교하자면 궁색한 것이었다. 허름한 구장엔 모래가 날리고, 박자를 쪼개는 단체 응원도 없고, 선수단과 관중들 형편도 좋지 않았다. 레미와 그의 아버지가 응원하는 구단에 전업 야구선수는 단 두 명뿐이었다.

하지만 그곳에도 타국에서 볼 수 없는 것이 하나쯤은 있었다. 그건 모국이 간직한 날씨였다. 고갤 들면 언제나 쾌청한 하늘로 햇살을 머금은 지중해의 바람이 불어왔다.

　—봄바람을 맞는 민들레 같은 심정이라고 할까요. 아주 작은 일에도 와락 웃음이 터지는 그런 날이었습니다.

　관중석 뒤편의 풀숲에서 흘러오던 처음 듣는 새소리가 기억난다고 했다. 그리고 새소리에 귀를 기울이고 있을 그때, 깡, 하고 청명한 소리가 들린 것이다. 고개를 들자 타자가 때린 파울볼이 허공에 긴 포물선을 그리며, 이상하게도 천천히 보이는 속도로 하늘을 가르고 있었다. 어린 레미의 눈에 그건 어쩐지 영영 계속될 것만 같은 한 장면처럼 비쳤다. 빗맞은 공이 글러브도, 담장도, 사람들의 기대도 벗어난 채, 유유자적 자기만의 궤도로 아주 멀리 달아나고 있었다. 와. 득점에 아무 관련이 없는 그 공에 어린 레미는 저도 모르게 탄성을 질렀고, 아버지는 웃음을 터트리며 레미의 머리를 헝클였다. 저건 파울볼이란다.

　레미는 다음 날 혼자 담장 너머 풀숲을 샅샅이 뒤졌지만 끝내 그 공을 찾을 수 없었다. 하지만 그는 그때 분명 그 파울볼이 그려낸 긴 포물선이, 어린 시절 그의 가슴에 말로 표현할 수 없는 어떤 긴 호를 깊게 그려 넣은 것 같다고 말했다.

　—지중해의 바람과, 살구즙의 달콤함 같은 것이요. 본업은 목수고 야구는 부업인 4번 타자의 스윙과, 머리를 헝클이는 아버지의 손길, 그 모든 게.

레미는 무언가를 곰곰 생각하듯 입을 다물었다. 터무니없이 아련한 표정이었다. 나는 레미가 말한 그날의 과거가 제법 기분 좋은 한 장면이라고 생각했다. 그의 캐릭터로 미뤄보아 몽땅 거짓말일지도 모르지만, 그래도 아무렴.

　—어쨌거나 그 공은 아직 내 마음속에서 떨어진 적 없습니다.

우리는 숙취 때문에 머리가 먹먹해서 캐치볼을 접고 볕이 잘 드는 벤치에 앉기로 했다. 하늘은 맑았고 구름은 아주 천천히 흘렀다. 한가로운 항공우주센터의 전경으로 새들이 작게 지저귀고 있었다. 어쩌면 오래도록 이대로만 지낼 수 있다면 좋겠다고 생각했다. 레미는 길게 떠들기 시작했다. 오늘 신간을 읽다 새로 알게 된 사실인데요…. 나는 볕이 좋아 길게 하품했다.

그리고 불현듯 핑 슬퍼졌다. 왠지는 모른다.

* * *

레미의 꿈 이야기에 집중하지 못했던 이유가 있다. 나직한 햇볕 때문만은 아니다. 그건 당시 안고 있던 고민거리 때문이다. 알아본 바에 따르면 내년까지 계약을 연장하기 위해선 대하기가 영 껄끄럽던 인사부 과장의 승인이 필요했다. 암만 궁리해봐도 무리였다. 그는 언제나 나를 찾을 때면 이름을 한 글자씩

다르게 부르며 심리적 거리감을 드러내곤 했다. 하기야 에너지를 절약한다고 사무실 불이나 끄고 다니는 신세에 계약 연장을 바라는 것 자체가 욕심은 아닐지. 나는 꿈을 운운하는 레미의 말을 대강 잘라먹고 이런 고민을 털어놓았다.

—업무가 에너지 절약이잖아요. 제 고용 자체가 절약과는 거리가 멀어 보여요.

그는 내 말이 한참은 잘못되었다는 듯 나무랐다.

—사람은 절약될 수 있는 차원의 것이 아닙니다.

레미다운 대답이었지만 그 말은 위안이 되었다기보다는 속 편한 소리로 들릴 뿐이었다. 용기를 내어 자기 자신에게 당당해질 필요가 있습니다 어쩌고… 그리곤 자신의 꿈에 대해 또다시 기나긴 이야기를 서리서리 풀어내기 시작했다. 이 사람한테 속내를 털어놓은 내 잘못이란 생각이 들었고, 나는 레미의 꿈이 제 아무리 가슴을 찡하게 울리는 사연을 품고 있더라도 아주 심드렁히 대꾸하기로 복수심을 품었다. 그는 이렇게 말했다. 제 꿈은 우주왕복선을 타는 것입니다.

—가능할까요?

—이제 눈앞까지 와있지 않습니까.

레미의 눈동자는 시공 중인 우주발사대 쪽을 향하고 있었다. 그건 항공우주센터가 진행 중인 국가 규모의 대형 프로젝트였다. 올해 안엔 완공시켜 무인 우주발사체를 쏘아 올리는 것이 이번 정권의 국가적 목표 중 하나였다. 나는 저걸 파라볼라호라고 부릅니다. 레미가 말했다.

레미가 꾸는 꿈의 규모는 확실히 나보다 컸다. 우주인이라니. 그건 계약 연장이나 공무원 시험 준비보다 뭐랄까, 우주적인 문제였다. 학위와 높은 어학 점수, 심금을 울리는 자기소개서, 재기 넘치는 면접 등으로 붙을 수 있는 문제가 아니니까. 게다가 레미는 외국인 노동자 아닌가. 인간은 목표를 향해 포물선을 그리는 존재라던 레미의 말을 따르자면, 그가 그리려는 포물선은 목표한 바에 닿지 못하고 추락할 것이 빤했다.

—코앞에서 우주선을 볼 수 있는 이 자리에 오기까지 얼마나 노력했는지 가늠할 수도 없을 겁니다.

내 마음을 읽었다는 듯 그가 말했다. 아무렴 노력이야 했을 것이다. 머나먼 타국에서 건너와 유창하게 한글을 섭렵하고, 해괴한 철학 잡설들을 탐닉하고, 궂은일을 마다하지 않으며 이곳에서 비정규직으로 버텨왔으니까. 그러나 국적과 인종의 벽을 넘어선 관료적 승인과, 초인적 엘리트 우주인 교육. 또, 당일 아침 전 국민의 두 손 모은 염원 같은 건 노력의 문제를 아득히 상회하는 게 아닌가. 그러나 레미는 초연해 보였다. 심지어 그의 눈빛은 황당하게도 아주 원대해 보였다.

―친구, 처음부터 선택받은 사람이란 없습니다. 용기를 내서
큰 꿈을 품으세요.

* * *

　레미와 내가 각자의 꿈에 대해 무어라고 속닥대건 말건 항공
우주센터의 발사계획은 착착 진행되어 갔다. 국가프로젝트 차
원으로 국내외의 온갖 석학들과 정상급 엔지니어들이 모여 머
리를 맞대었고, 수많은 중장비들이 하루가 멀다고 시설을 오갔
다. 매스컴에선 이번 발사 성공이 갖게 될 의의에 대해 열과 성
을 다해 보도했다. 그걸 보고 있노라면 마치 우주개발의 꿈이
목전 앞까지 다가온 것처럼 느껴졌다. 가림막을 걷어낸 우주발
사대를 지나칠 때엔 내 가슴도 덩달아 두근거리곤 했다.
　과학자들은 로켓이 최신식 과학 위성을 탑재했으며, 외피에
부착된 센서들은 끝말잇기에서 사용한다면 곧잘 이길법한 온갖
방사성 우주 원소들을 측정한다고 했다. 나야 잘은 모르겠지만
그것 말고도 로켓을 쏘아 올리는 목적이야 이것저것 많다고 했
다. 난 연구자들의 달뜬 설명에 고개를 끄덕였다. 이해하진 못
했어도 공감할 수는 있었다. 우리가 함께 나아가고 있다는 생각
마저 들었다.

레미도 그에 맞춰 발 빠르게 무언가 준비하는 것처럼 보였다. 어느 날 그는 자재 창고에서 빼낸 커다란 드럼통을 굴리며 등장해선, 자신이 그 안에 들어갈 테니 나더러 언덕 위에서 굴려주길 부탁했다.

—고중력 가속도 적응 훈련입니다. 지구 궤도를 벗어날 때 정신을 붙들기 위해 필수적인 훈련이죠.

나는 그를 도와 드럼통을 굴리며 시설 뒤편의 언덕을 함께 올랐고, 레미가 그 안에 낑낑대며 들어가자 신호에 맞춰 드럼통을 발로 찼다. 드럼통은 맹렬한 기세로 백 미터는 넘게 언덕배기를 사정없이 질주했는데, 운석이 충돌하는 것 같은 큰 소리를 내며 나무둥치에 부딪히고서야 멈춰 섰다. 나는 레미가 아무래도 죽었겠거니 슬며시 자리를 뜨려 했는데 놀랍게도 그는 제 발로 걸어 나와 충격을 제어할 수 있는 수단이 있어야겠다며 코피를 쓱 닦았다. 훈련은 메모리폼 수면 베개를 드럼통 안에 가득 채워놓고서 재개됐다.

이 밖에도 레미의 극기 훈련은 계속됐다. 어느 월요일에는 눈이 새빨개진 채로 등장해 주말 내내 큐브릭의 〈2001스페이스오디세이〉나 알폰소 쿠아론의 〈그래비티〉를 반복 재생으로 틀어놓고 50시간 넘도록 잠을 자지 않고 버텼다고 말하기도 했으며 (그는 이것을 우주 환경에 대한 모의 체험이라고 말했다), 약수터에 마련된 물구나무형 스트레칭 기구, 이른바 거꾸리에 매달려 12시간이 넘게 경사도를 왔다 갔다 조절해 가며 동네 어르신들의 눈총을 받기도 했다(그는 이것을 무중력 적응 훈련이라고 말했다). 난 분위기에 약한 편이라 어쩌다 보니 훈련을 곁에서 지원하고 있었는데, 세은에게 이런 사실을 전화로 말하자 그녀는 질색팔색을 했다.

　—대체 왜 그러고 있는 거야?

　—그 사람 평생 꿈이래.

　—꿈 깨. 정신 차리고 네 앞가림해야지.

　타당한 지적이었지만 그 말에 툭 자격지심이 불거졌다. 나는 이곳에서의 평판이나 역할에 대해 부러 과장했다. 스스로 당당하며, 계획을 차근차근 이행 중이라 괜찮을 것이라고. 그녀는 이런 내 호언장담이 우주왕복선을 타겠다는 외국인 노동자의 말만큼이나 허황된 소리로 들리는 모양이었다. 꿈 깨라는 말이 관제탑의 위험신호처럼 다시 한번 떨어졌고, 나는 화제를 돌려 우주항공센터의 우주왕복선 계획에 대해 횡설수설 떠들었다. 이곳은 모두 열기로 가득 차있으며 기분 좋은 에너지와 긴장이 넘실댄다고. 그러나 세은은 말했다.

　—그게 대체 너랑 무슨 상관인데?

　날카로운 지적을 이리저리 잘 피해 다니던 나였지만, 그 물음에는 미처 회피하지 못하고 쿵 들이받혔다. 나는 얼얼한 충격을 안고서 그러게… 중얼거렸다. 확실히 인생의 이 시기는 세은의 말대로 내 앞가림이나 준비해야 할 시기일지 모른다. 그건 어딘가 부딪힐 충격에 대비해 좌충우돌 굴러가는 인생에 메모리폼 수면 베개를 덧대는 일일지도 모른다. 그리고 메모리폼을 빈틈 없이 구석구석 대어놓으면서 깨닫게 될 거였다. 인생이란 각자의 방은 격실 구조로 이뤄져 있다는 사실을…. 세은의 한숨 소리가 썰렁하게 이어졌다.

* * *

일정 부분 예상하고 있었지만… 세은에게 이별 통보를 받게 된 것은 그리 머지않은 시점이다. 어떻게든 달려드는 이별을 유예하기 위해 나는 그녀로부터 빙글빙글 말을 돌리며 안간힘을 썼지만, 세은은 과연 훌륭한 예비 국가 관료답게 핵심부터 탁, 치고 들어왔다. 우리한테 미래는 없어. 헤어져. 그 말을 끝으로 그녀는 우리가 함께 그리던 공전 궤도 바깥으로 이탈했다. 우리 사이에 영원할 줄 알았던 중력 같은 것이 서서히 희미해진 것일 까? 인력을 상실한 나의 몸이 5센티쯤 붕 떠올랐다. 대답도 듣 질 않다니. 똑 부러져서 어디든 발령만 받는다면 일 처리 하나는 야무질 텐데. 난 그녀의 행복을 기원했다.

악재는 겹쳐서 온다고 했던가. 이것도 실은 이미 예상하고 있었지만… 몇 달 뒤 계약 연장은 불발되었다. 나는 적게 먹고 적게 싸는 얌전한 고양이처럼 최대한 내가 마주치는 모든 이들에게 무해하기 위해 노력했지만 별수 없었다. 매일 아침 오늘은 나한테 또 무얼 시켜야 할지 고민하는 일이 이미 많은 이들의 업무 부담으로 작용하고 있었기 때문이다. 나는 남은 계약기간만 채우고 서울에 돌아가기로 했다. 무해한 것만으론 부족한 것이 세상살이다.

그래서 그날은 조금 신경질적으로 강속구를 던졌던 것 같다. 레미와의 캐치볼 말이다. 이즈음 레미는 코앞까지 다가온 우주 발사체 발사 일정 때문에 눈코 뜰 새 없이 바쁜 듯했다. 발사대가 완공되고 로켓에 대한 준비도 막바지에 이르렀을 무렵이다. 그래도 레미는 딴엔 친구라고 날 위로하려는 시도를 제법 시도했다.

―서서히 상승했다가 내려오는 감정의 포물선이 바로 사랑이지요.

어째선지 부아가 났다.

―당신이 사랑에 대해 뭘 압니까.

나는 그가 무어라고 대꾸하기 전에, 그러니까 어선의 물탱크에서 밀항하며 꽃피웠던 말레이인과의 10박 11일간의 짧지만 강렬했던 사랑 이야기를 시작하기 전에, 계속해서 날 선 말을 쏘아붙였다. 이 마당에 그놈의 징그러운 포물선 이야기가 또다시 나오다니.

—큰 꿈을 품으라고 했지요. 저라고 처음부터 꿈이 없었겠습니까? 그럼 툭 터놓고 묻겠습니다. 당신은 정말로 우주왕복선에 탑승할 수 있을 거라고 믿는 겁니까?

레미는 당황한 듯 보였다. 난 계속해서 툴툴거렸다.

—기왕 말 나온 김에 계속하겠습니다. 당신이 말하는 포물선이란 것이 대체 뭡니까? 인간만이 간직한 무언가요? 치사하고 철 지난 농담 같은 소리, 그러니까 제 말은….

거기까지 말하고 숨을 골랐다. 그쯤에서 그만두고 잠깐 예민했다고 사과하며 손을 내저을 수도 있었다. 하지만 내심 참아왔던 그 말을 해야만 할 것 같았다. 레미를 처음 봤을 때부터 모른 체하고 외면했던 오랜 대답을.

—우리가 고작 조그만 존재란 걸 받아들여야죠.

작고 낡은 테니스공이, 발치를 데구루루 굴렀다. 그 말이 끝나는 순간, 날카롭게 허를 찔렀다는 생각보단 실망감이 느껴졌다. 그건 분명 나를 향한 것이었다. 레미는 한동안 말없이 무언가 곰곰 생각하는 듯했다. 조금 불편할 정도로 긴 침묵이 있었고, 어째선지 나는 그가 무슨 말이라도 대꾸해 주길 바랐던 것 같다. 늘 그렇듯 아리송한 대답을 남기며 나의 벼려진 말을 눙쳐주기를. 하지만 그는 자리를 박차고 걷기 시작했다. 나는 레미의 가는 뒷모습을 바라보았다. 이번에는 그 모습에서 어떤 예감도 들지 않았다.

* * *

그날 이후 레미는 눈에 띄지 않았다. 점심시간이면 벤치에 가서 기다렸지만 오지 않았다. 연락해 볼까 했지만, 문득 그의 연락처조차 알지 못한다는 사실을 깨달았다. 언젠가 말했는데 내가 흘려들은 것일지도 모른다. 지금껏 레미가 벽에다 대고 떠든 셈이었던 건, 내가 그 벽을 계속해서 세워두었기 때문일지도 모른다. 그는 어디로 간 걸까? 기별도 없이 일을 관두고 고국으로 돌아간 걸까? 그 사이 우주발사체 발사는 점점 코앞까지 다가오고 있었다. 온갖 매체와 언론은 항공우주센터로 스포트라이트를 비췄다. 전 국민의 관심이 쏟아졌다.

발사가 하루 앞으로 다가온 날이었다. 그날도 매일같이 사서함을 확인했는데, 매일 같은 사서함이 아니었다. 처음으로 내 이름 앞에 손 편지 한 통이 도착해 있던 것이다. 순간 그것이 세은이 보낸 것은 아닐까 가슴이 덜컥했다. 하지만 그것은 다름 아닌 레미가 보낸 것이었다. 하긴 요즘 같은 때에 손 편지라니, 레미다웠다. 얼떨떨한 감정으로 나는 편지의 내용을 확인했다. 편지는 으레 그렇듯 요즘의 날씨에 대한 짧은 인상과 나의 안부를 물으며 시작한다. 이후엔 그가 요즘 탐독하고 있는 책들과 잡다한 흥밋거리들이 늘어진다. 눈길이 멈춘 곳은 편지의 중반에서였다. 거기엔 가타부타 잘 말하지 않던 그의 과거가 등장했다. 그는 말했다. 제 고향엔 민들레 홀씨를 실어 나르는 지중해의 바람과, 주말이면 판자로 지어진 엉성한 야구장을 찾는 사람들이 있고, 저는 그곳을 사랑합니다.

—그리고. 거기엔 주기별로 떨어지는 포격과 소음이 있습니다. 지중해 바람은 민들레 홀씨를 나르는 것과 함께 재와 먼지를 실어 나릅니다.

레미는 큰 소리가 나면 익숙한 몸짓으로 식탁 밑에 웅크리는 사람들과, 폐허가 된 집터의 불씨를 가지고 노는 어린아이들의 생활을 썼다. 친구들이 나비를 쫓다 연기가 되어 사라지는 모습을 바라보는 눈동자의 심정에 대해 썼다. 잘 모르겠다고. 그는 서로가 서로를 향해 쏘아 올리는 포물선의 역사가 어쩌다 이렇게 변모하게 되었는지 모르겠다고 토로했다. 그건 패권국들이 퍼뜨린 갈등의 씨앗 때문인지. 탐욕스러운 이들의 이기심 때문인지. 혹, 그것도 아니라면 선택받은 민족과 땅 같은 게 정말로 존재해서인지 모르겠다고. 그는 말했다.

　—당신은 위성을 쏘는 것과 미사일을 쏘는 것이 사실 같은 기술에 기반한다는 걸 아십니까? 제가 본 대부분의 포물선은 이처럼 파괴적이거나 가닿지 못하고 소멸하고 마는 것들입니다. 당신은 우리가 고작 작은 존재란 걸 받아들이라고 말했습니다. 나도 이제는 잘 모르겠습니다. 사실 그게 맞을지도 모르지요. 우리가 서로에게 소중한 무언가를 기대할지언정 실은 모두 재와 먼지처럼 작은 존재들이라는 진실이요. 다만 누군가는 그 사실을 그러안으며 어쩌면 우리가 갖고 있을지 모르는 좀 더 둥그런 면모를 볼지도 모르겠습니다. 파울볼에 실려와 품 안에 안긴 마음 같은 것을요. 그런 마음 씀의 기로야말로 자유란 거겠죠. 어쩌면 불어오는 바람 속에서 재와 먼지, 민들레 홀씨를 가름하는 것보다 중요한 것은 바람 그 자체일지도 모르겠습니다. 저는 제가 믿는 것을 믿기로 한 것뿐입니다.

　나는 중동과 서아시아로부터 이곳 대한민국까지. 대양과 대륙을 건너오는 레미의 길고도 먼 여정을 상상했다. 그 과정들은 지금까지 언뜻언뜻 드러났던 레미의 과거들과 아퀴가 맞아떨어지는 것 같기도, 혹은 아닌 것 같기도 했다. 진위는 알 수 없었지만, 어째선가 코끝을 찡긋거렸을 때 편지지에서 잠깐이나마 지중해의 산산한 바람 냄새 같은 것이 느껴졌던 것도 같다.

　—저는 상상할 수 있는 가장 큰 둘레의 포물선을 그리려고 합니다. 어떤 포물선은 그 끝에서 반환점을 돌아 되돌아온다고 믿습니다. 한 점에서 시작되어 멈추지 않고 계속되는 곡률의 포물선을 상상해 보세요. 언젠가 시작과 끝은 이어질 수도 있겠지요.

　레미는 포물선의 선형을 이리저리 잇고, 비틀고, 이어가며 자신이 바라 마지않는 한 가지의 형태로 그려보려는 것 같았다.

　—반원의 어느 부분은 움푹 들어갈 테고, 그러다 다시 솟아오르기도 할 것입니다. 어느 곳에선가 뾰족한 예각을 세울 수도 있겠죠. 하지만 어떻게든 그 끝이 원점으로 다시 돌아와서 만난다면. 그 모양이 어떤 모양일지 한번 상상해 보자는 말입니다. 사람의 심장을 닮았다는, 그 모양을 생각해 보세요. 완전하진 않지만 두 손으로 감싸 보듬고 싶은 꼴. 완성된 포물선. 저는 그것이 인간성의 모양이라고 믿습니다.

　편지는 그렇게 끝이 난다.

　나는 작게 중얼거렸다.

　레미. 그러니까 당신은 사랑을 말하려는 것입니까?

　—추신. 잘 있으세요 친구. 아디오스. 나는 이제 정말로 떠납니다.

나는 어렴풋이 그 말이 사실일 것이라 예감했다.

* * *

그리고 레미는 영영 사라졌다.

우주왕복선이 하늘로 쏘아 올려지던 당일 아침, 나는 레미와 늘 나란히 앉던 벤치에 앉아 공중에서 그것이 폭발하는 광경을 두 눈으로 바라봤다. 기대를 한 몸에 받던 우주발사체는 2단 페어링 분리에 실패하며 하늘에서 산산조각이 났다. 많은 이들의 꿈과, 바람과, 열정과, 증명과 공식들이, 먼 우주의 창백한 별처럼 반짝거리며 휘이 사라졌다. 나는 혼자서 테니스공을 통통거렸다.

수소문해 보니 레미는 불법체류자 신세였다는 사실이 인사부에 들통 나 강제 출국을 당했다고 했다. 하지만 누군가는 그게 아니라 새로운 일자리를 찾아 다른 도시로 떠났다고 말했다. 그러나 누군가는 또 말했다. 우주왕복선의 데이터 로그를 면밀히 검토한 결과, 알 수 없는 이유로 격실 중 하나가 예상보다 과적 재되어 있었으며, 바로 그 탓에 분리 절차에 오류가 생긴 것이라고. 그리고 자재 창고에서 꼭 성인 남자 한 명이 들어갈 수 있는 크기의 드럼통 한 개가 사라졌다고.

레미는 과연 어디로 간 걸까. 어디선가 자신이 찾아 헤매던 포물선을 마침내 발견했을까. 어디로 갔건 그가 모쪼록 행복하길 바랐다. 나는 이따금 발사체의 격실 속에 숨어있던 레미가 폭발을 추진력 삼아 대기권 바깥으로 튕겨 나가선 우주를 유영하고 있을지도 모른다는 황당한 생각을 한다. 아주 느릿느릿 기나긴 주기로 태양계에 긴 포물선을 그려가면서. 사실 이건 비밀이라 누구에게도 말은 안 했지만⋯ 내게만 슬쩍 귀띔해 줬던 비밀 계획을 실행했더라면 영 불가능한 일은 아니다. 그리고 그가 그리는 포물선은 오랜 적막과 기다림 끝에 돌고 돌아 마침내 원을 그리며 맞닿을 것이다. 그 순간에 우주인이 된 레미는 과연 어떤 표정을 짓고 있을까.

나는 서울로 돌아왔다. 이것저것 내 앞가림을 시작해 보려 하자 용기를 내서 큰 꿈을 품으라던 레미의 말이 문득 떠올랐다. 내가 지금 정말로 원하는 건 뭘까. 나는 고민 끝에 용기를 내서 큰 꿈을 품었다. 놀랍게도 세은은 전화를 받았고 나는 말했다. 사랑의 포물선에는 고저가 있지만 그것은 큰 원을 그리며 다시 돌아오는 것일지도 모른다고. 핸드폰 전파를 타고 위성을 향해 내 목소리가 높이 쏘아 올려졌고, 우주인과 관제탑이 교신하듯 긴 침묵이 이어졌다. 그녀는 잠잠히 내 말을 듣더니 생각해 보고 다시 연락을 주겠다고 했다. 과연 어떻게 될 것인지 이번에는 아무런 예감이 들지 않는다. 하지만 그래서 떨리는 것도 사실이다. 만약 다시 연락이 온다면 우린 좀 더 잘해볼 수 있을 텐데.

꿈에서는 드럼통을 탄 레미가 혜성처럼 긴 포물선을 타고 날아와 지상을 충격했다. 꼭 언젠가 그것이 나무둥치에 부딪히던 소리와 비슷했는데, 움푹 파인 크레이터 속에서 놀랍게도 그는 코피를 쓱 닦으며 일어선다. 그것도 정열적으로 사랑하던 말레이인의 손을 꼭 잡고서. 혜성 충돌이라니, 꿈 깨라고? 글쎄. 재난 영화들 탓인지 많이들 착각하지만 인류는 단 한 차례도 운석 충돌 예측에 성공해 본 적이 없다.

결국 아무렴 이 글은 모두가 꿈꾸던 어떤 일도 벌어지지 않은 채 레미에 대한 안부로 맺어진다. 타미르 레미. 항공우주센터의 불법 체류자 잡부. 철 지난 휴머니즘의 수호자. 구제불능으로 닿을 수 없는 포물선을 그리려던 호모 파라볼라. 하지만 나는 어쩐지 그에 대해서 떠올릴 때면 그와 보낸 과거 대신, 어쩌면 당도할지도 모르는 작은 미래에 대해 생각해 보게 된다. 어렴풋한 바람을 담아 던지면 언젠가 대양과 대륙을 돌고 돌아 뒤통수에 닿을지 모르는 테니스공같이 작고 둥근 미래를. 그럼 이만 아디오스 레미. 긴 주기를 품은 혜성처럼, 그는 다시 돌아올지도 모른다.

천체물리학
궤도상의
사랑 좌표

      어느 날 한재하는 부모님을 바라보며 이상하다고 생각했다.

  그날 아침은 평화로웠다. 부모님이 서로의 쌀밥 위에 흰 고등어 살을 발라주고 있었다. 서로 고성을 지르며 아파트 단지가 떠나가라 대판 부부싸움을 치른 게 바로 어제저녁이었다. 당시 한재하는 문틈 뒤에 바짝 붙어 숨죽이고 싸움의 양상을 관찰했다. 손으로 거실 바닥을 쓸던 어머니가 벌떡 일어서며 싸움의 시작을 알렸고, 아빠는 읽던 신문을 조금 소심하게 내팽개쳤다. 화근은 아버지가 장을 보러 갈 때마다 자꾸만 어머니의 저지방 우유를 잘못 기억하며 심기를 건드려서였는데, 아무렴 그건 중요한 게 아니고. 하룻밤 새에 둘 사이에 대체 무슨 일이 벌어진 건지. 문제는 바로 그것이었다. 둘은 언제 싸웠냐는 듯 식탁에 둘러앉아 두런두런 아침 식사를 하고 있었다. 젓가락으로 배추김치도 지그시 눌러주면서. 그 이유를 묻자 아버지는 대답했다.

"그냥."

어머니는 대답했다.

"어쩌겠어."

그날은 마침 초등학생 한재하가 처음으로 학교에서 과학 수업이라는 걸 듣는 날이었다. 선생님은 자연에서 도출해 낼 수 있는 정합적이고 체계적인 과학의 논리에 대해 갈파했다. 그래서. 수업이 끝난 쉬는 시간, 초등학생 한재하는 교과서의 표지를 뚫어져라 노려보며 생각했다. 하룻밤 새 부모님에게 벌어진 일. 그건 비과학적이라고. 그건 어떻게 가능한 걸까? 그냥이란 건 없다. 두 사람의 마음 사이에 벌어진 미묘한 사건. 그건 어디서 왔을까?

어째서 사람들은 마음의 작동원리에 뚜렷한 이유를 묻지 않는가. 이 의문은 한재하의 유년기를 지배했던 풀리지 않는 의문이었다. 그러니까, 적어도 한재하의 세계에서 자동차가 달리는 건 화석연료나 전기 따위를 통해 엔진이 운동에너지를 얻기 때문이었다. 동식물이 자라는 것은 먹이나 토양, 물과 햇빛에서 영

양분을 얻기 때문이었다. 이런 건 모두 책이나 인터넷에 세세하게 밝혀져 있었다. 어른들은 한재하가 궁금해하는 모든 것들에 대해 답변을 준비해 놓고 있었고, 혹여 모르는 게 있더라도 적극적으로 답을 구하려 덤벼들었다.

그런데 우리가 관계에서 맞닥뜨리는 여러 가지 감정들의 연원. 가령 왜 연인들은 서로를 사랑하고, 그러다가도 서로를 증오하고, 누군가는 헤어져 그리움을 느끼는지. 생면부지의 가엾은 사람들에게 연민을 느끼는 건 어째선지. 가까운 친구의 슬픔이 마치 자기 일처럼 고통스럽게 느껴지는 것은 어째선지. 이러한 까닭에 대해서는 어디서도 이렇다 할 답변을 찾기 어려웠다. 심지어 사람들은 거기에 이유가 어째서 필요한지 필요성도 느끼지 않았다. 간혹 그런 문제에 대해 집요하게 추적하고 자신이 찾은 실마리를 전하려는 이들도 있었으나, 그런 사람들의 설명은 사전이나 다큐멘터리처럼 일목요연하지 않았고, 알아들으려해도 도통 무슨 말인지 알 수가 없었다.

"왜라니…? 그냥."

청소년기의 한재하가 짐짓 진지한 태도로 이런 의문에 대해 골몰하고 있으면 그의 가족이나 친구들은 대개 이런 반응이었다. 대체로 그들은 한재하의 질문을 불편해했고, 대체로 한재하는 그들의 답변을 불편해했다. 한창 우정의 경험을 쌓을 나이에 우정의 기원을 의심하고 있으니 친구가 없는 건 당연지사였다.

"이거 먹을래?"

가끔 누군가 그에게 우정을 표시하면 그는 이렇게 물었다.

"왜?"

"왜냐니? 그냥."

"그냥은 없어."

"…"

이런 식.

그러고 나면 그들은 서먹한 강아지들처럼 쭈뼛쭈뼛 서로를 살피다 이내 멀어졌다. 이 해소되지 않는 답답함은 무얼까. 한재하는 이런 이물감을 안고서 청소년기를 흘려보냈다. 머릿속 깊은 곳에서 자꾸만 정체를 일으키는 체증 구간. 이 불편을 해소하려는 과정에서 나름의 통찰을 하나 궁구해 낼 수는 있었다. 그건 바로 사람들은 사회적인 것과 자연적인 것을 구분하려 든다는 것.

누군가 저 멀리 긴 호를 그리며 날아가는 골프공의 궤적을 말할 때 그는 힘의 작용과 반작용, 풍속과 비거리 등에 관한 설명을 늘어놓을 것이다. 그러나 누군가를 처음 마주쳤을 때 느꼈던 감정이나, 어젯밤 자기 전 마음먹은 결심, 자신의 심미적 취향 등에 대해 말할 때, 그 이유에 대한 자세한 설명은 쉽게 면책된다. 이상하다. 과학의 실증적 사고가 사물과 자연 현상에만 철저히 한정된다는 것은 이상하다. 모든 의미와 의도, 믿음 역시 철저한 물리적 탐구의 대상이 되어야 한다. 암 그렇고말고. 한재하는 그렇게 믿었다. 아니, 이해했다.

오랜 인내심으로 그때까지 용케 한재하의 곁을 지키던 친구 유현에게 이런 말을 전했을 때, 그는 그럼 그렇지. 라는 표정이었다.

"그럼 물을게. 네가 나 말고 친구가 없는 까닭은 뭐라고 생각해?"

"내 비친화적인 외모 탓이 아닐까? 어디 하나 정감 있는 구석이라곤 없잖아. 거울을 볼 때마다 우울한 것도 이 탓이야."

유현은 우울한 표정을 지었다.

"꼭 그런 건 아니야."

"사람은 시각적 동물인걸."

"사람은 감정의 동물이야."

"틀렸어."

"굳이 생긴 걸로 따져야 한다면 넌 좀 피곤하게 생겼어."

"무슨 뜻이야?"

"굳이 따지고 들면 나쁘지 않은 생김새지만 하나하나 따지고 들면 사는 게 피곤하잖아. 그런 뜻이야."

한재하는 그 말이 오묘하게 들려서 따지고 들려다가 피곤할까 봐 말았다. 아무쪼록 한재하는 세계를 이해하기 위한 자신만의 방편을 마련해야 했다. 그러지 않고서는 그의 머리가 세상을 감당할 수 없을 것만 같았다. 인지과학이나 진화심리학 따위를 공부하면 한재하의 마음은 조금씩 편해졌다. 거기선 한재하가 품은 의문에 대한 답변들이 제법 납득할 수 있는 근거로 제시되었다. 우리의 마음가짐이 어떤 작동원리를 갖는지에 관한 설명들. 그러나 그것도 잠시. 뭔가가 불충분했다. 계속해서 '왜?'를 묻다 보면 어느 순간 그들이 마련한 답변들도 밑천이 공허해졌다. 마음에 대한 설명은 결국 어떤 식으로든 마음으로 귀결된다는 것. 한재하는 이런 자기 지시적 순환의 바깥, 감정이 유발하는 효과나 그것을 둘러싼 믿음이 아닌, 그것이 비롯되고 샘솟는 출처가 궁금했다. 그래서 그는 굳이 물길을 거슬러 수원지를 찾으려는 사람처럼 공연히 분투했다. 이즈음 열아홉 한재하가 대학에 모조리 낙방한 이유가 여기 있다. 공부는 뒷전이고 파다한 날을 그리고 있었으니 입시 성적이 좋았을 리가.

  한재하의 집착이 파고든바, 뉴턴의 머리통에 사과가 한 알 떨어지면서 문제가 시작됐다. 뉴턴은 1687년 《자연철학의 수학적 원리》를 출간하며 세 개의 알파벳으로 구성된 간단한 방정식,

'F=ma'를 선보여 중력 개념을 설명했고, 그로써 행성과 위성의 회전부터 벚꽃잎이 풀숲에 떨어지는 속도에 이르기까지 모든 운동의 기저에 작용하던 힘의 존재를 알아낼 수 있었다. 세계 만물에 적용되는 보편 법칙. 그건 진정한 물리학의 시작이었다.

그러나 문제는 중력이란 것 자체가 전적으로 미스터리했다는 것이다. 뉴턴은 중력이 작용하는 현상에 대해서는 요모조모 많이 알아냈지만, 중력의 정체 자체는 그다지 밝혀내지 못했다. 하지만 사람들은 일단 뉴턴의 이론을 통해 행성의 움직임이나 벚꽃잎의 낙하 속도에 대해 정확히 예측할 수 있는 것으로 만족했다. 중력이 아무럼 어떠한들 어떠할까. 중력 자체에 대한 물음은 도외시됐다.

과학적 사유에서 두 존재 사이에 무엇인가 벌어지려면 상호작용이 있어야 한다. 로마의 시인이자 철학자인 루크레티우스는 자신의 저서 《사물의 본성》에서 이렇게 말했다. "그 어떤 것도 무로부터 절대 생겨나지 않는다" 이는 과학적 사고의 제1 격률이다. 루크레티우스는 이 공리를 내세움으로써 그때까지 존재하던 모든 종류의 미신과 환상에 이의를 제기했고, 세계에 존재하는 모든 현상에 대한 탐구 가능성을 표명했다. 뉴턴은 자신의 제3 법칙을 통해 말한다: FAB=-FBA, 달리 말해 "힘은 오로지 외부에서만 온다" 그냥은 없다.

아이러니하게도 고전물리학의 시작인 뉴턴의 중력 이론이 가장 휘청거리는 순간은 루크레티우스의 이 공리에 근거하고 싶을 때다. 왜냐면 중력이야말로 매우 주술적이었기 때문이다. 중력을 설명하는 것이 불가능하다면 달과 지구 사이에 생기는 조수간만의 차와 원시 부족의 주술 사이에 무슨 차이가 있는가? 불가해한 이유로 한 존재가 다른 존재에게 영향을 미치는 것이 어떻게 가능한가? 서로 다른 환경에서 나고 자란 우체부와 은행원이 사랑에 빠져 결혼을 하고, 수도권 모서리에 전셋집을 마련해 달콤쌉싸름한 신혼생활을 보내고, 우렁우렁 목청 좋게 울어젖히던 한재하를 낳고, 서로의 흰 쌀밥 위에 고등어 살을 가만 올려주는 것은 어떻게 가능한가? 달과 지구가 바닷물 두고서 서로의 마음을 밀쳤다 당겼다 하는 것이 과연 어떻게 가능한가?

이 조수간만의 차가 한재하의 마음에도 찾아온다. 한재하가 재수를 결심한 무렵이다. 힘은 외부에서 온다. 그가 다니던 재수학원에 신민희라는 아이가 새로 다니기 시작했다. 그녀는 조금 맹한 구석이 있는 동갑내기였는데, 도통 무슨 생각을 하는지 모르겠지만 그래서 더 머릿속을 들여다보고 싶게 하는 주술적 매력이 있었다. 적어도 한재하에겐 그랬다. 그는 그녀를 이해하고 싶다는 탐구열에 사로잡혔다. 그녀 머리 길이의 변화, 오늘따라 들떠 보이는 걸음걸이, 신는 신발부터 사용하는 필기구까지 모든 것에 눈길이 갔다. 실증되지 않은 현상이 미신이라면 적어도 그때까지 한재하에게 사랑이란 미신이었다. 그러나 어떤 신묘한 작용인지 저녁 자습 시간 그녀가 모습을 드러내면 그 반작용으로 한재하의 마음속에 불가해한 감정의 밀도가 빽빽이 차올랐다. 그녀가 눈에 익으면 익을수록 동요는 심해졌다. 어느 날 한재하는 의자에 앉은 몇 시간 동안 책장을 단 한 페이지도 넘기지 못한 것을 깨닫는다. 그리곤 자신의 몸과 책상이 유독 삐딱하게 각도가 틀어져 있음을 깨닫는다. 그리고 고개를 들었을 때, 그 대각에 그녀가 턱을 괴고 앉아있음을 깨닫는다. 무슨 일이 벌어진 것인가? 어떤 물리적 상호작용도 없이 이 인력은 어떻게 작용한 것인가? 내게 어떤 주술이 작동한 것인가?

한재하의 온 신경이 신민희의 곁을 빙글빙글 맴도는 나날이 반복되면서 그는 이 불합리한 작용을 헤아리기 위해 숱한 밤을 보내야 했다. 하지만 무엇 하나 해명되는 것은 없었다. 그래서 그는 일종의 이론적 연구, 공책의 반을 접어 한 면에 신민희의 좋은 점을, 한 면에 신민희의 안 좋은 점을 적어보기로 한다.

좋은 점: 안 좋은 점을 뺀 모든 것.

안 좋은 점: 없음.

"그게 사랑이야."

공책을 빌려 갔던 유현이 말했다.

그는 한재하의 세계에서 연애란 걸 경험하고 있는 유일한 사람이었다. 그는 당시 자신의 고등학교 동창과 한재하의 용어를 빌리자면 비과학적인 사랑을 하고 있었다. 한파에 도로가 꽁꽁 얼든 폭염에 아스팔트가 녹아내리든 그녀와의 데이트라면 한달음에 달려가는 유현에게, 그런 일이 어떻게 가능한지 묻자 그는 답했다.

"좋아하니까."

우리는 사랑을 말하려 할 때 그것을 설명하기보다 그것에 호소한다. 사랑은 그 자체로 설명되어야 하는 것인데 사랑에 의해 일어나는 현상들을 그저 사랑의 힘에 호소한다. 이는 세계를 분석하는 데 그리 유용하지 않다. 무엇이 존재를 결속하는가? 그것은 사랑이다. 그렇다면 사랑이란 무엇인가? 존재를 결속하는 힘이다. 이러한 동어반복. 근거와 현상의 합치가 만들어 내는 부조리. 한재하의 세상은 한동안 이런 종류의 부조리로 가득 차 있었다. 모든 부조리가 그렇듯 그래서 종종 억울했고, 분하기도 했다. 왜 나는 저 애한테 이렇게까지 많은 관심을 할애하고 있는 걸까? 유현이라면 답할 것이다. 그게 사랑이야. 한재하는 다시 묻는다. 그렇다면 사랑은 무엇인가? 유현도, 한재하도 쉽게 답하지 못할 것이다. 둘은 고심 끝에 그저 이렇게 말할 것이다.

그것은 우리가 사랑이라고 발음하는 모든 것들의 합계다. 1년이 지났다. 그는 저 혼자 품은 사랑의 합계를 늘려갔다. 그는 삼수를 한다.

시간이 흘러 뉴턴이 죽고 아인슈타인이 등장한다. 아인슈타인은 누구보다 먼저 중력을 탈신비화한 인물이다. 아인슈타인이 밝혀낸 것은, 중력은 힘이 아니라 오히려 물체들의 질량에 의해 발생하는 시공간의 곡률이라는 점이다. 아인슈타인의 이론 안에서 중력은 다른 물체들을 밀고 당기는 힘이 아니라, 질량이 시공간을 구부리는 효과다. 달이 지구 곁을 맴도는 것은 지구가 달을 끌어당기거나 밀쳐서가 아니라, 오히려 지구의 질량이 시공간을 구부림으로써 달이 움직이게 되는 어떤 경로가 형성되기 때문이다. 이는 한 존재가 다른 존재에게 매개되는 방식에 있어서 가능한 모든 방식을 가리킬 수 있다.

한재하는 한평생 자신이 이해할 수 없던 사람 간의 결속을 이해하기 위해 이 중력이란 것을 깨우쳐야겠다고 생각한다. 중력이 가장 가시적으로 현현하는 무대는 바로 우주의 천체들이다. 그는 천체물리학과 진학을 목표로 상대성이론 대신 수험서를 펼쳐든다. 재수가 끝나고 신민희가 먼저 대학에 진학하는 바람에 한재하의 곁에 그녀는 없었지만, 여전히 그의 발밑엔 중력이 만들어 내는 어떤 시공간의 굴곡면이 존재했다. 그래서 그는 물이 고이듯 천천히 어딘가로 흘러들 수 있었다. 바로 신민희가 진학했다는 수도권의 한 일반대학이었다. 마음의 물살에 몸을 맡기는 건 쉬웠다.

"걔 때문에 거길 간다고?"

"응."

"왜?"

"중력."

유현은 고개를 설레설레 저었다. 그 무렵 유현은 몇 년인가 이어진 비과학적 연애 끝에, 서로 간 멀어진 물리적 거리를 들어 여자친구로부터 과학적으로 차인 지 얼마 되지 않던 참이었다. 여자친구가 대학에 합격한 반면, 유현이 삼수를 하며 벌어진 일이다. "중력 같은 소리, 웃기시네" 사랑을 쉽게 말했던 이는 이제 사랑의 힘을 믿지 않게 된 모양이었다. 한재하는 이상했다. 난 그게 뭔지 이해하려고 아주 오랜 시간을 들인 것 같은데.

"넌 좀 오래된 항성계에 사는 것 같아."

유현이 말했다. 한재하는 자신의 마음에 대해 스스로 되물어야 했다. 그러나 멈추진 않았다. 나는 지금 어디로 가는 걸까?

천체물리학은 흥미로웠다. 수업에 들어서면 한재하와 비슷한 항성계에 살 것만 같은 노교수가 조그만 목소리로 별들의 비밀을 읊조렸다.

"천체는 거대한 중력 교류의 장입니다. 어떤 항성은 다른 별들에 비해 매우 강력한 중력을 갖고, 그 곁의 객체들은 위성이 되어 오랜 시간 옆을 맴돌게 됩니다."

그러면 수업을 듣던 학생들은 하나둘 자신만의 은하로 나가 떨어졌고, 꾸벅꾸벅 졸고 있는 학생들의 정수리 사이에서 한재하는 별들 사이의 거리가 서서히 멀어지듯 텅 빈 강의실에 혼자 남는 기분을 느꼈다. 그는 그럴 때마다 혼자서 맘껏 자신의 은하를 유영하며 진공상태의 이 검은 천체가 무척이나 편안하다고 생각했다.

그가 캠퍼스에서 신민희를 발견한 건 학교에 입학한 지 머지 않아서였다. 교내 식당에서였는데, 저 멀리서도 그녀를 알아볼 수 있었다. 대학생활을 하는 동안 그녀는 한층 더 해사해진 인상이었다. 그녀를 관측하자마자 한재하는 다시금 그녀의 중력 궤도에 포획되는 것을 느꼈다. 평평했던 발밑이 그녀에게 향하는 경사면으로 급격히 기울어졌다. 한재하는 밥알을 하나하나 세어가며 고민한 끝에 그는 그녀에게 다가갔다. 어색하게 인사를 건네자, 신민희는 그가 누구였는지 고민하나 싶더니 이내 케케묵고 사소했던 기억 하나를 끄집어냈다.

"아, 그때 공책…"

유현에게 공책을 빌려줬을 때의 일이다. 마침 유현과 아는 사이였던 신민희가 그에게 필기를 보여달라고 부탁했고, 유현은 별생각 없이 한재하의 노트를 그녀에게 건넸다. 그때, 멀리서 그 광경을 살피던 한재하는 그녀에게 절대 보여선 안 될 페이지를 떠올렸다. 그는 벌떡 일어나 둘 사이로 달려갔고, 그녀 손에 건네졌던 노트를 낚아채 문제의 페이지를 북북 찢어버렸다. 눈이 동그래진 신민희는 한재하를 올려다보았다. 당황한 건 한재하 본인도 마찬가지라서, 그는 아무 말도 하지 못한 채 휙 돌아서 자리로 돌아왔다. 자리로 돌아오는 길, 한재하는 뒤늦게 자책하며 외투 주머니에 손을 넣었다. 거기 신민희의 좋은 점과 좋지 않은 점이 잘게 찢어져 뒤섞여 있었다. 그가 기억하는 첫 번째 천체 간 조우였다.

그녀는 그때의 일에 개의치 않는 듯 신기해하며 한재하에게 이것저것을 물어왔다. 이곳에 진학한 거냐. 어느 학과에 다니느냐. 한재하는 그녀의 궁금증에 하나하나 답변을 제공하면서 뒷덜미에 쭈뼛 닭살이 돋는 것을 느꼈다. 신민희가 그녀의 세계 속에 자신을 하나의 의문으로 궁금해하고 있었고, 그는 그 대답을 가지고 있었다. 그건 한재하가 어떤 문제에 대답을 제공할 때도 느껴보지 못한 뿌듯함이었다. 그렇게 서로의 만남을 기뻐하며 연락처를 교환하던 그때, 신민희의 곁을 지키던 남자 중 하나가 다가와 그녀에게 일정을 재촉했다. 제법 크고 멀끔한 위성이었다. 그는 그녀와 대등한 중력 평형을 이룰 수 있을 것처럼 보였다. 친구를 돌아다보는 그녀의 표정이 밝았다. 그녀가 웃는다. 친구도 웃는다. 한재하는 어설프게 서있다. 그가 이만 가봐야겠다고 작별 인사를 전할 때, 신민희는 웃으며 말한다.

"이게 무슨 우연이야."

그녀는 한재하를 마주쳤다는 우연을 무척 신기해했다. 하지만 그냥은 없다. 한재하는 그 사실을 죽을 때까지 묻어둘 것을 다짐했다.

마침내 서로의 좌표가 가까워졌다고 생각한 순간 그 간극이 쭉 넓어진다. 작은 왜성은 묻는다.

어디까지 왔을까?

행성은 다른 소행성을 자신의 경로에 포획하고 그것이 움직이는 경로를 규정한다. 한재하는 신민희의 곁을 맴도는 희미한 위성으로 남기로 했다. 멀어질 순 없지만, 그렇다고 가까워질 수도 없는, 적당한 성간 거리를 유지하는 희미한 위성. 그 거리를 유지하는 한 위성은 영영 궤도에 정착할 수 있다. 그거면 충분했다. 둘은 이따금 학교생활 같은 걸 빌미로 드물게 특정 성도 위로 연락을 이어갔다. 하지만 실제로 약속을 잡는다거나, 밥을 같이 먹는다거나 하는 일은 없었다. 한재하는 그저 멀찍이 물러선 채 자신의 미미한 존재감을 알릴 뿐이었다. 더 가까워졌다간 충돌할지도 몰라. 그는 이러한 중력의 평형상태를 유지하고 싶었다. 그걸로 좋았다.

그러나 밝고 거대한 행성일수록 의도와는 상관없이 위성에 막대한 영향력을 행사한다. 위성의 자전과 공전 속도, 그로 인해 구성되는 생태까지. 행성의 전자기파 한 번에 위성의 모든 통신이 마비된다. 어느 날 신민희가 별 의중 없이 메시지라도 한 통 남기면 그때부터 한재하는 먹통이 됐다. 전자기장에 이상 잡음이 발생했고 몇 배속 빨리감기라도 한 것처럼 하루 내내 조급하게 메신저를 확인했다. 그 모습은 서로 간의 중력 차를 여실히 드러내는 것이었다. 상대에게 답장이 오기까지 같은 30분이라도 한재하는 거의 세 시간만큼의 인내심이 필요했고, 그동안 기대와 절망, 설렘과 체념을 반복했다. 그와 그녀의 시간대 사이에 커다란 왜곡이 존재하며 그 간극이 목성과 수성 사이의 시간 차만큼이나 크다는 것은 명백했다. 시간의 흐름 역시 중력에 비례한다는 것. 큰 중력을 가진 이는 느긋했고 얕은 중력을 가진 이는 늘 조급했다.

한재하는 답장을 남긴 뒤면 두근거리는 가슴을 부여잡고 의

연해지려 노력했다. 중력은 질량에 비례한다. 거대한 대왕고래
는 1분에 두 번만 심장이 뛰어도 살 수 있다. 반면 조그만 흰 쥐
는 분당 심박 수가 400회에 이른다. 심장이 빨리 뛰는 건 언제나
작은 중력 생명체의 몫이라는 것. 한재하가 실감하는 건 바로
그런 생물학적 진실이었다. 그렇게 또 얼마간의 시간이 흘렀다.
이 시간이 서로에게 동일하게 작용했을지는 확신할 수 없다. 두
근거림의 가속과 감속. 혈류의 굽이치는 마찰이 한재하의 가슴
벽에 셀 수 없이 빗금을 더해가던 어느 날. 희미한 소행성에게
도 이따금 항성에 가닿을 수 있는 특별한 사건이 발생한다. 별
똥별이 떨어진다고 했다. 100년 만이라고 했다.

"이런 유성우는 유례가 드뭅니다."

노교수가 수업 말미에 언급한 그 말이 한재하의 호기심을 자
극했다. 한재하는 남들처럼 천체의 낙하운동에 소원을 비는 주
술적 행동은 하지 않았지만, 그 순간을 두 눈으로 관찰해 두는
건 흥미로운 일일 거라 생각했다. 드문드문 연락을 이어가던 신
민희에게 이 사실을 말하자 그녀가 물었다.

"몇 시에?"

"새벽 2시."

"나도 보고 싶어."

"이따 전화 걸어줄게."

"같이 만나서 보지 왜?"

다시 한번 한재하의 통신이 마비됐다. 우물쭈물하고 있자 그녀가 전화기 너머에서 한 번 더 물어왔다. "너는 왜 만나자는 말을 안 해?" 그 물음에 성간 거리나 중력 따위를 운운할 수는 없었다. 한재하는 진짜 흥미로운 일이 벌어지고 있음을 깨달았다.

"저 별 예쁘다."

"그거 인공위성이야."

함께 밤하늘을 바라보게 될 줄이야. 그리니치 천문대 표준시 기준 새벽 2시. 한재하는 그녀와 함께 대학교 운동장 한복판에 서있는 이 순간이 믿기지 않았다. 밤이 맑은 대신 조금 추웠고, 그는 그녀의 가벼운 차림이 조금 신경 쓰였다. 신민희는 밤하늘을 제대로 올려다본 게 굉장히 오랜만이라고 했다.

"별똥별이 부딪힐 확률은 없어?"

"그러진 않을 거야"

"왜?"

"유성은 대부분 대기권에서 소멸해. 중력에 이끌려 낙하하다가 닿지 못하고 마찰열 속에서 모두 타버리는 거야"

"그래도 만에 하나 부딪히면 어떻게 되는데?"

"만약?"

"상상해 보자는 거야. 정말 만약에."

"어마어마한 충격이 일어나겠지."

"얼마나?"

"하늘과 땅을 뒤집어 버릴 만큼 커다란 충격."

그리고 한재하는 괜스레 덧붙였다.

"어차피 그러진 못할 테지만."

신민희는 눈을 감았다.

"난 소원 빌래."

"비과학적이야."

"재미없다. 시늉이라도 해봐."

한재하도 따라서 눈을 감았다. 드문 천체운동의 순간에 관측을 저버린다니 그다지 합리적이지 않다는 생각이 들었지만, 함께 눈을 감고 있자 기분이 나쁘진 않았다. 진공상태의 검은 천체를 함께 들여다보는 기분.

"왜 만나자는 말을 안 하냐니까."

갑작스레 그녀가 물었다. 한재하의 눈꺼풀 속 세계가 진동했다. 그래도 그 안은 바깥보다 훨씬 검고 편안했다.

"못 닿을까 봐."

"부딪혀 보지도 않고?"

"계속 묻다보면 예상할 수 있어."

"안 타버릴 확률도 있잖아. 우연히 그냥. 그러면?"

한재하는 골똘히 생각에 잠겼다.

"커다란 충격이 일어나겠지."

"얼마나?"

거기까지 이야기하고 신민희는 쿡 웃었다. 순간 한재하는 둘 사이에 무언가 벌어지고 있음을 직감했다. 두 천체가 나란히 섰고, 같은 무언가를 바라보다가 무슨 일인가 벌어지고 있다. 이 느낌은 뭘까. 또렷이 형용할 수는 없었지만 굳이 이해하지 않아도 좋겠다는 생각이 들었다. 이처럼 불합리한 납득은 처음이었다. 그의 인생을 메우고 있던 자질구레한 질문들은 모두 소거됐고 떠오르는 유일한 물음은 그저 이런 것이었다. 이 순간이 영원할 수 있을까? 중력을 거슬러 몸이 지표면으로부터 한 뼘 떠오르는 이 알 수 없는 순간이. 만약 지금 주위에 현현하고 있는 이 모든 힘의 작용이 정말 신비라면 내친김에 아주 오래오래 현혹되고 싶었다. 영영 그럴 수 있을까? 그는 태어나 처음으로 짜릿한 이성의 마비를 경험했다. 유성이 감은 두 눈꺼풀 속 어둠을 반짝 긋고 사라졌고, 한재하는 처음으로 실증되지 않은 미신에 바람을 담아 보냈다. 그건 마치 먼 우주를 향해 띄워 보내는 아레시보 메시지 같은 것. 어디로? 그 대상이 별이든, 인공위성이든, 혹은 바싹 타올라 사라질 천체의 부스러기든 그는 개의치 않았다.

만약 지구와 달이 가까워진다면 어떤 일이 벌어질까? 가장 먼저 출렁이는 조수간만의 차가 커질 것이다. 한재하와 신민희가 만남을 시작하며 서로 간에 흔들리는 마음의 진폭이 철썩거리며 커지기 시작했다. 속수무책으로 밀려드는 물처럼 서로의 마음에 휩쓸렸고, 그렇게 찰랑이는 수면 위를 표류하다 보면 그 깊이를 확인하고 싶었다. 그러다 상대방의 마음이 내 바람에 부응하지 못하는 것처럼 느껴지면 슬픈 심정으로 각자를 수평선 밖까지 밀어내고 텅 빈 백사장을 바라보듯 헛헛함에 사로잡혔다. 하지만 어느 순간 파도는 다시 상대방을 자신의 곁으로 밀어 보냈다. 한재하는 출렁거리는 마음의 진폭에서 아찔함을 느끼면서도 그 오르내림이 좋았다. 점차 변화하는 자신의 상태가 낯설었지만, 동시에 그녀에게 자신의 모든 경험과 생각을 열어 젖뜨리고 싶었다. 집채만 한 파도가 두 사람 사이의 관계를 쓸고 지나갈 때도 있었고 그럴 때마다 가슴을 쓸어내려야 했지만, 어쨌든 이젠 서로가 좀 더 가까이 보이는 거리에 서있었고, 그래서 고갤 들면 두 천체는 각자의 별무늬를 좀 더 자세히 헤아릴 수 있었다. 한재하는 두 별 사이의 거리를 자꾸만 측량하고 싶었다. 우린 지금 어디까지 왔을까?

캠퍼스나 도서관 데이트에서 신민희가 지루함을 표시하면 이런 물음은 조금 초조해졌다.

"그 아이는 나처럼 강의실이나 도서관을 좋아하진 않는 것 같아."

유현은 한숨을 내쉬었다. 이 무렵 유현은 사수를 하며, 떠나간 여자친구를 그리워하고 있었다.

"봄인데 벚꽃이라도 보러 가보는 게 어때."

"그러면?"

"그러면이라니, 기분이 좋겠지."

한재하는 신민희의 반응을 예상해 보았다. 그녀는 종종 자연 현상에 자신의 감정이나 바람을 투영해 보곤 했다. 가령 그날의 대기 상태나, 꽃의 생장 같은 것에 자신의 운세나 처지를 점친 다거나 하는. 그건 한재하가 몰랐던 종류의 해석학이었다. 그는 고개를 끄덕였다. 그는 생애 처음으로 정서적 고양을 목적으로 벚꽃을 보러 갔다.

맑은 날이었다. 벚나무가 식재된 호수 변으로 나가자 나들이 객이 많았다. 재잘거리는 아이들과 오붓한 연인들이 은하수의 성운처럼 잔뜩 펼쳐져 출렁이고 있었다. 둘은 그 행렬에 합류해 함께 걸었다. 그건 과연 유현의 말대로 나쁘지 않은 경험이었 다. 서로의 손이 스치나 싶더니 이내 포개졌다.

내리는 꽃비 사이를 걸으며 신민희는 벚꽃은 질 때가 가장 분

분히 아름답고, 그래서 그걸 보고 있으면 기분이 좋다가도 한편으론 쓸쓸하다고 했다. 한재하는 벚꽃 지는 모습을 유심히 관찰하면 산벚나무와 왕벚나무의 수종을 구분할 수 있다고 말했다. 신민희는 뉴스에 소개된 가을에 벚꽃이 핀 사례를 말해주며 꽃이 지더라도 어쩌면 머지않아 다시 볼 수도 있으니 그건 그나마 기쁜 일이라고 했다. 한재하는 그건 이상 기후의 징후라고 답했다.

"…짜증 나. 이상 기후든 뭐든 아무렴 나한텐 좋은 일이야."

"…가을에 또 벚꽃을 보러 오자."

"…좋아."

서로의 견해에 차이가 있더라도 약속을 맺을 수 있다는 것. 과학엔 있을 수 없는 이 사실이 한재하에겐 생소한 기쁨이었다. 대단해. 이건 서로 다른 이론을 통합하는 일종의 통일장. 마음의 끈 이론이야. 그는 벚꽃놀이를 다녀온 밤, 상기된 채 자신이 발견한 이론과 실재의 이모저모를 곱씹었다.

하지만 둘 사이의 관계가 가까워지며 중력 관계의 불균형 역시 전보다 두드러졌다. 그건 한재하의 심리를 위태롭게 했다. 두 천체 사이의 평화로운 중력 균형을 유지하기에 그는 아직 미숙했고, 여유가 없었고, 행복하다가도 알 수 없는 이유로 곧잘 우울에 빠지곤 했다. 왜 세 시간이 넘도록 연락이 한 통 없는 걸까? 왜 내가 싫어하는 걸 알면서도 저런 행동을 하는 걸까? 그녀는 왜 나를 배려하지 않는 걸까? 나를 좀 더 신경 써줬더라면 이런 일은 일어나지 않았을 텐데. 이런 식으로 자신의 부정적인 감정에 한껏 이런저런 이유를 보태고 자기중심적인 주석을 추가하며 그의 마음 생태계에 전례 없던 악천후가 계속됐다. 서로 다른 존재가 서로 다른 시간과 중력 속에서 추측과 단념, 억단과 오해를 계속했다. 한재하는 토라지고 싶지 않지만 토라졌고, 마음을 풀고 싶지 않지만 풀어졌다. 이런 그의 오르내림이 신민희는 혼란스러웠다.

"로슈한계란 위성이 모성의 큰 기조력에 이끌리다 결국 잘게 부서지는 한계 지점을 가리킵니다."

학업에 대한 열정은 식은 지 오래였다. 노교수의 수업은 귀에 들어오지도 않았다. 한재하는 자신을 보존하기 위해 더 큰 애를 써야만 했다. 대등한 인력과 척력을 행사하지 못하는 물질은 결국 더 큰 중력을 향해 끌려 들어가고 만다. 그의 생각에 자신은 독자적인 중력을 거의 행사하지 못하고 있는 듯했다. 이 불균형을 해소하고자 그는 중력을 방사하기 위한 치열한 경쟁 정치에 돌입했다. 일부러 몇 시간씩 연락을 거둔다거나, 이유 없이 냉랭한 척을 해본다거나, 사소한 트집을 잡아 상대방의 마음을 확인해 보려는 어설픈 시도들. 하지만 그런 행동들은 결국 머지않아 자신이 상대방에게 얼마만큼이나 뒤틀린 방식으로 의존하고 있는지를 구차하게 드러낼 뿐이었다. 끝은 늘 다툼이었다. 한재하는 이유를 알고 싶었다.

"도대체 왜 그러는 거야?"

"왜냐니… 나는 그냥…"

"그냥은 없어."

서로의 불화에 대한 탐구. 거기서 도달하는 결론은 늘 한 가지였다. 냉소. 그곳은 사랑에 빠질 준비가 되지 않은 이들이 도달하는 마음 질량 보존의 궁여지책이다.

"걔는 나를 사랑하지 않는 것 같아."

과학의 미진함은 인간의 자기중심성에서 비롯된다. 자연계엔 미처 우리가 파악하지 못한 수많은 존재론이 있고, 현상과 그 까닭이 있고, 사물의 내밀한 속내가 있음에도 우리는 마음껏 세상의 이치를 재단하려 한다. 가설로만 존재하던 힉스 보손이 입자 가속에서 검출된 지 이제 막 10년이 지났을 따름이고, 우주에서 우리가 관측 가능한 물질은 고작 5%에 불과하다. 한정된 정보량을 가지고 세계의 구성원리를 이렇다 저렇다 확단하려는 것은 오만일지도 모른다.

"그것도 사랑이야."

유현은 답했다. 그는 좀 더 사랑을 믿어보라고 했다. 한재하가 봤을 때 그건 사랑을 잘 알지도 못하고서 하는 태평한 소리였다. 그는 생각한다. 나는 이 중력의 비밀을 낱낱이 알아버렸다. 서로가 왜곡하는 시공간의 곡률. 그 기울기가 동등하지 않다는 것. 그것이 바로 이 냉정한 힘의 정체다. 쉽게 사랑을 말하던 이는 이제 사랑을 믿지 않게 되었다. 한재하는 신비를 믿지 않기에, 그는 오래전처럼 다시 한번 노트를 펼치고 펜을 든다. 연인의 좋은 점과 좋지 않은 점을 하나씩 나열한다. 그러다 그것을 잘게 찢어버리고 뉴턴의 방정식처럼 명료한 도식을 하나 적어넣는다.

안 좋은 점: 좋은 점을 제외한 모든 것.

좋은 점: 없음.

지구와 달 사이의 거리는 1년에 약 3.8cm씩 멀어진다고 했다. 아무리 완벽해 보이는 관계라도 영원한 것은 없다. 언젠가 중력 관계는 끝이 난다. 두 천체가 영영 멀어지든, 어느 한 별이 수명을 다해 소멸하든. 모든 것은 끝이 난다. 화두를 꺼낸 것은 한재하였다. 추락하는 별에다 각자의 소원을 빌었던 그 운동장에서였다. 그날 밤엔 별이 없었다. 신민희는 한참을 침묵한 뒤 말했다.

"타버릴까 봐 무섭다고 했지."

한재하는 고개를 끄덕인다.

"그렇게 된 것 같아."

신민희는 고개를 가로젓는다.

"그럴 배짱도 없었던 거야."

그녀가 돌아섰다. 머뭇거리다 한재하도 돌아선다. 각자의 거리가 멀어지며 서로를 끌어당기던 중력장이 약해진다. 결국 그의 우주는 늘 이런 식으로 팽창해 왔다. 한재하는 생각한다. 어차피 이렇게 될 거였어. 결론은 정해져 있던 거야. 그는 이 일련의 읊조림에 동어반복적 부조리가 존재하는 것을 알아채지 못한다. 쓸쓸한 이성의 마비. 그는 무심하고 단정한 필연의 세계로 도망친다. 주관과 인과를 연결하며 이성과 합리성의 세계를 유영한다. 황급히 관계 도식을 잘게 찢어버리고 그녀를 뒤로한 채 돌아서던 첫 조우 때처럼, 두 눈을 감고 주머니에 손을 꽂아넣고 천천히. 냉소는 우주 속 천체들의 무덤이고 종착지다. 진공상태의 이 검은 천체가 그는 무척이나 편안하다고 생각한다. 그의 주머니 속으로 잘게 조각난 그녀의 좋은 점과 좋지 않은 점들이 우주 먼지처럼 떠다닌다.

대학은 방학을 맞이했고 한재하는 어두운 방 안에 누워있다. 그의 우주에서 큰 질량을 차지하던 거대 항성이 붕괴했다. 거대한 질량이 파괴된 자리. 그것은 종종 모든 것을 빨아들이는 어둠으로 변모한다. 그녀를 덜어내고 홀가분해질 줄 알았던 그의 일상이 외려 그 무한한 중력에 의해 집어삼켜진다. 그 안에선 빛과 시간조차 쭉 늘어나서 헤어 나올 수 없다. 그는 전에 없던 슬픔의 중력에 의해 자신의 몸이 엿가락처럼 늘어지는 것을 느낀다. 이전과 다른 빛깔의 날씨와 서걱거리는 음식의 질감에서 생소한 물리 법칙을 경험한다. 영영 끝나지 않을 것 같은 우울 속에서 슬픔을 되새김질하는 신경회로가 구성된다. 며칠 밤낮이 지났을까? 그렇게 한재하는 자신의 오랜 고질병인 답 없는 물음을 계속한다. 우리는 왜 헤어졌을까? 그건 그녀가 날 사랑하지 않아서다. 그건 어떻게 알 수 있을까? 우리가 헤어졌기 때문이다. 영원할 것처럼 느껴지는 시간이 무익한 되새김을 허락했다.

이 되먹임의 고리 속에서 그녀의 좋았던 점, 좋지 않았던 점들이 입자 크기로 무수히 잘게 조각난 채 시공간을 회오리친다. 그는 이 가속을 멈출 수 없다. 자기 지시적인 순환의 회로. 이 반복에서 어느 순간 메타적 인지가 창발한다. 이 회전은 초고속의 입자 가속 실험, 또는 수행자의 끝없는 고행을 닮았다. 두뇌 속 해마가 잊고 있던 추억 속 한 장면을 홀로그램 빔으로 쏘아내면, 신경회로 속에서 기억들은 프레임 단위로 흩어지다가, 마침내 몇 가지 입자가 되어 가공할 만한 빠르기로 회전하고, 부딪

힌다. 그리고 불현듯 그 충돌에서 알려지지 않은 물질이 검출된
다. 그건 전에 없던, 아니 실은 미처 인지하지 못했던 사랑의 힉
스 보손이다. 알아채지 못했던 일상 속 희미한 사랑의 성분들이
다. 남몰래 목소리를 내고 있던 미미한 사랑의 성원들이 모여든
다. 사랑이란 무엇인가? 그것은 우리가 사랑이라고 부르는 것들
의 합계다. 그는 그렇게 사랑이 가고 없는 자리에서 지나간 사
랑의 합계를 늘려갔다. 그는 처음으로 자신의 안락한 검은 천체
가 외롭다고 생각했다.

그날 아침은 평화로웠다. 부모님이 서로의 쌀밥 위에 깻잎지
를 얹어주고 있었다. 아파트 단지가 떠나가라 대판 부부싸움을
치른 게 바로 어제저녁이었다. 한재하는 불 꺼진 방에 누워 그
소란을 들었다. 손으로 거실 바닥을 쓸던 어머니가 벌떡 일어서
며 싸움의 시작을 알렸고, 아빠는 소파에서 읽던 신문을 조금
소심하게 내팽개쳤을 테고… 화근은… 아무렴 아무렴, 그건 중
요한 게 아니고 중요한 건, 하룻밤 새에 둘 사이에 도대체 무슨
일이 벌어진 건지. 그리고 수십 년 동안 둘은 어떤 마음을 돌봐
온 건지.
두 멀어진 마음을 다시 동여매는 끈 같은 것. 그건 어디서 왔
을까?

한재하가 이해해 보려 했지만 실패한 그건.

아버지는 대답했다.

"그냥."

어머니는 대답했다.

"어쩌겠어."

언젠가 유현은 말했다.

"그게 사랑이야."

모든 건 끝이 난다. 천체의 중력 관계를 재배치한 그해의 여름도 결국 끝이 났다. 낮보다 밤이 길던 그해의 여름은 마치 종래의 상식에 어긋나는 이상 기후 같은 것이었다.

그해 가을엔 벚꽃이 개화했다.

"그 행성의 이름은 불량 행성입니다."

불량 행성은 본래 모성 주위를 돌던 평범한 행성이었지만 모종의 영향으로 궤도로부터 튕겨 나와 방랑하는 천체를 말한다. 떠돌이 천체는 언젠가 자신의 모성과 맺었던 약속을 떠올린다. 서로 다른 생각을 가져도 같은 약속을 맺을 수 있다는, 두 사람이 맺었던 마음의 끈 이론. 끈 이론은 만물이 끈처럼 서로 연결된 채 진동을 공유하며 존재한다는 아직은 완벽히 검증되지 않은 이론이다. 그러나 가을 벚꽃을 보러 가자던 약속은 두 사람

천체물리학 궤도상의 사랑 좌표

65

의 마음이 서로 진동을 공유했다는 사실을 증거했다. 느슨해진 이 끈을 실타래처럼 감으면 상대편에 가닿을 수 있을까? 이 이론을 실증할 수 있을까?

"다녀올게."

그즈음 유현은 이사를 간다고 했다. 바리바리 봇짐장수 같은 모습으로 나타나선 떠나간 여자친구를 못 잊어서 노량진의 재수학원으로 간다고 했다. 이번에야말로 대학에 입학하지 않으면 그녀를 찾아갈 수 없을 것 같다고. 그러면서 한동안은 연락하기 힘들 거라고 했다.

"걔 때문에 거길 간다고?"

"응."

"왜?"

유현은 대답 대신 배낭 속 한 무더기의 수험서 사이에서 뭔가를 꺼냈다.

"자."

그건 아주 오래전 빌려줬던 노트였다.

"짐 정리하다가 나왔는데 돌려줄게."

그날 밤 한재하는 오래된 노트를 펼치고 책상 앞에 앉았다. 손으로 먼 옛날 찢어냈던 페이지의 흔적을 더듬어 보았다. 낙담 속에서 그는 언제나 유효할 수 있는 과학의 제1 격률을 떠올려야 했다. 그 어떤 것도 무로부터 생겨나지 않는다. 그는 각자의 마음을 측량하려는 이론과학을 거두고 이제 실증할 수 없는 마음의 주술에 바람을 담아보기로 한다. 이런저런 페이지 따위는 찢어버리고 진작에 펜을 들어 시도했어야 할 실험과학이다. 이 실험은 다음과 같은 메시지로 시작한다.

민희에게.

한재하는 편지를 다 쓴다면 물을 거다. 어디로 가는 걸까? 혹여나 이 시도가 두 천체의 거리를 좁히게 된다면. 그래서 언젠가 신민희가 이 모든 일에 대해 묻는다면. 한재하는 그냥이라고 답할 거다. 이는 그가 발견한 모든 사랑의 이론이 실증될 수 없는 이유기도 하지만, 이러한 과학적, 비과학적 사고의 합계가 한재하가 깨달은 사랑의 합계에 포함된다.

우리는
깊어서*

돌풍이었을까. 태양에서 흑점 같은 것이 떨어져 스쳐 간 줄 알았다. 손갓하며 어, 하던 순간이었다. 케이블에 묶여 올라가던 공사장 철근들이 해를 가리며 조금 기울던 것 같은데. 울컥하고 가슴이 먹먹했다. 바라보는 인부들의 입이 조금 벌어졌다. 검고 기다란 철근 파이프 하나가 가슴을 꿰뚫고 있었다. 손바닥으로 나를 관통한 것을 더듬어 봤다. 거칠고 차가운 표면. 동전만 한 굵기. 면 1인분을 가늠할 정도의 굵기라 해도 좋겠다. 더도 말고 덜도 말고 딱 1인분의 구멍. 그때 분명 세상에 작게 구멍이 났고 거기서 피가 흘러나오고 있었다. 기우

---

* 본 작품은 계간 《불교문학》 2024년 봄호에 〈바람구멍〉이란 제목으로 수록되었다.

뚱 대지가 기우는가 싶더니 흙바닥이 눈앞에 세로로 우뚝 섰다. 하늘은 기분 나쁜 오렌지색으로 물들었다. 다가오는 몇 켤레의 안전화들이 보였다.

정신을 차린 건 병실에서였다. 콘크리트처럼 무겁고 단단한 잠 속에서 눈을 뜬 기분. 케이블에라도 묶인 듯 단단히 결박되어 움직일 수가 없었다. 가까스로 고개를 돌리자 창밖으로 분홍빛 선을 그리는 건물들의 가장자리가 보였다. 해 질 녘이었다. 의사는 철근이 주요 장기들을 아슬아슬하게 피해 간 탓에 살아남을 수 있었다고 말했다. 선천적으로 폐가 작았던 것이 행운으로 작용했다. 어릴 때부터 한평생 얕은 숨만 들이쉬고 내뱉게 만든 것. 내 몸과 꿈을 왜소하게 쪼그라들게 한 것. 그러나 그 작은 폐 덕에 인생에서 가장 날카로운 예각으로 들이닥친 불행에서 목숨을 건질 수 있었으니 행운인지 불행인지 모를 일이었다.

병상에 누운 채 시선을 내리깔면 가슴을 덮은 녹색 천과 그 안으로 연결된 긴 호스가 보였다. 집중해서 살피면 튜브 안에 맺혀있는 작은 물방울들이 보였다. 그것들은 더운 현장에서 맺힌 콧잔등의 땀처럼 어느샌가 방울져 있다가 종종 느릿느릿 가슴 속으로 흘러들었다. 그럴 때면 환부에 지독한 소독액이 흘러들 듯 명치 안쪽부터 찌릿하고 강렬한 통증이 퍼져나갔다. 날카로운 톱니들이 혈관 벽을 긁으며 기어 다니는 느낌. 그때마다 안

개가 서리듯 눈앞이 붉게 자욱했다. 더듬더듬 왼손 가까이 있는 버튼을 누르면 관을 타고 모르핀이 흘러들었다. 손톱이 하얗게 질리도록 버튼을 눌러대도 통증은 좀처럼 사그라들 줄 몰랐다. 그럴 때면 충혈된 눈을 부릅뜨고 날 살려둔 작은 폐를 원망했다. 그것이 내 삶을 죽음보다 더 큰 비참으로 내팽개친 것을 깨달았다.

통증은 계절이 지나 퇴원을 한 이후에도 종종 찾아왔다. 거울을 노려보며 주의 깊게 면도할 때나, 맛이 쿰쿰하게 가버린 찌개를 덥히거나, 바닥의 먼지를 손으로 쓸어 담다가도 불쑥불쑥 가슴 안쪽으로 익숙하지만, 동시에 결코 익숙해지는 법이 없는 모진 고통이 찾아왔다. 몸 안에서 길들여지지 않은 짐승이 가슴을 활짝 열어젖히겠다는 듯 날카롭게 발톱을 세우고 할퀴어 댔다. 고통의 시간을 보내고 정신을 차려보면 언제나 손바닥엔 짐승의 잇자국처럼 손톱자국이 깊게 남아있었다. 잇새로 흐른 찝찌름한 피를 바닥에 뱉어내면 신 구역질이 올라왔고, 온 신경이 날카롭다 못해 투명하게 곤두서는 바람에 밤에는 이불을 쥐어뜯다 선잠을 자길 반복했다. 가까스로 눈을 감는 데 성공하면 눈꺼풀 뒤로 혼곤히 펼쳐지는 흐릿한 기억들. 주홍빛 하늘과 날 바라보는 이들의 겁에 질린 표정. 그러다 구멍이 뻥 뚫린 기분으로 부스스 일어나 부옇게 타오는 빛을 바라보고 있으면 간밤엔 잠을 잤다기보다 꼭 지독한 남의 꿈들을 헤매고 온 기분이었다. 그럴 때면 가슴팍에 더듬더듬 손끝을 대보았다. 아직 그 자리에 메꿔지지 않은 구멍이 존재하는 건 아닐까. 흑점 같은 구멍에서 진득한 고통이 흘러나오고 있는 것은 아닐까. 하지만 느껴지는 건 임시방편으로 무언가를 땜질한 자국처럼 불룩 솟아있는 켈로이드성 흉터뿐. 미덥지 않은 용접공의 솜씨처럼 볼품없는 모양새였다.

눈 뜬 것이나 감은 것이나 별다를 바 없는 어둡고 흐릿한 매일이었다. 극단적인 생각을 해보지 않았다면 거짓말이다. 고통은 생에 대한 인내심을 집요하게 갉아먹었다. 현재에게 연락이온 건 그때쯤이었다. 현재는 중환자실에 누워있으며 알게 된 인연이었다. 같은 병실을 썼는데, 내가 호흡기를 걷어내고 어느 정도 정신을 가누자 말을 걸어왔다. 중환자실엔 언제나 의료기기의 작동음이나 이따금 몸을 뒤채는 환자들의 신음만 낮게 깔려있었으니 이례적인 소음이었다. 나와 비슷한 또래처럼 보였는데 공장의 프레스기에 오른팔이 으스러졌다고 했다.

가장 비싼 병실에 하나같이 가난한 사람들만 있으니 웃기지 않아요?

언젠가 현재가 석고 깁스에 감싸인 자기 팔을 신기하다는 듯 눈으로 뜬어보며 말했다. 외과의 중환자실엔 나나 현재처럼 어딘가 구멍 나거나 너덜너덜해진 사람들이 잔뜩 몸져누워 있었다. 대다수가 거친 환경에서 제 몸을 돌볼 여유가 없던 사람들이었고, 하나같이 불행을 앞서 예감하며 지쳐있는 표정이었다. 종종 아주 위독해 보이는 사람들도 있었다. 자신의 일부를 어딘가에서 영영 잃어버린 사람들. 그들의 커다란 외상은 1인분의 상처라기엔 지나쳐 보였다. 각자 몫의 상처를 안고서 쉴 새 없이 드나드는 사람들을 보며 세상엔 이렇게 환자들이 많구나, 조금 비현실적인 풍경을 실감했다. 그 풍경의 한편에서 현재는 무거운 석고 팔을 옴짝거리고 있었다. 어둠이 고였을 깁스 안에 현재의 팔은 어떤 모습으로 야위고 있었을까. 아마 녹색 천에 덮인 내 가슴팍이 그에게는 마찬가지로 보였겠지. 병상의 시간은 피차 서로에게 길고 지루했다. 우리는 기운이 날 때면 종종 사소한 이야기를 나눴고, 퇴원한 이후에도 담당의의 무심한 왕진처럼 잊을만할 즈음이면 간간이 연락을 이어갔다.

그런데 그런 어느 날, 그가 통증을 잊게 해주는 약을 알게 됐다고 말해온 것이다.

현재는 내게 작고 오래된 병원 한 곳을 일러줬다. 창백한 벽지의 진료실과 시선을 마주치지 않고 무심히 키보드를 두드리던 늙은 의사가 기억난다. 가늘고 차가워 보이는 손가락이었다. 그 손끝이 처방전에 끼적인 건 펜타닐이란 약이었다. 붙이는 파스처럼 투명한 패치를 떼어내 가슴 위에 붙이면 수 분 내로 통증이 잦아들었다. 그러면 하루 이틀은 언제 찾아올지 모르는 통증을 겁내지 않아도 됐다. 마치 가슴에 뚫린 구멍에 꼭 들어맞는 퍼즐 한 조각을 끼워 맞춘 기분.

현재는 그 약이 우릴 구했다고 말했다. 그 말은 사실이었다. 그제야 고통을 떨치고 눈앞을 똑바로 볼 수 있었으니까. 이부자리에서 일어나 장을 보고 끼니를 챙겨 먹을 수 있었으니까. 펜타닐은 눈앞을 빗장 친 불그죽죽한 안개를 걷어내는 희붐한 손전등 같았다. 그 불빛 앞에서 구멍을 기엄기엄하던 통증은 동굴 밖의 빛을 마주한 짐승처럼 어둠 속으로 조심스레 물러갔다. 다만 언제고 다시 돌아올 것이라는 희미한 안광을 남기면서. 그 불안마저 남김없이 몰아내기 위해 펜타닐을 계속 찾아야 했다. 그 불빛이 내어주는 아늑함이 언제까지고 따뜻할 줄 알았다.

추워.

현재는 이불을 머리끝까지 끌어다 덮으며 말했다.

패치 좀 가져다줘.

뜨겁게 달군 알루미늄 포일 위에 얇게 분리한 펜타닐을 올리면 잿빛 연기가 느릿느릿 피어오른다. 우린 빨대를 짧게 잘라

물고 그 연기를 돌아가며 마신다. 그리고 한층 편안해진 기분
으로 아무렇게나 침대나 바닥에 늘어진다. 방금 막 서로 펜타닐
조각 하나를 나눠서 흡입한 후였다. 몽롱한 채 침대맡을 더듬
자 포일 부스러기들이 침대보 위를 어슬렁거린다. 방금 게 마지
막이었어. 나는 대답하고서 밭은 숨을 들이쉰다. 약을 들이쉬고
난 이후에는 늘 숨이 답답했다. 심장이 자꾸 제멋대로 박자를
탄다.

　아까 분명 한 장 남아있었어.

　현재는 이불 속에서 팔을 쭉 내밀곤 사방으로 손을 뻗쳐대며
중얼거린다. 잃어버렸어. 잃어버린 것 같아. 그 바람에 협탁 위에
놓여있던 유리잔이 떨어져 깨진다. 담겨있던 미지근한 맥주가
맥없이 흘러내린다. 언제 따라둔 건지 기억이 잘 나지 않는다.

　네 차례야. 네가 가서 받아와. 춥단 말이야.

　현재는 잔뜩 웅크려선 이를 떤다. 나는 전기장판의 온도를 최
대로 올린다. 현재가 갑자기 자리를 박차고 일어나 싱크대를 붙
잡고 토를 한다. 먹은 게 없으니 아무런 건더기가 없다. 난 흐리
멍덩한 초점으로 그가 낮게 신음하며 위액을 뱉는 걸 지켜본다.
현재가 병원에서 한 달 치 펜타닐을 받아온 게 겨우 일주일쯤
전이었나. 시야 속 사물들의 가장자리가 부드럽게 일렁인다.

　네가 내 몫까지 다 해버렸다고.

힐난하는 그의 눈시울이 붉었다. 피부에 번진 붉은 반점들. 토를 쏟아내고 나면 늘 작은 핏줄들이 터졌다. 그가 으슬으슬 떨면서 내 옆에 와 엎어진다. 제발, 응? 이젠 화를 내다가 애원하고 있다. 기분이 아늑해서 그게 꼭 TV 시리즈의 한 장면 같고 웃음이 날 것만 같다. 환기가 안 되는 방에선 눅눅한 냄새가 났다. 아무래도 볕을 좀 쬐야겠다. 자리에서 일어서고 싶지만 하반신의 감각이 둔하다. 벽지의 무늬가 곁을 맴돌며 추상화처럼 소용돌이친다. 커튼은 얇은 치마폭처럼 부드럽게 하느작거리며 허공을 유영한다. 손을 대보자 손등을 핥고 가는 감촉이 부드럽다. 커튼 사이로는 한 뼘만 한 작은 빛이 들었다. 빛은 아침에 잠깐 들었다가 해 질 녘에 한 번 또 든다. 나는 종종 우두커니 벽에 기대앉아 그 빛을 받고 춤추는 허공의 먼지들을 보기도 한다. 먼지들은 하루 두 번 하루살이처럼 날다가 어둠 속에 스며든다. 이게 오늘의 두 번째 춤이니 아마 지금은 해 질 녘인 듯하다. 혼자 있고 싶다. 상반신을 일으켰다.

너, 집에 안 가?

현재는 욕지기를 뱉으며 내 가슴팍을 밀쳤다. 벽에 뒤통수를 부딪자 라디오 잡음이 사라지듯 정신이 조금 또렷해졌다. 그러면서 현실로 가라앉는 기분. 몸이 늘어진다. 아지랑이처럼 흔들리던 것들이 바로 서며 그의 입가에 끼인 흰 잔거품이 눈에 들어온다. 하수구나 싱크대 배수구에 낀 부패한 음식물의 흔적 같다. 아니면 도축장의 산패한 피거품. 이 모든 것이 언뜻 비치고 간 죽음의 기색 같다. 나는 현재가 머지않아 죽을지도 모르겠다고 생각했다. 아마 나도 비참하게 죽을 거다. 우스울 정도로 틀림없고, 따분하다가도 오싹한 현실이다. 그러나 죽는 건 상상할 수 있어도 그때까지 약이 없는 건 상상할 수 없다. 약 없는 삶보다 죽음을 상상하는 게 쉽다. 비칠비칠 얼굴을 부비고 일어나 의자에 걸린 파카를 걸쳤다. 현재는 그런 나를 바라보며 어딘가 창문이라도 열려있는 듯 오들오들 떨고 있다.

어디서 자꾸 바람이 드는 것 같아.

그가 이불 속을 파고들며 말했다. 약을 시작한 이래로 부쩍 체중이 줄어서 이불 위로도 앙상한 몸피가 도드라졌다. 나는 웃옷의 지퍼를 턱 끝까지 바투 올린다.

다녀올게.

빨리 와.

펜타닐 패치를 가로로 길쭉하게 잘라 얇은 막을 필름에서 분리한다. 패치 크기에 주의해야 한다. 가로 3cm, 세로 1cm. 그 이상은 죽을지도 모른다. 심장이 리듬을 잃다가 멎는다고 했다. 분리한 펜타닐을 뜨겁게 달군 포일이나 숟가락 위에 올려 가열

한다. 처음엔 흐물거리다가 금세 녹아내려 기포가 생긴다. 그러다 가장자리가 거뭇해지며 뿌연 증기가 오르면 빨대를 갖다 대들이쉰다. 연기가 흩어지지 않게 애초부터 포일을 국자 모양으로 오목하게 구부려 빨대 앞에 붙여놓으면 좋다. 처음엔 담배처럼 맵싸한 연기가 폐 속에 들어차지만, 이내 모닥불이 피어오르듯 가슴 안쪽부터 훈기가 느껴진다. 명치부터 시작된 온기는 몸을 녹이며 엉치뼈며 손끝까지 구석구석 퍼져나간다. 정수리부터 발끝까지 온몸의 모공이 한껏 확장되며 그곳 하나하나에 따스함이 고여든다. 그러다 뜨거운 욕조 물에 몸을 담그듯 정신이 조금 아득해지는 순간, 세상의 온갖 무질서한 잡음은 수면 밖의 소음처럼 멀리 달아나고, 나는 품에 안긴 아기처럼 포근해진다. 이건 고작 담배 따위에 비할 게 아니다. 품고 있던 근심도, 닳고 닳은 정신도 물에 씻은 솜사탕처럼 사근히 녹아 흘러내리고, 모든 차갑고 딱딱한 것들은 온기를 얻어 둥그렇게 흐물거린다. 나는 이 세계와 포옹하는 기분이다.

이 모든 걸 처음 알려준 건, 승합차를 모는 여자였다.

평소처럼 한 달에 한 번 패치를 처방받고 나설 때였다. 병원 주차장의 낡은 스타렉스 옆을 지나는데 운전석의 창문이 내려왔다. 짧은 헤어스타일과 마스크 탓에 나이를 가늠하기 어려운 여자였다. 그녀가 나를 불러 세우더니 내 손에 들린 약 봉투를 가리키며 물었다. 30만 원. 무려 30만 원에 그걸 팔 생각이 있느냐고. 눈매를 살펴보니 몇 번인가 병원에서 마주친 적 있는 사람이었다. 그 제안을 들었을 땐 선뜻 이해가 가질 않아 그 의도를 되물어야 했다. 호기심을 보이는 내게 그녀는 선심 쓰듯 펜타닐의 제대로 된 사용법이 알고 싶지 않냐고 물었다. 그러면서 은밀한 몸짓으로 뭔가를 건넸는데 작고 길쭉하게 잘라낸 패치 조각이었다. 건네받기 위해 손을 내민 순간 승합차의 뒷좌석에 있는 한 무리의 앳되어 보이는 아이들을 보았다. 중고등학생처럼 보이는 아이들 너덧 명쯤이 불안한 표정으로 두리번거리거나 정신 사납게 다리를 떨고 있었다.

그 일이 있고서 한 달 분량의 펜타닐이 처음으로 3주 만에 동이 났다. 약을 다시 처방받으러 병원을 찾았을 때 여자는 여전히 그 자리에 있었다. 그로부터 2주 뒤에 찾았을 때도 그 자리에 있었다. 그녀는 무언가 때를 기다리는 사람처럼 병원을 드나드는 사람들을 물끄러미 지켜보고 있었다. 그렇게 얼마간 시간이 지났다. 점차 뺨이 패이고 처방량에 비해 필요한 펜타닐이 훨씬 더 많아졌을 무렵이다. 여자는 그제야 나를 다시 한번 불러 세우곤 말했다. 패치가 더 필요하지 않냐고, 자신에게 패치를 사지 않겠냐고. 30만 원. 가격은 고작 30만 원이라고.

구도심 시가지의 낡은 상가건물. 깜빡이는 백열등과 희고 검은 반점들이 잘게 섞인 시멘트 복도. 그곳의 컴컴한 구석, 모두 이 병원에서 시작된 일이었다. 그러나 찬 날씨에 옷깃을 여미며 도착한 지금. 무슨 일인지 병원 문은 굳게 닫혀있다. 영업시간과 지금 시간을 대조해 봤다. 약 기운이 달아나지 않은 채라 머리를 몇 번 흔들어야 했다. 진료 시간이 남았는데도 간판은 컴컴하게 꺼져있고 녹슨 셔터는 내려와 있다. 휴일에도 내리지 않았던 셔터다. 약을 해서 입안이 바싹 말랐다. 투명한 침이 계속 고이는데도 이상하게 입은 텁텁하고 목은 타는듯했다. 약발이 슬슬 다해간다는 징조였다. 현실이 주는 단단한 감각들이 굳게 닫힌 셔터처럼 단호하게 돌아오고 있었다. 나는 물이 갈급한 사람처럼 셔터를 두드렸다. 주먹으로 치다가 발길질을 했다. 왜. 왜 안 열어. 이 새끼. 그 비쩍 곯은 의사 새끼. 왜 문을 안 여느냐고. 그때 누군가 내 어깨를 낚아챘다. 소스라치게 놀라며 움츠렸다. 덩달아 놀란 그는 같은 층을 쓰는 상가 이웃이었다.

이제 그 사람 안 오니까 그만 찾아요. 상가 분위기 뒤숭숭하게…, 그런데 당신, 괜찮아요?

상가 주민은 내가 빚쟁이 중 한 명인 줄 알았다고 했다. 의사가 큰 빚을 남기고 감쪽같이 사라졌다고 했다. 도박인지 보증인지 흉흉한 소문이 뒤따랐다고. 약을 되는대로 처방해 주던 의사의 모습이 떠올랐다. 환자들 못지않게 갈급한 모습이었다. 허탈했다. 건물을 나서려는데 눈꺼풀이 떨렸다. 어느덧 건물 밖은 차갑고 축축하게 어둠이 깔려있었다. 순간 혀 밑에 묽고 신 침이 솟으면서 구역질이 나기 시작했다. 소맷부리로 입을 틀어막고 주차장의 연석에 달려가 속을 게워냈다. 형체가 거의 사라진 음식 찌꺼기 몇 점이 위액 위를 미끄러졌다. 어금니가 빠진 자리에 위액이 닿아 시큰거렸다. 잦은 구토로 녹아버려 뽑아낸 것이었다. 가쁘게 숨을 몰아쉬자 이번엔 등골부터 저릿하게 추위가 느껴지기 시작했다. 오한이 덜해질 때까지 미친 사람인 양 양팔을 쓸어내렸다. 성급하게 뒷주머니의 핸드폰을 더듬었다. 현재에게서 부재중이 여덟 통 찍혀있었지만, 그보다 먼저 여자에게 전화를 걸어야 했다. 펜타닐이 필요했다. 손이 떨려서 몇 번이고 번호를 다시 눌렀다. 통화연결음이 한없이 밤을 지연시켰다.

여자는 내가 운이 좋다고 했다. 마침 한 팀이 쇼핑을 간다고 했다. 그들은 펜타닐을 써주는 병원을 찾아 순방하는 것을 쇼핑이라고 말했다. 그런 병원들의 리스트는 웬만큼 능통하지 않고서 알아내기 어렵다고도 했다. 그들은 단속이 심한 수도권을 피해 부산까지 간다고 했다. 태우러 갈 테니까 그 자리에서 기다려. 그녀가 요구한 금액을 송금하자 전화가 끊어졌다. 속을 게

워낸 탓인지 배 속이 꺼진 듯 휑한 허기가 밀려왔다. 그제야 마지막으로 먹거나 마신 지 24시간도 더 지난 것을 깨달았다.

미칠 것처럼 배가 고팠다. 주변을 둘러봤지만 허기를 채울 만한 곳이 마땅히 없었다. 별수 없어 상가건물의 편의점에서 크림빵 하나를 사 와서 한입 물었다. 미끌미끌한 동물성 크림이 입 안에 들어차는 순간 역한 기운이 다시 몰려왔다. 오래된 휘발유라도 머금은 듯 입안 가득 기름기가 코팅되는 기분을 참을 수 없었다. 언제부턴가 약발이 떨어지면 음식에선 한 번도 경험해보지 못한 시큼함이나 찝찌름함이 느껴졌다. 결국 상가 계단참에 도로 모두 뱉어냈다. 매일 지독하게 반복되는 순간이었다.

계단에 쪼그려 앉자 불규칙적으로 백열등이 깜빡였다. 시멘트 바닥의 냉기가 등줄기를 타고 머리끝까지 올라왔다. 하지만 그것보다 지독한 건 몸속에서부터 퍼지는 추위다. 약을 멈추면 언제나 참을 수 없는 추위가 찾아왔다. 너무 추워서 뼈까지 떨리다 폭삭 으스러질 것 같은 느낌이다. 두꺼운 옷이나 핫팩으로도 이런 추위는 덥힐 길이 없다. 불로 달군 인두를 지지는 것 같은 추위다.

벗어나는 방법은 오직 펜타닐뿐이다. 펜타닐. 오로지 펜타닐. 약 생각이 간절했다. 약은 취하려고 하는 것이 아니다. 깨지 않으려 하는 것이다. 언제나 참을 수 없는 건 약에서 깨고 현실로 돌아오는 순간이다. 펜타닐이 주는 전능감에 붕 떠올랐다가 현실로 떨어질 때면 딛고 있던 바닥은 더 깊이 꺼져있었다. 다시 떠오를 반동을 주기 위해선 이전보다 더 많은 용량이 필요하다. 이런 반복에서 바닥은 계속해서 꺼져가다 어느 순간 깊은 구덩이에 이른다. 그리고, 어느 순간 그 안에 갇혀버린 것을 깨닫는다. 여자는 언제 올까. 오기는 하는 걸까. 어쩌면 영영 오지 않는 건 아닐까. 시간을 확인했다. 몇 시간은 지난 것 같은데 고작 통화가 끝난 지 10분쯤 지난 시점이었다. 백열등은 계속 껌뻑거렸고.

깜빡. 뭔가가 툭 끊어지듯 눈앞이 핑 돈다. 사위가 어두워지는 듯한 기분과 함께 깊은 무력감이 밀려든다. 공황의 전조였다. 여자가 영영 오지 않을지도 모른다는 불안감이 별안간 머릿속에 툭 떨어진다. 팽팽한 장력의 긴장 속에서 스트링 하나가 끊어지듯 시작된 뜻 모를 불안감이 걷잡을 수 없이 이어진다. 나머지 모든 스트링이 후드득 끊어지는 듯하고, 끊어지는 것들 하나하나가 모두 머릿속의 신경다발 같다. 결국 죽을 거란 생각. 결국 모든 게 다 무너져 내릴 거란 예감. 그런 불길한 유의 진단을 낮게 읊조리는 목소리들. 호흡이 가빠진다. 깊게 숨을 들이쉬려 했지만 무언가 목을 죄듯 가느다란 실바람만 목울대에 맺혔다가 흩어졌다. 호흡기를 찾는 천식 환자처럼 바닥을 더듬거리며 편의점 비닐봉지를 찾는다. 바스락거리는 비닐로 코와 입을 가리고 숨을 쉬어본다. 어릴 적부터 익혀둔 임시방편이었다. 눈을 질끈 감자 어둠 속에서 상하좌우 없이 빙빙 돌며 어디론가 빨려가는 듯하다. 끝 모를 수챗구멍 같은 게 내 발밑에, 아니, 어쩌면 내 몸속에 뻥 뚫려 아가리를 벌린 채 나를 집어삼키고 있다. 높은 곳에서 떨어지는 놀이기구가 영영 끝나지 않는 듯한 느낌. 참을 수 없는 추락감이 단전에서부터 온몸을 휩쓸고 지나간다. 얼어붙듯 온몸의 털 오라기 하나까지 뻣뻣이 경직되고, 딱딱히 굳은 혀가 목구멍 안으로 비틀려 들어간다. 그러면서 까마득한 구멍 속으로… 기우뚱 쓰러졌던 것 같다.

꼴 좀 봐라.

얼마나 지난 걸까. 흐리멍덩한 시야로 누군가의 형체가 어룽거렸다. 마스크 너머로 움푹 파인 눈두덩이가 검다. 여자였다. 눈을 바로 뜨려는데 시야가 왜곡되어 꼭 어안렌즈를 끼고 세상을 바라보는 것 같다. 그 곁에 앳되어 보이는 남자애 한 명이 보인다. 그 애가 내 겨드랑이 밑으로 손을 넣고 부축한다. 상가 복도의 백열등 몇 개가 내 얼굴을 훑고 지나간다. 눈부신 네온사인들과 흐릿하고 건조한 형체들. 간판에 아른대는 각기 다른 활자체의 글씨들이 불분명하게 이지러진다.

춥고 메스껍다. 승합차의 문이 열리고 그 안에 몇 쌍의 불안한 눈동자들이 보인다. 경계심을 품고 어둠에 몸을 숨긴 짐승들 같은 눈이다. 나는 뒷좌석 빈틈에 아무렇게나 떠밀려져선 늘어진 채, 춥다. 중얼거린다. 여자는 운전석에 앉아 날 흘긋 보곤 품에서 뭔가를 꺼낸다. 이내 라이터를 달칵거리고, 이유식을 먹이는 부모처럼 입김을 분다. 코앞에 뭔가가 들이밀어진다. 들이쉬자. 따뜻하다. 뒷좌석의 누군가가 침을 삼키는 소리가 들린다. 난 고개를 푹 떨군다. 무언가 입에서 흘러내리고 있다.

승합차는 달리고 있다.
전조등이 깊은 어둠을 그었다. 한겨울인데도 많은 비가 내렸다.
차 안은 적막하다. 적막하지만 누구 하나 잠들어 있지 않은 것을 안다. 고속도로의 오렌지색 가로등 불빛이 스쳐가며 탐조등처럼 차 안을 단속적으로 비췄다. 그때마다 몇 쌍의 눈동자들이 노랗게 빛났다. 헤드라이트에 비치는 빗방울들은 크롬으로 빛나는 하루살이 떼 같다. 어둠 속에서 정처 없이 떨어지다가 두 줄기 빛에 포착되어 한순간 표정을 읽힌다. 그들은 무어라 말할 새도 없이 차창의 유리에 부딪혀 터지고 있다. 와이퍼는 무심하게 그들의 사체를 뭉뚱그려 좌우로 밀어낸다. 그것들이 뭉치고, 흩어지고, 몇 줄기로 갈라져선, 유리창에 비친 얼굴들 위를 눈물처럼 달린다. 난 유리창에 손을 뻗어본다. 낯들이 차갑다. 누군가 허락 없이 차창을 내리고 떨어지는 빗방울들을 혀로 받았다. 목말라. 그 꼴을 본 누군가 웃었고 누군가는 손을 뻗고 말했다. 저길 봐.

구멍이야.

큰 구멍.

손가락이 가리킨 저 멀리, 거대한 심해어의 동공처럼 깊고 큰 구멍이. 어두운 풍경들과 비교도 안 되는 깊은 어둠으로 일별되는 커다란 구멍이. 입을 벌리고 있다. 그것은 느리지만 아주 광대한 규모로 사막의 모래 수렁처럼 주변 모든 것을 집어삼키는 중이다.

잡목이 우거진 들판과, 밤에도 연기를 내뿜고 있는 공장의 굴뚝과, 비쩍 마른 채 벌거벗은 나무들, 기울면서 불꽃을 튀기는 전신주들. 그것들이 서서히 그 안으로 스러져 간다. 전선 몇 개가 투둑, 뜯어지며 전신주의 변압기가 샴페인 빛으로 스파크를 튀긴다. 불씨들이 일순간 검은 구멍 안을 비추는가 하지만 그 안은 빛조차 빠져나오지 못할 만큼 깊어서 속을 내비치지 않는다.

겨울밤이 땅거미를 뻗치듯 구멍은 성큼 확장되어 오고, 나는 광막한 어둠 앞에서 무서울 정도로 검구나, 깊구나, 그런 생각을 하며 자동차의 속도를 채근한다. 하늘에선 믿을 수 없는 양의 비가 쏟아져 내린다. 수백 개의 양철 슬레이트를 두드리는 듯한 소리. 시야와 함께 모든 음향까지 집어삼키는 먹물처럼 검은 비다. 일순간 멀리서 커다란 번개가 보랏빛으로 번쩍였다.

그때, 창백한 빛의 윤곽들 사이에서 현재를 보았다.

그가 구멍의 변두리에서 그 안을 들여다보고 있다. 비바람에 하늘하늘한 옷가지가 커튼 자락처럼 날리고 있다. 그는 수면에 비친 제 얼굴을 골똘히 살피는 사람처럼 시커먼 구멍을 들여다보고 있다.

뭘 보고 있는 걸까?

잃어버렸다던 펜타닐일까? 아니면? 그에게서 멀어지고 있지만, 이상하게도 줌인을 한 것처럼 현재의 모습은 눈앞에 선명하기만 하다. 작은 귓바퀴와 손목에 그어진 한 줄기 푸른 주저흔까지. 나는 그의 앙상한 등에다 대고 소리친다. 위험해. 거기서 뭘 살피고 있어. 하지만 빗소리가 목소리를 쓸어가 버린다. 그때, 공장의 발전기와 전기 설비 같은 것이 구멍 안으로 휩쓸리며 커다란 불길이 짐승의 갈기처럼 드높게 치솟는다. 솟구친 불길은 기세가 구부러지며 하늘 아래 붉게 궁륭을 드리우고, 천장 아래의 것들, 휩쓸리던 낙엽과 나무의 잔가지, 낙석을 막기 위한 펜스와 공장의 양철 슬레이트 같은 건축 자재들까지, 모든 것이 황금처럼 환하다. 불길 탓에 떨어지던 수없이 많은 빗방울이 시간을 거스르듯 허공에 잠시 매달린다. 그것들이 다시 하강

하며 어둠을 칠하기까지의 찰나. 사납게 무너지던 세상이 잠깐 숨을 고르던 그 순간에. 현재가 나를 돌아봤던 것 같다. 그리고 말한다. 잃어버렸다니까.

화마가 드리우는 역광 탓에 그의 표정이 까마득하게 검었다. 모든 것이 다시 어둠에 뒤덮였을 때 현재는 사라지고 없었다. 팽창하는 구멍은 점차 기세를 더했다. 지축을 흔들며 대지를 게걸스레 먹어치우고 있다. 이러다간 구멍에 삼켜지고 말아. 등 뒤의 누군가는 우스운 듯 계속해서 웃고. 어둠은 달리는 승합차의 꽁무니를 바짝 따라붙고. 그러다 개기일식처럼 아주 거대한 그림자가 차체와 겹쳐지는 것 같던 순간. 승합차는 뒷바퀴부터 그 안으로 떨어졌다. 낭떠러지로 끝없이 추락하는 느낌과 함께 구멍 밖 세상은 밤하늘의 작은 별처럼 멀어지다가 이내 소거된다. 어둠이 모든 시야를 집어삼킨다. 눈 뜬 것과 감은 것이 다름없게. 모든 소리는 진공처럼 침묵하고. 아주 깊은 잠에 빠진 듯한 순간이다. 어쩌면 평생이라고 불러도 좋을 시간이 흐른 것 같다.

무엇인가 희끗 눈에 들었다고 생각한 순간, 썩은 생선이나 동물의 뼈 같다고 생각했다.

초점이 조금 또렷해지자 그건 낡은 운동화의 앞코였다. 주변으로 몇 켤레의 신발들이 더 보였다. 승합차 뒷좌석의 발치였다. 뒷목이 뻐근해지며 둔하게 감각이 돌아왔다. 고갤 들자 몇 명의 사람들이 파르께한 새벽빛을 받으며 차 안에서 피곤한 표정으로 잠들어 있었다. 창밖으로 시선을 돌리자 낯선 풍경과 낯선 동네 이름을 내건 몇몇 간판들이 눈에 들어왔다.

부산이었다.

우연히 밤길에 교통사고를 당했어요. 아파서 잠들 수가 없어요.

날이 밝자 차에 탄 승객들이 모두 어리다는 걸 알게 됐다. 아직 중고등학생들로 보이는 예닐곱 명의 아이들은 모두 토막 난 대본을 외는 단역배우들처럼 같은 말을 반복해서 중얼거렸다. 병원 진료에 대비하는 듯했는데 고작 저런 말로 충분한 건지 의문이었다. 그들 중엔 멍하거나 불안해 보이는 표정도 있었고, 정신 사납게 다리를 떨고 있는 아이도 있었다. 개성은 달랐지만 각기 다른 이유로 때 이르게 불행해 보이는 인상이었다. 그중 나를 부축한 남자애도 있었다. 동공을 이리저리 어수선하게 굴리고 있었는데, 역시 끽해야 고등학생쯤 되어 보였다.

여자는 아침 대용으로 눅눅하게 식은 붕어빵 한 봉지를 뒷좌석으로 건넸다. 나를 비롯한 대부분은 봉지를 만지작거리다 그냥 옆 사람에게 건넸고, 어쩌다 허기를 못 이기고 입을 댄 몇몇은 하나같이 썩은 생선이라도 씹은 양 창을 열고 물컹한 음식물을 뽑아냈다. 여자는 대수롭지 않게 라디오를 틀었다. 나는 날 부축했던 아이가 지느러미를 조금 뜯어 입에 넣고 느리게 씹는 것을 보았다. 늘어진 후드티의 안쪽으로 완성하지 못한 거뭇한 문신이 쇄골까지 자락을 뻗치고 있었다.

병원을 여는 시간에 맞춰 쇼핑이 시작됐다. 여자는 차로 이른바 쇼핑리스트인 병원을 돌았고 그때마다 아이들은 한두 명씩 차에서 내려 처방전을 받으러 갔다. 성공한 아이들은 펜타닐을 여자에게 가져왔다. 여자가 그 안에서 몇 장을 덜어내고 돌려주면 그들은 그걸 애지중지 주머니에 감췄다. 실패하고 돌아오는 아이들도 더러 있었다. 곡절 끝에 큰 실패를 맛본 사람처럼 좌절하거나 욕을 하며 분노했다.

저 애들은 누굽니까?

여자가 잠깐 담배를 태우러 골목에 섰을 때 따라나서 물었다. 마스크를 벗은 모습은 처음이었다. 아래턱부터 오른뺨에 걸쳐 큰 흉터가 있었다. 짐작은 안 가지만 그녀 역시 제법 큰 상처를 짊어졌던 것 같았다. 여자는 말없이 나를 위아래로 흘긋 쳐다보곤 바닥에 쪼그려 담뱃불을 비벼 껐다. 그리고 길게 침을 뱉더니 조금 가깝다 싶게 나를 스쳐 운전석으로 돌아갔고, 난 머쓱해진 채 담배 한 개비를 물고 핸드폰을 확인했다. 배터리는 어느새 나가있었다.

내 순서는 마지막이었다. 한산한 주택가 틈에 자리한 신경외과였다. 옻칠이 벗겨진 입구의 나무현판이 조금 쇠락한 인상을 주는 곳이었다. 함께 내린 건 날 부축해 줬던 그 아이였다. 우리는 서로 조금 거리를 둔 채 병원에 들어섰다. 점심시간이 막 끝났는지 대기 인원이 많았다. 엇비슷한 표정의 사람들이 병원 가득 자기 순번을 기다리고 있었다. 환자들은 어디에나 있었다. 예나 지금이나 각자 몫의 구멍을 안고 있는 사람들처럼. 세상의 구멍은 어쩌면 그렇게 1인분씩 더해져 싱크홀처럼 넓어지고 있는지도 몰랐다. 그들 사이를 채워 앉아 그런 생각을 하던 차 아이가 말을 걸어왔다.

연습 안 해요?

어떤 연습?

진료받는 거.

난 아이를 물끄러미 바라보았다. 아이는 목 주변을 긁으며, 아, 존나 마렵네 진짜. 따위의 말을 했다. 펜타닐을 말하는 듯했다.

난 사실대로 말하면 돼.

사실?

사고를 당했어. 공사장에서.

아, 노가다?

아이는 말을 끊더니 뻔하다는 듯 다리를 떨기 시작했다. 부러

얄보이지 않으려 떠는 건방 같았다. 허세에서 아직 어린 구석이 느껴졌다. 난 고개를 갸웃했다.

넌 어쩌다?

꼰대처럼 굴려고요? 어제 아저씨 진짜 웃겼는데.

아이는 빈정대며 킥 웃었다. 괜히 어른처럼 굴 의도는 아녔지만 굳이 알고 싶지도 않았으니 고개를 돌렸다. 그러나 아이는 얼마간 가만히 있더니 잇새로 쯧, 소리를 한 번 내곤 스스로 실컷 떠들어 대기 시작했다. 이야기하는 와중에도 쫓기는 사람처럼 동공이 쉴 새 없이 움직였다.

나는 음악 할 거예요. 죽이는 곡도 많아요. 제 노래를 듣고 유명한 형들한테 연락도 온다고요. 작업실에 불러줘서 같이 녹음한 적도 많은데, 그러다 보니 형들이 몇 조각 건네주기도 했고… 이쪽 인맥에는 이게 최고예요. 몰라서 그렇지, 유명한 사람들 다 이거 해요. 이번엔 내 차례라서, 그래서 좀 구해다 주는 거예요.

그러면서 아이는 자기와 친하다는, 그래서 약을 구해다 주기로 했다는 그 유명하단 사람들의 이름을 몇몇 나열했다. 이름들은 하나같이 낯설었지만 말하는 투를 보니 어떤 요인지 대충 알 것 같았다. 약쟁이 몇이 학생들의 우쭐해보고 싶은 마음을 꼬드겨 약 심부름을 시키는 듯했다. 자기가 어떻게 이용당하고 있는

지 알고는 있는 걸까. 하긴. 어쩌면 알고 있을지도 모른다. 어리숙한 시절에 벌어지는 어떤 일들에는 불가항적인 면이 있다. 그러니까, 늦은 밤의 공원이나 학교 옥상에서 너도 해볼래? 하고 벌어지는 어떤 비행 같은 것.

난 불안하게 떨리고 있는 아이의 손끝을 슬쩍 바라봤다. 아이의 손끝은 속살이 드러날 정도로 발갛게 터져있었다. 내 손끝도 이미 굳은살로 덮인 지 오래였다. 약을 참을 수 없을 때면 잘근잘근 물어뜯었다.

나와 아이의 이름은 거의 동시에 불렸다. 각자의 진료의는 다른 사람이었다. 내가 들어간 진료실엔 얼굴에 비해 머리가 희끗해 보이는 의사가 흘러내리는 안경을 추켜올리며 무료한 표정으로 앉아있었다. 어딘지 흐릿한 인상이었다. 나는 둥그런 스툴에 앉으며, 의사들은 대개 비슷한 안경을 쓰고 있구나, 그런 생각을 했다.

사고 후유증인데, 진통제가 떨어져서요.

먹던 약 있어요?

듀로제식….

겉옷 앞섶을 풀 준비를 했다. 필요하다면 의사에게 가슴의 흉터를 보여줄 셈이었다. 그러나 멀거니 앉아있던 그가 툭 던진 말은 뜻밖이었다.

삼 개월 써줘요?

진료실에 들어온 뒤로 나를 한번 흘긋 보지도 않고서 한 말이었다. 지퍼에 닿았던 손에 맥이 빠졌다. 나는 그렇다고 답했고, 키보드 두드리는 소리가 작게 이어졌다.

가봐요.

그걸로 끝이었다. 허무할 정도로 손쉬웠다. 주춤 일어나 진료실 문고리에 손을 얹었다가 멈춰 섰다.

끝인가요?

어쩌면 이상한 질문이었다. 말하고 나니 마치 누군가 떠나기 직전 잃어버린 건 없냐고 건네는 조심스러운 물음 같았다. 의사는 그제야 고개를 조금 돌려 처음으로 내 얼굴을 바라봤다. 정말 아주 조금이었다. 그 조금만 고개를 돌리면 우리가 정면으로 마주 볼 수 있었다는 사실이 놀라울 정도로.

누구나 사고를 당하죠.

그가 다시 모니터로 고개를 돌리고 천천히 눈을 껌뻑였다. 뜬것과 감은 것이 별다름 없어 보이는, 흐리멍덩한 눈매였다.

무사히 약국까지 들른 후 바깥에서 담배를 한 대 태웠다. 이제 당분간은 또 조금 버틸 수 있다. 병원의 이름을 잊지 않게 곱씹었다. 앞으로 주기별로 반복할 이곳까지의 동선을 생각했다. 담배를 한 모금 빨아들이자 입이 말랐다. 주머니에 펜타닐이 들어 있어선지 슬슬 약 생각이 났다. 고작 펜타닐 몇 장을 들고 있다는 게 피식 웃음이 날 정도로 마음이 든든했다. 참, 현재에게 연락을 해야 할 텐데. 이제야 그의 생각이 났다. 지금 갈 테니 조금만 기다리라고.

그때 병원문을 나서는 아이가 보였다. 어쩐지 조금 늦는다고 생각할 때였다. 진료가 뜻대로 풀리지 않은 건지 안색이 좋지 않았다. 아이는 머리를 한 손으로 쥐어뜯으며 뭔가 중얼거린다 싶더니 아스팔트 바닥에 굴러다니던 벽돌을 한 조각 집어 들었다. 그러더니 병원의 유리 현관을 향해 집어 던졌다. 거친 소리와 함께 투명했던 유리 현관에 하얀 금이 몇 줄 생겼다. 씨발. 아이는 멈추지 않고 그걸 다시 주워 들더니 이번엔 아예 직접 다가섰다. 한 팔을 높이 들어 올렸다.

씨발!

큰 파열음과 함께 유리문 한쪽이 바닥에 와르르 주저앉았다. 아이는 욕과 비명의 중간쯤 되는 괴성을 내지르는 중이었다. 벽돌을 쥐고 있던 한쪽 손등에서 뚝. 뚝. 붉은 피가 흘렀다. 아이가 딛고 선 아스팔트의 표면 위로 후드득 소리와 함께 검붉은 반점이 점처럼 찍혔다. 병원 안쪽에서 간호사 둘이 황급히 뛰쳐나왔지만 섣불리 개입하지는 못했다. 어디선가 경찰을 부르라는 고함이 들렸다. 나는 물고 있던 담배를 바닥에 던졌다. 정신을 차려보니 아이의 팔을 붙들고 골목으로 뛰는 중이었다. 아이는 저항하지 않았다. 그저 가까스로 숨을 몰아쉬는 중이었다. 한참을 뛰니 나도 얕은 숨 탓에 흉통이 찾아왔다. 우린 주택가의 공터에서 멈춰 섰다.

다행히 상처는 얕았다. 상처 부위에 외투를 꽉 동여매니 피는 곧 멎었다. 아이는 스스로도 놀란 것 같았다. 쇼크인지 금단 증세인지 비틀거리다 하수구 구멍에 토를 했다. 곁에서 등을 두드렸다. 손을 대보니 체격이 빈약하다 싶을 만큼 얇았다. 아마 타고나길 호리호리하게 난 듯했다. 손목이 자칫 더 굵고 두터웠다면 우리가 더 깊게 스쳐 위험했을지도 모른다. 아주 예전에 그런 상처를 본 일이 있다. 깊은 상처였다. 그때도 많은 피가 흘렀다.

형들이 때릴 거예요. 이번엔 분명 가져가겠다고 했는데.

아이가 성한 한쪽 팔로 입가를 훔쳤다. 눈물이 고인듯했다.

그만하면 돼, 그만둘 수 있어.

그 곁에서 할 말을 찾다가, 그런 말을 했다. 뱉고 보니 그 말은 우리 중 누구도 진짜로 겨누는 말이 아닌 듯했다. 아이는 내 팔을 홱 뿌리치곤 어지러운 듯 비틀거렸다. 더 이상 아무런 말도 할 수 없었다.

추워.

떨고 있었다. 어깨를 달싹일 때마다 상처에 박힌 유리 파편들이 햇빛을 받아 투명하게 빛났다. 섬뜩한 핏자국이 아이의 얇은 손목 위를 뒤덮고 있었지만 그 사이에서 맑다란 정맥이 용케 그 위를 달리고 있다. 어째선지 조금 위태로워 보이게.

나는 내 팔뚝을 걷어붙였다. 그곳에 손목을 가로지르는 길고 날카로운 선이 있다. 오래전 가슴을 꿰뚫던 철근만큼이나 예리하게 떨어지던 선이다. 칼날이 지난 길을 따라 비뚤비뚤 올라온 흉터가 그 궤적을 흔적하고 있었다. 난 그저 그 손목을 아이의 손목 옆에 나란히 두고 보여주었다. 다음을 어렴풋이 짐작하고 있을 때도 그만둘 수 없는 것들이 있다. 예컨대 너도 해볼래? 하고 시작되는 은밀한 비행 같은 것들. 혹은 당장 이겨낼 수 없는 고통으로부터 달아나기 위해 허우적거리다 움켜쥐게 되는 진통제의 투약 버튼 같은 것들. 모든 순간이 흉터로 남았다. 이런 순간 나는 왜 후회가 느껴지는가. 나는 아무런 말도 못 하고, 오래도록 아이의 손목을 붙잡고 있었다. 그저 움찔거리는 맥동을 타고 내 감정이 전해지길 바라면서. 함께 가쁘 숨을 몰아쉬면서.

다시 집에 도착한 것은 해 질 녘이었다.

그만둘 수 있어.

대본을 외는 배우처럼 도어락 앞에 서서 그 말을 한동안 중얼거렸다. 고작 이런 얄팍한 말로 충분한 걸까. 기다리라고 해놓고서, 금방 오겠다고 해놓고서, 기껏 구해 온 펜타닐을 여자에게 죄다 줘버리고 왔다고 말하면 현재는 어떤 반응을 보일까. 어쩌면 우리는 누군가를 말릴 수 있던 순간으로부터 너무 멀리 와버린 건 아닐까. 가슴이, 폐가 답답했다. 최대한 깊게 공기를 들이쉬려고 애쓰며 비밀번호를 눌렀다.

현관이 열리자 모든 게 어제와 그대로였다. 깨진 유리컵 조각. 장판 위에 말라붙은 맥주 자국. 그 위의 한 줌 햇빛 속을 춤추고 있는 먼지 따위들. 그러나 한 가지만 빼고. 현재가 없었다.

어디로 가버린 걸까?

집 안에는 그가 가져간 것도, 남겨둔 것도 없었다. 핸드폰에 충전기를 꽂아 전원을 켰지만, 전날 찍혀있던 부재중 외에는 아무런 연락도 남아있지 않았다. 전화를 걸었지만 연결되지 않았다. 다시 걸었다. 이번에도 받지 않았다. 통화연결음이 오래도록 귀에 남았다.

잠시 멍하니 서서 해가 지는 집 안의 모습을 바라봤다. 햇빛을 면한 쪽의 사물들이 노랗게 물들었고 그 뒤로 가만 어둠이 고여 왔다. 목이 말랐다. 냉장고의 주스는 유통기한이 한참 지나 시큼한 냄새가 났다. 개수대 수도꼭지를 열고 수돗물에 입을 댔다. 몇 모금 마시자 외투를 벗지 않았는데도 배 속부터 한기가 느껴졌다. 약 기운이 다하고 있었다.

춥다. 통증이 올 것이다.

침대 위 전기장판을 켜고 누우려다 멈췄다. 현재가 오그렸던 자리가 움푹했다. 나는 가만 손끝으로 그의 몸피를 따라가 보았다. 그의 얇은 어깨와 오른팔이 놓여있던 자리를 가늠해 보았다. 전보다 앙상해진 너비였다.

가슴이 아프다.

현재가, 길었던 하루가, 한순간 아득해진다. 내 안의 무엇인가가 다시금 손톱을 세운다. 세포 깊숙이 눌어붙은 진통 물질을 억척스레 긁어내면서 그것을 더 내놓으라고 악쓴다. 이를 세게 물자 잇몸 익숙한 자리로부터 피가 흐른다. 비릿한 맛에 구역질이 올라온다. 이불인지 옷깃인지 쥐어뜯었나. 손톱이 들리는 바람에 비명이 새어 나온다. 눈앞이 터널처럼 좁아졌고 몇 번인가 심장이 박치처럼 굴어서 위험했던 것 같다. 모든 감각이 나를 찢어놓을 기세로 덤벼들고, 시계의 초침은 합심한 듯 느리게 흐른다.

백치가 된 기분으로 정신이 들었을 땐, 어느덧 어두워진 방 안을 구르고 있었다. 거품을 흘렸는지 입매가 버스럭거렸다. 숨을 고르며 누운 채로 가슴팍 흉터에 손을 올려보자 흉통은 잠시 멎은 채였다. 그때 침대 밑 시선이 닿는 곳에 희끗한 무엇인가가 있었다. 팔을 뻗어보자 그건 먼지가 보얗게 쌓인 펜타닐 패치였다. 현재가 찾던 게 이거였나. 그가 잃어버렸던 건 고작 이거였나. 먼지를 털어내고 펜타닐 패치를 가슴 위로 갖다 대보자, 그건 딱 흉터를 가릴만한 크기. 1인분의 구멍 하나를 겨우 가릴만한 크기였다.

　가끔은 무언가를 발견했어야 했는지도 모른다고 생각한다. 침대 밑에 고인 어둠을 들여다보기 전에, 우리가 구멍으로 내려앉던 순간에. 패치를 꼭 쥔 채 라이터를 찾았다. 통증이 다시 찾아오기 전이었다. 작은 소리와 함께 오렌지색 불빛이 어둠을 방에서 한 뼘 몰아냈다. 펜타닐 패치가 붉게 물들며 오그라들기 시작했다. 휴지통에 던져 넣자 불이 번졌다. 불그림자가 출렁거렸고 모닥불을 지핀 것처럼 조그만 온기가 방 안을 덥힌다. 검은 연기가 허공으로 기어 나왔지만 들이마시진 않는다. 창을 열었다. 빛도, 더한 어둠도 들어오지 않는다. 다만 어디선가 바람 한 줄기가 스쳐 들었다.

빌어먹는
사람들을 위한
시선집

　　　　한주시의 지방법원은 주도심과 동떨어진
시의 외곽에 위치한다. 법원 부지를 따라 둘러쳐진 방음벽 너머
론 차들이 고속도로를 날쌔게 달리고 그 옆으론 과수농가의 한
적한 풍경이 펼쳐진다. 교통편이 여의치 않아 법원을 찾는 한주
시민들은 다소간 불편을 감수해야 한다. 나 역시 법원을 오가는
몇 대 안 되는 통근 버스를 놓치지 않으려 매일 아침 긍긍하곤
한다. 누군가 말하길 법원이 굳이 이런 외딴 곳에 위치한 까닭
은 폐소된 교정시설을 재건축하여 활용한 까닭이라고.

　재단장을 마친 법원은 제법 멀끔한 낯으로 지역사회에 제 역
할을 다하기 시작했다. 아무렴 법원이란 이름이 주는 위용을 과
시하기 위해 딴에 시설은 으리으리한 편이다. 10층 규모의 본관

정문을 들어서면 로비 정면에 내걸린 그림 〈정의의 여신〉이 위풍당당하게 양팔을 벌리고 방문객들을 맞는다. 부잣집 대문짝처럼 큼직한 그 그림은 층고가 높은 법원의 한 벽면을 가득 채울 만큼이나 화폭이 커다래서, 단어 뜻 그대로 정말 대작이다. 눈에다 안대를 질끈 두른 그림 속 여신이 양손에 시퍼런 청동검을 한 자루씩 쥐고서 지엄한 입매를 맺고 있는 게 인상적이다.

대개 한 손에 칼자루를 쥐여주었으면 남은 한 손엔 저울이나 법전 같은 걸 들려줄 법도 한데 화백이 어떤 의도로 여신에게 모진 쌍칼을 들게 한 것인지는 알 길이 없다. 다만 나는 그 그림을 볼 때면 눈을 질끈 감은 정의의 여신이 수틀리면 닥치는 대로 베어버릴 것만 같아서 이따금 등골이 오싹해지곤 한다. 교정시설 시절부터 그 자리를 지킨 악명 높은 교도관처럼 보인다고나 할까.

그 그림은 나에게 있어서도 의미가 적지 않다. 우선은 파견직으로 이곳 한주법원에 첫 출근 도장을 찍은 지 얼마 안 됐을 무렵, 사무실 김 주임이 인스턴트커피를 홀짝이다 말고 날 가리키며, '지금 보니 우리 혜희 씨가 그림 속 여신이랑 얼굴이 똑 빼닮지 않았느냐'고 손뼉까지 짝짝 쳐가며 호들갑을 떨어댄 탓에 한주법원 대표 여신이라는 조롱 섞인 다정한 별명이 생겨버린 사정이 있겠다. 오해할까 하는 말이지만, 그림 속 여신의 이목구

비는 화가의 독창적인 화풍 탓에 추상화 수준으로 자유분방하다. 순진무구한 표정을 곧잘 짓는 김 주임은 가끔 악의도, 사려도 없이 아무렇게나 말을 내뱉곤 해서 은근히 듣는 사람 속을 긁어놓는 데에 일가견이 있다.

하지만 뭣보다 그림이 진짜로 내게 중요한 이유는 따로 있다. 그 살기등등한 여신을 두 눈 크게 뜨고 지키는 것, 그게 다름 아닌 내 주된 업무기 때문이다. 월화수목금 주 5일. 출근하는 오전 9시부터 퇴근하는 오후 6시까지. 그게 무슨 업무냐고 묻느냐면. 나도 잘 모르겠다. 정말이다.

처음 이곳에 올 때까지만 해도 내 가슴은 제법 산들거리는 기대감으로 부풀어 있었다. 그러니까 지금으로부터 6개월 전, 나는 2년 계약 조건으로 이곳 한주법원으로 파견을 나오게 됐다. 원래 직장은 공무원 시험에 합격한 후 처음으로 발령받은 주민센터였는데, 주민센터장에게 찍히는 바람에 일 년 내내 곤욕을 치러서 그때는 별로 떠올리고 싶지 않다. 센터장은 하는 일이라곤 남들 하는 일을 중간에서 구경하는 일밖에 없어서, 하는 일을 안 하는 편이 오히려 경제적으로 이로운 사람이었다. 그러면서 사무실 분위기가 좀 칙칙하지 않느냐, 화사하게 화분을 좀 가꿔보자, 아니다 출입문 발 패드 색깔을 바꿔보자, 이런 식으로 하루가 멀다고 주변을 어수선히 만드는 일만큼은 엄청나게 좋아해서, 그의 기분을 화사하게 만들려고 낯빛이 칙칙해진 사람이 한둘이 아니었다.

그는 아마 내가 점심을 자꾸 혼자 먹는다는 이유로(주민센터 앞 쌈밥정식을 그만 먹고 싶었다) 회식 자리에 자꾸만 불참한다는 이유로(집에서 고양이 밥도 주고 OTT 시리즈도 봐야 했다), 여자가 인상이 좀 예민하고 되바라져 보인다는 이유로(이건 그냥 내 추측이다) 날 싫어한 것 같다. 특히 무엇보다 반강제로 참여한 회식에서 내가 잔뜩 취한 나머지 청동검처럼 서슬 퍼런 독설을 내뱉은 사건이 주요했던 것 같다('쌈밥 타령 좀 그만해요. 빌어먹을 거못 해먹겠네 진짜'라고 소리를 질렀다는데 이건 기억에 없다). 아니 사실 잘 모르겠다. 그냥 내 눈가의 작달막한 점이 마음에 안 들었을 수도 있고, 바닥에 슬리퍼를 끄는 소리가 유난히 시끄러웠는지도 모른다. 사람 미운 데엔 이유가 없다니깐….

회식 사건 때문인지 그 시절을 떠올리면 '빌어먹을'이란 단어가 유독 생각이 난다. 난 그 단어의 정확한 어원을 알지 못한다. 하지만 추측건대 아마 남에게 밥을 빌어먹는 구질구질한 처지나 기분에서 비롯된 말이겠지. 그 무렵 나는 확실히 빌어먹고 있었다. 눈앞의 밥벌이와 올지 안 올지 모르는 안정적인 미래를 위해 달랑 수저 한 벌을 들고서 한 숟갈 한 숟갈 밥을 빌어먹는 느낌으로 하루하루를 보냈던 거 같다. 그렇게 밥숟갈 떠서 배나 좀 불렀냐 하면… 커피만 엄청 늘었다.

그런데, 직장생활을 시원하게 한입 싸서 가득 욱여넣던 그 무렵, 마침 지방법원으로 파견 지원자를 신청받는다는 공고가 눈에 띄었던 거다. 원래 부처와는 직렬도, 관할도 다른 곳이라 이런 경우는 드물다고 했지만, 고민은 길지 않았다. 새하얀 더블에이 A4에 인쇄된 공고문이 칙칙한 사무실에서 유독 화사해 보였다. 그래. 관사도 제공해 준다니 파견 근무 동안 서울을 떠나 한적한 도시에서 바람 좀 쐬고 오면 무엇이든 좀 나아지겠지. 그때부터 다시 본격적인 직장생활을 시작해도 늦지 않겠지. 그런 심정이었던 것 같다. 물론 긴장이야 됐다. 파견이란 대개 업무량이 많은 곳에 지원을 나가는 일이므로. 그러니 마음을 단단히 먹고 법원 사무든 행정이든 뛰어들 준비를 해두었다. 필요하다면 사법고시를 앞둔 법학도처럼 법전도 달달 외워주마. 그런 포부였다.

하지만 처음 책상을 받은 당일, 날 당혹스럽게 한 건 이곳 업무가 너무나도 한산하단 점이었다. 정말이었다. 조금만 빈틈을 보이면 어떤 구실로든 업무를 떠넘기려고 했던 직전 부서와는 달리, 이곳 분위기는 각자 뭐라도 하나 붙잡고 분기까지 느긋하게 두 번 세 번 달여 먹는 느낌이 강했다. 그 덕에 새로 온 파견

직에게 자기 업무를 나눠주는 데에도 인색하거나 민망해했고, 덕분에 내 담당업무가 뭔지도 불명확한 지경이었다. 사실 사태의 가장 근본적인 원인은 업무량에 비해 비대해진 한주법원의 몸집에 있었다. 이런 일은 아무래도 부처 간 죽는 시늉을 하다 보면 종종 벌어지는 사달인 듯했지만, 거기까지 이야기하려면 대한민국의 관료행정에 대해 구구절절 말해야 하고, 그러면 머리도 마음도 어려운 법리와 판례들처럼 아주 복잡해지고 만다.

나는 결국 아주 기본적인 명목상 업무만 담당하고 그때그때 손이 필요하면 투입되는 예비 인력 같은 사람이 되어버렸는데, 하기야 이런 마당에 잠깐 있다 사라질 사람에게 업무를 가르쳐 주는 게 더 별스러운 일일 수도 있겠다 싶었다. 함께 커피를 마시던 팀장은 뭐라더라, '나라가 하는 일이 그렇지 뭐, 혜희 씨는 그냥 한주법원 대표 여신답게 주인의식을 가지고 여기 법원을 잘 지켜줘요'라며 사람 좋게 웃었던 것 같다. 다시 생각해 봐도 솜털까지 쭈뼛 소름이 끼치는 말이다. 아마 그 자리에 있던 사람들 모두 귀가 설핏 앙증맞게 달아올랐던 듯. 난 마시던 커피가 입안에서 빙글. 사레가 들었고….

'나라가 하는 일'이라. 지금 생각해 보면 공무원이 담기에는 조금 묘한 말이다. '나라'에는 나와 팀장님 당신도 포함되는 걸지. 그런 물음은 뒤로하는 게 나을 것 같다. 적어도 '법원을 지키는 일'에서 한 가지 배운 게 있다면, 사람이 너무 한가한 나머지 자기 일에 생각이 쓸데없이 많아지면 일상이 불행해진다는 사실이다.

법원을 지키는 일이란 건 이랬다. 재판이 없는 날엔 재판 준비를 한다. 재판이 있는 날엔 재판을 한다. 끝. 그리고 남는 시간엔… 이런저런 잡무를 본다. 전화를 받고, 내가 전화로 해결할 수 있는 일이 없으니 전화를 돌리고, 엄한 곳으로 전화가 연결되었다며 전화를 걸어 화를 내는 민원인에게 다시 전화를 돌리고, 로비 자판기에 동전이 떨어지면 채우고…. 별일이라면 별일이고, 아무 일도 아니라면 아무 일도 아닌 일들.

그 일 중 하나가 바로 주요 기물 관리였다. 처음엔 법원에 주요 기물이라야 봤자 복사기와 컴퓨터, 서류뭉치들 따위가 아닌가 싶어서 감이 오질 않았는데, 알고 보니 터무니없이 비싸고 아주아주 중요한 기물을 매일같이 눈앞에 두고도 떠올리지 못했던 거였다. 그건 바로 눈을 질끈 감고 로비를 지키는 교도관… 아니지, 〈정의의 여신〉을 가리키는 말이었다. 맞춤으로 짜인 대형 원목 액자에 두터운 유리막까지 씌워놓아 사실 누가 관리하고 말고 별로 신경 쓸 게 없는 기물이었지만 말이다. 어쨌든 코딱지만큼이라도 나라의 녹을 먹는 사람인데 맡은 소임은 다해야겠지, 그런 심정으로 아침마다 눈을 부릅뜨고 유리막에 묻은 민원인들의 손자국을 닦아냈다. 정의를 지키는 여신과, 그 여신을 지키는 나…. 국민을 지키는 법과, 법을 지키는 법원과, 법원을 지키는 그림과, 그것을 지키는 나….

아, 저기 먼지 있다.

내가 가리킨다.

제가 걸레 빨아 올게요. 위험하니 선생님은 나서지 마세요.

이것도 일은 일이라고 동료가 생겼다. 그건 법원에서 공익근무요원을 하는 태기였다. 태기는 어딘지 느릿하고 느긋한 인상을 가진 스물다섯 남자애였는데, 콧노래를 부르며 눈에 잘 띄는 곳에 숨어 게으름 부리기를 좋아했다. 여기가 하와이었다면 꼭 우쿨렐레를 칠 것 같은 인상의 소유자였지만 법원이라서 따로 칠 건 없고 근무시간에 땡땡이는 잘 쳤다. 태기는 청소든 잔심부름이든 실용적인 일이라면 놀라울 정도로 솜씨가 부족해서 자꾸만 옆에 있는 사람이 직접 자기 소매를 걷어붙이게 만들곤 했는데, 지금도 물이 뚝뚝 떨어지는 걸레를 쥐고 그림의 높은 부분을 닦아내겠다며 접이식 사다리 위에서 이리저리 휘청이는 중이었다. 그런 모습을 보고 있으면 '이 아이는 이곳 한주법원에 퍽 잘 어울리는구나' 어째선지 그런 생각이 들기도 했으나, 그러고 나면 꼭 꼬리표처럼 '그럼 나도…?' 하고 물음이 뒤따르곤 해서 우울해지기 일쑤였다.

아니, 걸레를 빨았으면 물을 꼭 짜야지. 복도가 더러워지잖수.

이것도 일은 일이라고 라이벌도 생겼다. 그건 로비의 청소를
도맡는 용역 아주머니였다. 그녀는 늘 살짝 화가 난 펭귄처럼
잰걸음으로 뒤뚱뒤뚱 걸었는데, 태기가 앞에서 암만 우쿨렐레
를 친다고 한들, 팁이라곤 한 푼일랑 주지 않을 모진 관광객 같
은 인상을 하고 있었다. 원래는 가볍게 목례도 주고받는 사이였
으나 내가 복도의 그림이나 자판기 따위의 기물 일체를 관리한
다는 사실을 알아차리자 묘하게 경쟁의식을 내비쳤다. 이유는
알 수 없지만 내가 일하는 방식이 마음에 들지 않는 눈치였고
다른 직원들보다 명백하게 나를 하대했다. 펭귄이 손끝으로 가
리킨 복도 바닥에는 뚝 뚝 떨어진 물 자국이 정확하게 태기에게
이어지고 있었다. 나는 죄송하다고 말하고 밀걸레를 가져와 닦
겠다고 했다.

젊은 총각이 나라 위한다고 고생하네. 몸도 안 좋은 애를… 아
들 같아서 원.

아니에요. 다들 각자 자리에서 봉사하는 거죠.

화장실에서 밀걸레를 꺼내 오자 태기와 펭귄은 자판기 율무차
를 한 잔씩 뽑아 마시며 대화 중이었다. 끙, 소리를 내며 걸레로
그들의 발밑을 훔치자 태기는 까치발을 들고 신발을 지켰다. 그

는 아주머니가 자리를 떠나고서야 제가 닦을게요. 주세요. 말했는데, 난 밀걸레를 뺏기지 않으며, 됐다. 너한테 맡기면 신경이 쓰여서, 하고 혀를 찼다. 그러자 그는, 어, 제가 신경이 쓰여요? 하며 하와이 야자수 같은 덥수룩한 머리칼을 배배 꼬며 배시시 웃는 것이어서, 난 그를 해코지했을 때 선고받을 수 있는 형량에 대해 생각하며 마음을 다스려야 했다.

우리 셋 말고도 법원에는 당연히 많은 사람이 드나든다. 다양한 이유로 법원을 찾는 민원인들과 긴장한 얼굴의 피고와 원고, 행정직, 검찰직, 교정직 등의 공무원들, 배심원과 서기… 보이진 않아도 그들 모두 제 각자의 역할이 있다. 하지만 그중에서도 법원의 주인공을 꼽으라면, 그건 역시 판사들이겠지. 어쩐지 조금 분하게 느껴지지만 시스템이 그렇다. 법원의 모든 행정과 노동력은 그들을 중심으로 돌아간다.

신기한 사실은 법원에서 판사들은 여러 사람들과 한데 섞여 있어도 묘하게 눈에 띈다는 점이다. 파티에선 주최자에게, 결혼식에선 신혼부부에게 눈길이 가듯 자연스러운 일이다. 설명하긴 어렵지만 자연스럽고 신기한 일. 당연하게도 주인공이란 말은 나나, 태기나, 청소 아주머니가 아닌, 그런 사람들한테나 어울리겠지. 역할은 있지만 결코 주연은 되지 못하는 엑스트라들. 그런 우리가 주인공과 직접 마주할 일은 많지 않다. 끽해야 로비에서 슬며시 그들을 지나치거나 멀찍이서 재판을 관람할 때 정도일까.

그런데 딱 한 번 그들 중 한 명과 대화를 섞어본 일이 있다. 재판이 없는 날이었다. 오전에 경운기가 압류를 당했다며 웬 할아버지가 민원실 앞에서 낫을 들고 한차례 소동을 벌인 것 말고 별달리 특이사항은 없었다. 사건 당시 근처를 서성이던 태기가 심신미약을 주장하며 조퇴를 요구했던 것 정도. 그런 평범한 오후였다. 화장실을 가려고 본관 로비를 지나는데 누군가 내 블라우스 위 공무원증을 보고 말을 걸어왔다.

저기 동전이….

오전의 소란 탓인지 경계심부터 들었다. 웬 동전인가 싶어 누군지 살피는데 그도 가슴에 공무원증이 걸려 있었다. 이제 40대 중반이 좀 넘어 보이는 어딘지 낯이 익은 얼굴. 기억을 더듬어 보니 재판장에서 법복을 입은 채 판결문을 읽던 얼굴이었다. 법원의 단독 판사 중 한 명이던 것이다. 그는 커피 자판기를 가리키며 서있었다. 밀크커피를 한 잔 뽑았는데 잔돈이 나오지 않았다며 웃는데 수수한 구석이 있었다. 내가 어디 동전이 없나 급한 대로 이곳저곳 주머니를 더듬자 판사는 천천히 하라며 말했다.

괜찮아요. 여유 있어요.

그 말을 들으니 나도 모르게 허둥지둥했던 것 같아 조금 민망했다. 그러면서 사레들린 사람처럼 무슨 말이라도 하려다 횡설수설했던 거 같은데, 아마, 커피를 드시네요. 이런 말을 했던 것 같다.

아….

그는 겸연쩍다는 듯 답했다. 낮에는 한 잔 정도… 밤에는 잘 안 마시고요.

판사는 동전을 받자 고맙다며 인사했고 조용한 걸음으로 멀어졌다. 제법 얼굴이 익었던 사람인데 한눈에 알아보지 못한 건 그가 로비 자판기 앞에 서있는 모습이 영 낯설게 느껴진 탓이었다. 커피를 드시네요, 같은 말을 하다니. 커피 마시는 게 별일인가. 그런 말은 왜 했담.

부끄럽지만… 그가 남긴 감사 인사를 떠올리면 은근하게 흐뭇해지기도 했다. 곰곰 되짚어 보니 그건 일하면서 처음 느낀 보람이었던 것 같다. 어디 가서 터놓기엔 민망하지만, 고작 이런 게 보람이었다. 자판기 잔돈 관리에 심혈을 기울이기 시작한 건 그날부터다. 그가 내게 말했던 '여유'라는 단어는 유독 기억에 깊게 남았다. 그래 그런 단어도 있었지. 그건 확실히 '빌어먹을' 같은 단어랑은 다른 질감의 단어였다. 확실히 그 판사는 마음에 여유가 넉넉한 채 살겠지, 모르긴 몰라도 매일같이 자판기 잔돈을 채우고 그림을 지키는 일보단 훨씬 뿌듯하고 보람찬 일들을 하면서…. 그러니 잦은 야근에도 피곤한 줄 모르고 열의에 차있 겠지. 정작 재깍재깍 정시 출퇴근을 하는 나는 이렇게 피곤한데.

참 이상한 일이었다. 무료하고 바쁘지 않은 하루를 보냈는데도 퇴근하면 언제나 늘어지게 피곤하다는 게. 출퇴근 도장을 찍은 것 말고 종일 대수로운 일이라곤 한 게 없는데 주말이면 쭉 뻗어서 고양이랑 놀다가 잠만 잤다. 오히려 이전 부처에서 상사한테 들들 볶일 때보다도 더 피곤한 것 같았다. 하릴없이 소모품 재고를 정리하고, 단순한 문서 잔업을 거들다가도 불쑥불쑥 맘속으로 피로와 권태가 결재서류를 들이밀었다. 그건 적절한 부서에 연결되지 못하고 계속해서 돌고 도는 전화처럼 계속 내 곁을 맴돌았다. 하루하루 부재중 목록을 쌓아가면서. 결재서류에 한 장씩 얇게 지루함을 더해가면서.

지난 월요일도 마찬가지였다. 주말 동안 합쳐서 스무 시간도 더 잔 것 같은데 하품이 자꾸만 나서 내 컨디션에 무척이나 서운하던 참이었다. 로비를 걷는데 때마침 율무차를 뽑아 마시던 청소 아주머니가 무어라 구시렁대며 펭귄 같은 종종걸음으로 지나쳤다. 화장실에 고장 난 비데가 고쳐질 줄을 모른다고 무어라 구시렁거린 것 같았는데 분명 나더러 들으라고 한 소리 같았다. 혹시 이곳에 와서 느낀 만성 피로의 원인이 바로 저 인간이 아닐까 싶었다. 난 홱 돌아서서 말했다.

저기요. 화장실 비데는 분명 이번 주 수요일에 고쳐준다고 지난주부터 말했잖아요. 시설과에서 기사님이 그때밖에 시간이 안 된다는데 어떡해요?

펭귄은 질세라 맞받았다.

아이구, 이 옷 입고 나다니면 사람들이 나더러 욕하는데 어떡해 그럼, 넋두리도 못 하나?

남루한 청소 유니폼을 가리키며 하는 말이었다. 색이 바랜 탓에 꼭 듬성듬성 털 빠진 펭귄처럼 후줄근해 보이는 옷이었다. 재판장의 펄럭거리는 법복이랑은 다른 질감의 옷.

자기 일 아니라고 원, 에휴.

그녀는 그렇게 말하며 눈을 흘겼는데, 눈두덩에 불만이 잔뜩 꿈틀댔다. 저 인색하고 야박한 눈길. 분명 자기 일에 보람과 만족이라곤 한 번도 느껴보지 못했겠지. 그러니 저렇게 매사 예민하고 되바라지게 구는 거겠지.

여유….

펭귄을 보면서 무심코 흘러나온 말이었다.

뭐라고?

마음에 여유를 좀 가지시라고요!

나도 모르게 빽 큰소리가 나와 놀랐다. 예전에 회식 자리에서 한번 이런 경험이 있던 것 같은데.

　허, 참. 소리를 지르고, 별일이네 그래.

　그녀는 어이가 없다는 표정을 짓더니 빈 종이컵을 구기곤, 여유 타령하면 일은 누가 하나? 투덜투덜 걸어갔다. 그리고 어디선가 사태를 지켜보던 태기가 터덜터덜 걸어왔다. 모두 여유가 부족한 때죠. 태기는 내 곁에서 그렇게 말하며 기지개를 쭉 켰다. 난 그에게 너는 여유 그만 가지라고 괜히 쏘아붙이곤 돌아섰다.

　일이 주는 권태에 어떻게 맞설 것인지. 그게 현대인에게 가장 시급한 화두에요.

　며칠이 지나고서 태기가 한 말이었다. 휴게실 청소를 맡겼는데 한동안 보이질 않아서 찾아갔더니 볕이 드는 소파에 몸을 묻고 문고판 시집을 읽고 있었다. 그 모습이 꼭 뭐랄까 하와이 해변에 떠밀려 온 해조류 같았다. 미역이나 모자반이나 잘은 모르지만 아무튼 그런 거. 퍽 평화로운 풍경의 한 폭처럼 보여서 그를 찾아 나선 내가 불청객처럼 느껴질 지경이었다.

　속 편해서 좋겠다. 넌 답답하지도 않니.

　답답해한다고 어떡하겠어요. 바뀌는 것도 없고. 선생님도 쉬었다 간다고 생각하세요.

그게 맘처럼 되면.

한숨을 쉬고 휴게실 책상을 손으로 쓸었다. 딴에 청소는 마치고 쉬는 건지 책상 위 유리막에선 뽀득, 소리가 났다.

넌 공익근무 끝나면 뭐 하려고? 내가 물었다.

대학교 복학해야죠. 태기가 답했다.

졸업하면?

취직해야죠.

취직하면?

어… 그러면… 끝나는 거 아녔어요?

태기는 문고판 시집을 덮었다. 그러고서 대학 졸업도 하고 취직도 한 나를 멀뚱멀뚱 바라보다가… 아차, 하는 표정을 짓곤 숨죽은 해초처럼 낯빛이 어두워졌다. 쯧. 입시 치르고 인생 끝난 게 아닐 때 미리 알아차렸어야지. 인생에 사기당하는 게 앞으로 한두 번이 아닐 거다. 난 태기를 향해 속으로 훗, 하고 웃어줬다. 돌아보면 지금까지 내 지난날들은 모두 파견지로 떠나는 인사교류 같은 날들이었다. 떨리기도, 기대되기도 했지만, 막상 도착해 보면 맥 빠지고 김빠지던 날들. 너나 나나 지금까지도 앞으로도 그럴 거다. 그때 어두운 표정으로 머리를 칭칭 꼬던 태기가 말문을 열었다.

아, 생각났다.

뭔데?

사랑.

그 애 표정이 너무 천진했던 탓에 잠깐 창밖 햇살이 더 강하게 비치는 줄 알았다. 해변에 해조류와 함께 떠밀려 온 유리병 편지나 되는 듯 생경하게 느껴지는 단어였다, 마치 여유라는 단어를 오랜만에 마주했을 때 기분이랄까. 아… 그래 그런 단어도 있었지.

선생님은 연애 안 해요?

태기가 물었다. 그래 너도 그렇게 나와야지. 딱 지금 너 같은 표정으로 김 주임이 나를 많이 진땀 빼게 했지. 나는 대답 대신 침묵으로 일관했지만, 태기는 침묵도 하나의 대답이 된다는 듯, 아… 하더니 다시 시집을 펼쳤다. 역시 순수한 표정을 지을 줄 아는 사람들은 나랑 잘 맞지 않는다.

시집, 그런 게 재밌니?

둔세의 즐거움이죠.

그런 말을 잘도 할 줄 아는 녀석이다.

그런데 일이 주는 권태에 금이 간 게 다름 아닌 바로 다음 날 아침이다. 여느 날 아침처럼 청사에 들어서서 사원증을 찍고 복도를 걸었다. 〈정의의 여신〉을 지나 1층 로비를 가로질렀다. 사무실에 들어서선 자리로 향해 겉옷을 의자에 걸었고, 이윽고 팀장과 김 주임이 좋은 아침, 하며 사무실에 들어섰다. 나도 반갑게 인사를 건네며 데스크톱 전원을 켜고 정부 포털에 로그인을 하고, 수신된 메일이 있는지 기계적으로 확인했다. 드르륵, 누군가 블라인드를 당겨 올리는 소리가 들렸고 사무실이 조금 환해졌다. 팀장은 새로 산 커피머신에서 캡슐커피를 내리고 있다. 나는 마우스 휠을 굴린다. 도르륵. 그런데, 음,

뭔가가 달랐다.

묘하게 익숙했던 사물들이 한 뼘 정도 어긋난 느낌. 늘 지나치던 풍경에 어딘가 아주 미세한 실금이 그어진 느낌. 그건 사용하던 소프트 렌즈를 바꾸거나, 치과에서 레진이나 인레이를 씌운 날 느껴질 법한 이질적인 느낌이었다. 난 때운 이를 혀로 더듬어 보듯 주변을 찬찬히 눈으로 톺았다. 언제나처럼 한가한 사무실의 모습. 팀장은 커피가 쓰다며 인상을 찌푸리고, 김 주임은 아침에 못다 한 화장을 그리고 있고… 그때 한 뼘만 한 김 주임의 손거울 너머로 비치는 내 얼굴에서, 무춤, 어떤 이미지가 머릿속에 번뜩였다. 자리를 박차고 일어나 성큼성큼 로비로 향했다. 그리고 그 가운데서 우뚝 멈춰 섰다. 그럼 그렇지.

로비의 정면 벽면을 가득 채운 〈정의의 여신〉 그림에, 여신의 정강이 정도 되는 높이쯤 어제까지 보이지 않던 누리끼리한 얼

룩이 말라붙어 있었다. 누군가 음료 같은 것을 흩뿌린 듯했다. 화폭의 색감에 뒤섞여서 크게 티가 나진 않았지만, 매일 살피는 내게는 확실히 표가 났다.

선생님도 알아채셨군요.

어느새 태기가 곁에 와서 섰다. 물이 뚝뚝 떨어지는 손걸레를 든 채였다. 난 고개를 끄덕이며 동료와 함께 그 얼룩을 지워냈다. 누군가 실수로 뭔가를 묻힌 걸까? 유리막을 훔쳐내는 손걸레에 찜찜한 흔적이 묻어났다.

그 일이 그저 누군가의 실수가 아니었음은 시간이 지나며 드러났다. 며칠이 지나고서 또다시 그 얼룩이 등장한 것이다. 이번엔 우측 상단의 좀 더 높은 자리였다. 며칠 후 아침에는 뒷배경에 얼룩이 묻어있었다. 우리는 그제야 이게 누군가의 고의로 인해 벌어지고 있는 사태임을 알아챘다. 그리고 마침내 여신의 양 뺨 위에 누런 얼룩이 황달같이 피어난 아침, 걸레와 사다리를 들고 선 나와 태기의 시선이 비장하게 맞부딪혔다.

이건 테러야.

내가 말했다. 분명했다. 누군가 악의적으로 우리를 골탕 먹이고 있었다. 그것도 영악하게 우리가 퇴근한 틈만 골라서 이런 짓을 벌이고 있었다. 그런데 누가? 저녁에도 법원을 드나들 수 있는 사람인 것은 확실했다. 난 범인을 유추하며 태기가 높은 자리에 있는 얼룩을 닦아낼 수 있게 사다리를 붙잡고 있었다. 그때 뒤뚱뒤뚱 흔들리던 태기가 멈칫하더니 야자수 열매를 따는 하와이언처럼 그림에 빤히 얼굴을 갖다 댔다.

이거… 율무차예요.

율무차?

얼룩에 손끝을 갖다 대며 하는 말이었다. 도대체 뭘 뿌려놓은 걸지 늘 궁금했거든요. 그런데 이제 알겠어요. 이 향과 질감. 틀림없어요.

궁금증 하나는 풀린 셈이었다. 범인은 저녁마다 이곳 로비의 자판기에서 율무차를 뽑아다 그림에 흩뿌리고 있다. 누가 이런 짓을 벌이고 있는지 확인할 제일 확실하고 빠른 길은 로비에 설치된 CCTV를 확인해 보는 일이었다.

에… 그러니까 누가 밤마다 뭘 뿌린다고요?

율무차요.

왜요?

그야 저희도 모르죠. 저기 보이시죠?

어디요? 안 보이는데.

저기 얼굴에 자국 있잖아요. 저기.

우린 CCTV를 확인해 볼 요량으로 경비실의 직원을 그림 앞으로 불러왔다. 그는 피차 바쁘지도 않으면서 율무차든 둥굴레차든 자신은 잘 모르겠고, 까짓 게 무슨 상관이냐는 듯 인상을 찌푸렸다.

CCTV를 확인하는 게 절차가 번거로운 일이라서요.

그는 난색을 보였다. CCTV 확인은 자기 권한이 아닐뿐더러, 업무분장이 맞물려 있는 탓에 그러려면 경비과에서 시설과로 요청을 해야 하고, 그러려면 절차상 보고를 해야 하고, 보고를 하려면 사유가 필요하고, 사유가 있더라도 지금은 시설과 직원들이 출장을 가놓아서… 하며 구구절절한 사연을 늘어놓는 것이었다. 나라가 하는 일이 다 그렇지 뭐. 어디선가 오래된 커피처럼 미적지근한 팀장의 목소리가 들려오는 듯했다. 그러곤,

뭐, 겨우 저거 가지고 굳이 그렇게 해야겠어요? 아니면 안내문이라도 하나 뽑아드려요? 그림을 훼손하지 맙시다. 이런….

태평한 소리나 하는 것이었다. 순간 욱하는 마음에 검지를 치켜들고 소리쳤다.

모르시겠어요? 이건 법원에 대한 모욕이고, 법원을 모욕한다는 건 법치 질서에 대한 명백한 테러라고요.

직원은 황당해하면서 그저 이렇게 말했다.

저는 권한이 없어요.

하고 싶은 말은 많았지만, 그 대답에 허파가 턱 막히는 기분이었다. 하기야 그랬다. 경비실 말단 직원인 그는 아무 권한이 없

다는 이유로 그 자리에 고용된 사람이었다. 문제를 해결하기보다 문제가 일어나면 사과하기 위해 고용된 사람. 그렇다. 바로 나처럼.

그와 내가 뾰로통해진 채 대치하고 서있자 결국 대화 내내 딴청을 피우던 태기가 사태를 수습하려는 듯 나를 돌려세웠다. 자자 그러지들 마시고….

결국 나와 태기는 우리가 직접 범인을 붙잡아야 한다는 데에 뜻을 모았다. 휴게실에서 태기를 붙들어 놓고 그렇게 말하자 그도 처음엔 경비실 직원처럼 말했다. 선생님, 굳이 그렇게까지요?

굳이가 아니야. 이게 우리 일이잖아.

그렇긴 한데 그러다 곤란한 일이라도 생기면요.

예를 들면?

범인이 법원 판결에 앙심을 품은 험악한 사람이라든가.

태기는 낫을 들고 휘두르는 시늉을 했다.

아냐. 짐작되는 사람이 있어.

사실 나는 이쯤에서 이미 용의자를 특정해 두고 있었는데, 이래 봬도 재판장 근처에서 몇 개월을 서성이다 보니 촉이란 게 생겼다. 우선 범인은 대개 범죄가 일어나는 환경 모처에 있다. 그녀는 법원을 제집처럼 드나들 수 있는 몇 안 되는 사람 중 하나다. 그리고 범죄는 대부분 악감정에서 비롯된다. 은연중 나한테 불만을 쌓아왔을 사람. 그리고, 무엇보다 율무차를 좋아하는 사람.

펭귄.

아마 저번 말다툼이 불을 당겼을 것이다. 그래서 그녀는 자신이 마지막까지 남아 법원을 청소하는 바로 그 시간에, 나에 대한 앙심을 뜨거운 율무차에 담아 휘휘 젓고 뒤섞어선 에라, 괜한 그림에다 분풀이를 하는 것이다. 다음 날 힘들게 얼룩을 닦아낼 날 상상하면서. 오갈 데 없는 스트레스를 그런 식으로 해소하면서.

어때, 내 추리가?

태기는 고개를 갸웃했다. 굳이 그렇게까지 했을까요?

굳이가 아니야. 그렇게 보고도 모르겠니? 분명 내가 마음에 안 드는 거야. 내 일이 자기 일이랑 묘하게 겹치니까 그걸 자신에 대한 침해로 여기는 거라고. 아니면 뭐, 내가 모르는 다른 이유가 있을 수도 있지. 없을 수도 있고. 너 그 말 알지? 사람 싫어하는 데 이유가 없다고.

듣다 보니 그런 것 같기도 하고.

태기가 머리를 배배 꼬았다.

내가 저번 직장에서 만난 상사 이야기 안 해줬나? 사사건건 트집 잡고 일을 벌이면서 매번 괜한 방식으로 분풀이하고, 그런 방식으로 자기 영향력을 확인받고 싶어 하더라니까. 그게 그 사람들 욕구 해소 방식이고 카타르시스인 거야. 저번엔 그 인간이 글쎄….

구절구절 주민센터장의 일화까지 설명하자 태기는 납득한 건지 질려버린 건지 과연 그럴 수도 있겠다며 고개를 끄덕였다.

아, 저도 생각해 보니 그런 경험이 있어요. 예전 공익근무요원 담당자는 제가 게으르고 뺄질거린다는 핑계로 저를 구박하더라니깐요. 그게 글쎄 말이나 돼요?

어… 그건…, 그래, 그렇다고 치자.

서로 미심쩍은 공감대를 형성한 뒤로 우린 그날 밤부터 법원에 남아 현장을 지켜보자는 세부적인 계획을 세웠다. 계획이라 해봤자 사실 그저 1층 로비가 내려다보이는 2층에서 숨어있다가 범인이 나타나면 현장에서 검거하자는 어설픈 심산이었다.

잠복이 시작됐다. 어디까지나 내겐 업무의 연장이었지만 야근으로 처리하기엔 모양새가 애매한 구석이 있어서 사실상 무급 노동이나 다름없었다. 그런데도 이상한 열의가 날 부추겼다. 태기도 잠복하는 동안 가끔 치킨을 사달라고 배고픈 시늉을 몇 번 했을 뿐, 웬일인지 뺄질대거나 가타부타 별말 않고 날 잘 따랐다. 요즘 따라 조금 변한 느낌이다. 왜일까?

사건은 머지않아 찾아왔다. 잠복을 시작한 지 며칠 되지도 않앉을 무렵이었다. 시간은 조금 늦은 저녁이었던 것 같고, 난 혹시 잠이 올까 봐 준비한 커피를 홀짝이던 중이었다. 평소라면 카페인을 멀리했을 시간이지만 말했듯 야근은 야근이니까.

가정주부 신경증이란 거 알아? 사람들 뒤치다꺼리해야 하는 직업에 오래 종사하다 보면 저도 모르게 원망과 보복 심리가 쌓이고, 그걸 해소하기 위해 남들을 닦달하고 괴롭히게 된다는 거야. 예를 들면 별것도 아닌 말에 히스테릭하게 과민 반응을 한다든지, 아니면 쓸데없는 의심을 한다든지. 사소한 일에 집착을 한다든지. 내 생각엔 그 아줌마가 딱 그래.

내가 수다하자 태기는 대답 대신 날 멀뚱히 바라보더니, 네 뭐 그런 것 같네요. 대답했다. 그러곤 읽고 있던 문고판 시집을 덮고 품에 넣었다.

그런데 선생님 요즘에 좀 들떠 보이세요.

나?

네. 원래는 늘 어딘가 피곤해 보였는데, 요 며칠 생기가 돌아요.

그런가? 그야 일이 바쁘니까.

별스럽지 않게 대꾸했지만 그런 것도 같았다. 돌아보니 요새 이상하게 조금 마음이 달떠있었다고나 할까, 조금 상기되어 있던 것 같다. 이런 생각을 마지막으로 했던 게 언제더라? 얼핏 기억이 날 것 같기도 하고.

그러는 넌 어떤데? 곰곰 기억을 되짚으며 물었다.

저요?

너도 평소보다 적극적인 게 신기해서.

그냥, 재밌잖아요.

태기는 싱겁게 대답하나 싶더니 자기도 뭔가 이상하다는 듯 골똘해졌다.

그러게요. 원래 번거로운 거 딱 질색인데.

번거로운 거…, 하긴 번거롭다면 번거로운 일이다. 그 말을 듣고 기억 저편에 뭔가가 스쳤다. 맞다. 판사에게 고맙단 인사를 받았을 때 어렴풋이 지금 이런 느낌을 받았던 거 같다. 일에 대한 의욕을 느낀 순간으로 고작 그런 순간이 생각난다는 게 우습고 초라했다. 빌어먹을. 직장생활이란 건 결국 어느 정도 어딜가나 빌어먹는 생활이구나. 그런 생각을 하던 차, 태기도 뭔가 알겠다는 듯, 아, 알았다. 하고 날 바라보는 것이다. 뭔데? 내가 물었고. 태기는 입을 열었다.

나, 선생님 좋아하나 봐요.

풉.

우리 사이로 하와이 야자열매 같은 게 마른하늘에서 툭, 떨어진 것 같았다. 마시던 커피가 기관지에서 빙글, 공중제비를 돌았다. 사레가 들러 얼굴이 빨개진 채 콜록댔다. 정말 저런 말을 술술 잘도 하는 녀석이다. 그때 태기는 검지로 내 입술을 막아섰다. 눈시울이 붉어진 채 태기의 다른 한 손이 가리키는 방향을 바라봤다. 누군가가 1층 커피 자판기 앞에 서있는 게 보였다. 그런데 그 모습이, 뜻밖에도 펭귄이 아니었다. 하지만 모르는 사람이냐면, 그건 또 아니었다.

그 모습은 낯선 모습이었다. 정확히 말해 낯선 이의 모습이 아니라, 그가 그곳에 서있는 게 어쩐지 낯설게만 느껴지는 모습. 그러니까 그는, 판사였다. 커피를 마시곤 나한테 동전을 바꿔달라던 바로 그…. 그가 조용히 천 원짜리 지폐 한 장을 자판기에 밀어 넣고, 음료 한 잔을 선택해 버튼을 꾹 누르고, 음료를 기다리며 짤랑짤랑 떨어지는 동전들을 챙기는 모습이 차례대로 눈에 들어왔다. 그러고서 그는 율무차가 든 종이컵을 쥐더니 그림을 바라보며 입에 갖다 댔다.

후릅.

뜨거운 음료가 그의 목울대를 넘어가고 있을 짧고도 긴 이 찰나에, 가슴을 뛰게 하는 이상한 조바심의 까닭을 알 수 없었다. 아냐. 그러지 마요. 혼자 속으로 외웠다. 하지만 그는 무언가를 중얼거리는가 싶더니, 마침내

휙.

컵에 담긴 노란 율무차가 액자의 유리에 후드득, 소리를 내며 흩뿌려졌다.

남자는 한참을 서있었다. 뭔가를 중얼거리면서. 판결문을 읽듯 나직한 판사의 목소리 중 유일하게 귀에 들어온 말은 분명.

'빌어먹을'이었다.

와락, 참고 있던 기침이 터져 나왔다. 소리가 태기의 손가락을 뿌리치고 정적을 깼다. 판사는 화들짝 놀라 소리가 나는 쪽을 두리번거리다 우리와 눈이 마주쳤다. 순간 그의 얼굴이 삽시간에 사례를 참던 나보다도 빨갛게 물들어 오르는 걸 보았다.

아…. 그는 놀라서 급히 동전이라도 찾듯 허공을 더듬었고, 당황한 건 나도 마찬가지라서, 뭐라도 말해야 할 것 같아서… 머릿속에 떠오르는 뭔가를 말하려다가… 아니다, 참자. 이번엔 머릿속에 떠오르는 문장에 괄호를 치고 삼켜보자. 눈을 꾹 감았다.

판사는 새빨간 얼굴로 휑뎅그렁 서서 우리를 올려보다가, 할 말을 고르는 듯하다가, 이내 휙 돌아서선 걷기 시작했다. 태기가 그 뒤통수에다. 저기요 아저씨. 뭐 하시는 거예요! 물었으나, 그는 침묵으로 답변을 대신했다고 생각했는지 종종걸음으로 사라져 갔고, 우리도 그걸 하나의 대답으로 받아들이기로 생각했다.

뭘까요. 저 사람?

태기가 물었고, 난 그저,

응… 정말 밤이라 커피를 안 마시네.

그렇게 대꾸할 뿐이었다.

만약 내가 그때 말을 참지 못하고 횡설수설했더라면 그건 어떤 말이었을까? 아마, 여유를 가지세요. 같은 말이었을 거다. 할 수 있는 말이 그것밖에 없었을까 싶지만, 그건 커피를 드시네요. 같은 말보단 적절한 말이었다고 생각한다.

그날 이후 로비 그림에 율무차가 뿌려지는 일도, 점심시간에 판사를 자판기 앞에서 마주치는 일도 다시 벌어지지 않았다. 그날 밤에 대해선 그냥 나도, 그 판사도, 야근을 했을 뿐이라고 생각한다. 야근이니까. 그도, 나도, 빌어먹는 사람이니까. 야근 수당은 좀 차이가 나겠지만 아무렴 각자 자리에서 빌어먹는 사람이니까, 그날 밤도 피곤하고 바쁜 와중에 그저 나나 그 사람이나 한 숟갈 각자 몫을 퍼갔다고 생각한다.

괜스레 의심했던 펭귄은 사건이 있던 다음 날에도 매사 불만 가득한 표정으로 내 곁을 스쳤는데, 그녀에게 화장실 비데는 잘 고쳐졌는지 조심스레 물었다. 그러자 그녀는 홱 돌아서선,

다들 차일피일하는 꼴이 속 터져서 내가 직접 고쳤지. 답답해서 내가 별일을 다 해, 진짜.

쏘아붙이곤 제 갈 길을 향했는데, 거기에 무어라고 투덜댈 말이라곤 없었다.

그렇게 나는 여전하다. 나도 태기도 펭귄도 모두 여전하고. 각자 나름의 방식으로 법원을 지키고 있다. 이곳의 일은 여전히 권태롭지만 나름의 요령을 부리면 견딜 만하다. 졸릴 때는 하품을 삼키며 커피도 마시고 어쩔 땐 기지개도 좀 켜면서. 이런 요령을 하나둘씩 배워가는 것. 그게 성과라면 성과다. 무뎌진 건지 담담해진 건지 이렇게 담백하게 빌어먹고 있다. 그리고 내일이 아주 조금 더 낫기를 빌고 있다. 큰 불만은 없고 그냥 그런 마음이다.

어느 날인가 태기는 선물이라며 수줍게 시집 한 권을 건넸다. 태기는 아직도 내 곁을 맴돌며, 사람 좋은 데 이유가 있나요. 이런 말을 잘도 하는 중인데, 언제까지 갈지 한번 지켜볼 일이다. 아마 그것도 요령껏 견뎌봐야지. 다만 나는 볕이 좋은 날이면 일하다 말고 종종 그 시집을 꺼내 읽기도 한다. 그러다 물기를 꼭 짠 손걸레로 로비의 그림을 닦아내기도 한다. 그게 내 일이다.

시소

1.

　　온소가 우리 회사에 취직했을 때 어머니
는 정말로 다행이라고 말했다. 고향 집 식탁에서 가족 식사를
하려던 참이었다. 메뉴는 온소가 좋아하는 전골요리. 텃밭에
서 기른 푸성귀가 물기를 머금은 채 식탁 한편에 수북했다. 엄
마는 참 손도 크셔. 온소가 다정하게 나무랐고. 어머니는 차호
가 다 먹겠지 많이 먹어, 하며 날 바라봤다. 그녀들이 웃었다. 오
랜만의 가족 식사였다. 마주 앉은 아버지는 한 손으로 테이블보
를 쓸고 있었다. 굵은 하늘색 선이 격자무늬로 들어간 테이블보
였는데 어머니가 시내의 백화점에 가서 직접 고른 거였다. 이런
게 있어야 식탁 분위기가 살지. 어머니의 취향은 TV 시리즈에서

막 뛰쳐나온 행복의 소품들에 닿아있었다. 아버지는 다른 한 손으론 얼어붙은 소고기를 한 꺼풀씩 들척거렸다. 꼭 촉감 공부를 하는 어린아이 같은 모습으로. 아버지의 접시에 국물을 퍼 담으려 하자 어머니가 내 국자를 빼앗았다.

아버지는 신경 쓰지 말고.

그녀가 내 앞접시에 김이 나는 채수를 퍼 담기 시작했다.

너희 누나도 아까 점심 많이 먹었어. 너가 운전하고 와서 배고프지. 많이 먹어.

온소가 그 말에 빙긋 웃는다. 뭐 먹었어? 내가 묻자 비빔밥, 남은 나물들하고. 하고 짧게 대답한다.

그나저나 정말, 정말 다행이지. 난 우리 큰 딸내미 실업자 되는 줄 알고.

그녀는 큰 딸내미라는 단어에 유독 힘을 주어 말한다. 온소는 응, 다행이지. 작게 미소 짓는다.

차호가 있어서 얼마나 다행이니. 어머니가 덧붙인다.

큰딸?

그때 아버지가 반응한다.

큰딸이 어딨어.

아무도 대답하지 않는다. 아버지가 다시 고기에 손을 댄다. 그때 냄비에 국물이 넘치기 시작했다. 온소가 재빨리 불을 약불로 줄인다. 어머니는 여전히 내 앞접시에 과하다 싶을 만큼 국물이며 건더기를 퍼 담고 있다. 펄펄 끓는 국물이 그릇을 쥔 그녀의 엄지를 적신다. 국물에 닿은 어머니 손끝이 붉다.

많아. 내가 알아서 먹을 게 괜찮아.

아냐 너 배고파. 더 먹어.

아버지가 앞접시며 수저 따위를 두서없이 헤집기 시작한다. 꼭 뭔가 잃어버려서 마음이 조박해진 사람 같다. 온소가 제지하자 아버지가 뿌리치며 저항한다. 반찬 몇 가지가 엎어지며 테이블보 위에 붉은 얼룩을 남긴다. 어머니는 개의치 않는다.

더 줄까? 표고 좀 더 먹을래?

괜찮다니까.

난 내 몫의 그릇을 어머니의 손에서 빼앗는다. 그녀가 마치 제 그릇을 뺏긴 사람처럼 멍하니 날 바라본다.

난 전골 안 좋아한다니까.

2.

달걀을 풀어 죽까지 끓여 먹자 온 집 안에 훈기가 가득했다. 읍내에서 직접 짜왔다는 참기름의 잔향이 길었다. 나는 거실 소파에 몸을 묻고 어머니가 깎아둔 사과의 개수를 센다.

하나 둘 셋 넷 다섯. 5의 배수로 조각난 사과 위에 포크들이 자기 땅을 선포하는 깃발처럼 꽂혀있다. 어머니가 그중 하나를 집어 든다.

이번엔 얼마나 있다가 가니?

토요일에 가려고.

내일? 왜 하룻밤 더 있다가 온소랑 같이 가지 않고.

일이 조금 있네.

그럼 온소 너도 차호 따라 일찍 가서 배워둬야지 않겠어? 당장 다음 주부터 출근이라며.

어머니의 포크가 빙그르 온소를 향한다. 내가 말허리를 자른다.

아냐, 푹 쉬다 와. 월요일부터 빡세게 굴릴 테니까.

내 말에 온소가 웃는다. 어머니도 따라 웃는다. 그러게. 이젠 동생이 아니라 직장 상사인데 잘해야지. 얼른 대답드려. 어머니의 말에 온소는 과장되게 고개를 끄덕인다. 어린애 같은 모습에 어머니가 웃는다. 어린애. 온소는 늘 명랑했으니까. 언제나 그 나이답지도 않게. 그 나이가 되도록. 그나저나

아빠는 이제 어떡하나.

온소가 화제를 돌린다. 그녀가 사과를 꽂은 포크를 아버지에게 건넨다. 아버지는 사과를 난생처음 보는 사람처럼 골똘히 들여다본다.

요즘엔 영 차도가 없네.

나 없으면 엄마 혼자 바쁠 텐데 큰일이네. 나뿐이었잖아. 같이 돌보는 건.

온소가 말한다. 아버지를 측은하게 바라보고 있다.

안 그래도 차호가 전문 간병인을 쓰는 게 어떻겠냐고.

그게 암만 그래도 남이잖아. 가족만 하겠어? 아빠 입장에서도.

어머니의 대답에 온소는 볼멘소리를 한다. 그러면서 아버지 손을 감싼다. 퍽 다정하게. 나는 내 몫의 사과 하나를 베어 물며 말한다. 실은…

이미 알아봤어. 어떨 땐 사람 쓰는 편이 나아. 좁은 집에 엄마랑 단둘이만 있어 봐. 가족끼리 악만 남지.

온소는 뭔가 할 말이 있는 것처럼 보인다. 슬픈 걸까. 난 어머니를 바라본다.

엄마도 쉬어야지.

아버지는 먹던 사과를 거실 바닥에 떨어트리곤 졸린 듯 눈을 부빈다. 아까워서 어떡해, 하며 어머니는 사과를 입에 주워 담는다. 그리고 아버지를 방에 모시겠다며 무릎에 손을 짚고 일어선다. 손마디가 불거져 굵다. 햇수로 벌써 7년째다. 나는 간병인을 쓰자고 줄곧 주장했지만 어머니는 한사코 고집을 꺾지 않았다.

아깝잖아.

나는 그 말이 싫었다. 어머니는 정말 아까운 게 뭔지 모른다.

그러던 와중 2년 전쯤일까. 온소가 다니던 회사를 관두게 되면서 본가 살림에 그녀의 손마디가 더해졌다. 그녀는 마치 병간호를 하려고 회사를 관둔 사람처럼 지극정성으로 아버지를 돌보기 시작했다. 아침이면 아버지를 씻겼고 매 끼니 수저를 들고 보조를 했다. 해가 기울면 함께 산책을 나섰다. 한평생 아버지와 앙숙처럼 살았던 그녀의 변신에 나는 조금 놀랐다. 아무렴 덕분에 가족에 대한 걱정은 조금 떨칠 수 있었다. 이따금 서울에서 고향에 내려가면 온소와 아버지는 행복해 보였다.

그래도 가족밖에 없는 거야. 피붙이란 말이 괜히 있겠니. 피가 그렇게 끈끈하더라.

어머니는 온소에게 조금 감동한 것 같았다. 하지만 그렇게 말하면서도, 얘도 이제 나이가 적지 않은데… 하며 꼭 한마디를 덧붙였다.

그러지 말고, 너희 회사에 자리 좀 없겠니?

그녀는 은근한 압박처럼 늘 내 앞에서 온소 얘기를 꺼냈고, 그러면 온소는 에이, 엄마 나 괜찮아. 얘한테 부담 주지 마. 아빠 몸도 편찮은데… 하며 손사래를 쳤다. 그때마다 어머니는 그럼 결혼은? 하고 꼭 한마디를 덧붙였다. 온소 얘 아까워서 어떡하니. 그쯤 되면 온소도 불편한 기색을 감추지 않았다.

뭐가 아까워? 나 아직 하고 싶은 일이 많아.

하고 싶은 일만 하면서 어떻게 살려고.

그래서 내가 피해 준 게 뭐가 있는데?

그러던 날들의 반복. 결국 내가 운을 뗐다. 그날도 식사 자리에서였다. 여직원 한 명이 육아휴직계를 내면서 사무실에 서무자리가 비게 됐다고. 어머니는 단박에 눈을 밝게 빛냈다. 온소는 조금 난처해하면서도 조금 커진 눈망울까진 거두지 않았다. 내가 상황을 보고 있을 테니 조금 기다려 보자 말하자 그녀는 아냐, 됐어 뭘, 하면서 괜히 기운차게 밥을 한 숟가락 푹, 떴다. 난 그녀의 숟가락 위에 얹어진 밥 덩이를 가만 바라보았다. 물끄러미 떠올려 본다. 하고 싶은 일이 많다던 온소의 말을.

밥은 엄마가 한 거야?

어머니는 고갤 끄덕인다.

반찬은?

응 내가, 왜?

그냥. 맛있길래.

온소는 아버지의 턱 밑을 손수건으로 훔쳤다. 아버지가 초점 없는 눈을 한 채 웃음을 흘린다. 어머니는 내가 전한 소식에 벌써 들떠있다. 벌써부터 다행이라고 말한다. 나도 그들을 보며 다행이라고 생각한다. 그리고 싫다고 생각한다. 미소 짓는 온소의 가늘어진 눈을 바라보면서 싫다고 생각한다. 언제까지고, 언제까지고 부모님이 그녀의 볼모로 잡혀있는 게 싫다고.

3.

사실, 직장을 먼저 다니기 시작한 건 온소였다. 그녀는 대학을 졸업하자마자 전공했던 미술의 흔적을 말끔히 닦아낸 뒤 몇 개월 정도 준비 끝에 취직에 성공했다. 아주 평범한 중소기업의 사무직이었다. 20대 중반밖에 되지 않은 이른 나이였고, 부모님은 온소가 척척 의젓하게 큰딸 역할을 해줘서 다행이라고 말했다. 미술을 관둔 게 아쉽지는 않냐고 물으면 그녀는 늘 아무렇지 않다고 했다.

아쉽지. 아쉬운데 어떡하겠어. 굶어 죽기 딱 좋은데. 있지. 그만두니까 나는 막 소화가 잘된다? 원래 위염을 달고 살았잖아. 근데 그게 씻은 듯이 나은 거야. 밥 잘 먹고 소화 잘하는 삶이 최고라는 걸 그제야 알겠더라니까?

나는 어쩐지 그 태도가 연극적이라고 생각했다. 거기엔 꿈을 쉽게 포기해 본 사람이 거둘 수 있는 묘한 종류의 안도감이 배어있었다. 나는 그녀가 실은 아쉽지 않은 게 아닐까 생각했다. 아쉬움이 남았다고 말하지만, 실은 평온을 찾은 게 아닐까 생각했다. 명절에 만난 온소가 직장생활에 대한 고충을 토로하고,

그러면서도 은연중에 직장인의 단정한 삶을 드러낼 때 나는 되뇌었다. 나는 그러지 않을 거라고. 그러자면 마음이 단단해졌다. 그건 꿈을 볼모로 삼은 사람이 느낄 수 있는 종류의 안도감이었다. 그러니까, 꿈같은 거 운운하면서 나는 좀 더 뻔뻔해질 수 있었으니까.

그러던 어느 날. 온소가 돌연 직장을 그만둔 거다.

사정에 대해 가타부타 묻진 않았다. 어머니가 몇 차례 의아해하긴 했으나 언제나 의젓한 역할을 해오던 큰딸이었으니 어련히 뜻이 있겠거니 생각하는 듯했다. 아무렴 그때는 집에 손이 하나라도 더 필요한 때이기도 했고 그때쯤 나도 자리를 잡아가던 중이라 바빴으니까. 아니

사실 사정 따위 알고 싶지 않았다.

맥주 마실래?

온소가 물었다. 어머니는 아버지를 끌고 안방으로 들어서더니 다시 나오지 않았다. 내가 고개를 끄덕이자 그녀가 부엌으로 향했다. 오징어가 어디 있었는데. 그녀가 한동안 부엌 찬장이며 냉장고를 달그락거린다. 나는 TV 볼륨을 높이다 결국 일어선다. TV에는 한물간 연예인들이 시시풍덩한 농담을 떠들던 중이었다.

어딨는지 몰라?

응 잘 안 보이네.

왜 어딨는지 몰라.

응?

너가 내내 살았으니까. 한집에 살았으니까 알 줄 알았지 나는.

그녀가 멀뚱히 쳐다본다.

넌?

그 말을 듣자 눈썹 부근이 저릿하며 통증이 느껴졌다. 달고 사는 신경통이었다. 나는 대꾸하지 않고 서랍을 뒤지기 시작했다. 그러다 결국 오징어 찾기를 포기하고 견과류 한 봉지를 꺼냈다. 온소는 냉장고에서 500ml 캔맥주를 네 캔이나 내온다.

뭘 이렇게 많이?

내가 엄마 닮아서 손이 크잖아. 넌 아빠 닮았고.

그녀가 웃는다.

나도 피식 웃는다.

운전을 해설까, 목이 뻐근하다.

4.

나는 미술을 계속했다. 재능이 없는 걸 알면서도. 졸업 이후엔 작은 상업 갤러리의 매니저로 취직해 최저시급에 가까운 페이를 받으며 한편으론 계속 그림을 그렸다. 온종일 전화를 붙잡거나 메일을 들여다보며 갤러리의 소사를 챙기다가, 경련하는 미소를 달고 세일즈에 나섰고, 전시 일정이 가까워지면 트럭에서 짐을 내리고 연장으로 가벽을 세우고 구멍을 뚫었다. 그러고서도 퇴근하면 새벽까지 남몰래 붓대를 잡았다.

갤러리스트는 벌이나 처우와 무관하게 꼿꼿한 직업이었다. 어떤 자리에서든 고고하게 머리를 넘기고 값이 월급 절반에 달하는 테일러드 재킷을 걸쳤다. 그래야 오프닝 리셉션이나 페어에서 유명 작가들을 마주쳐도 스스럼없이 미끌거리는 대화를 나눌 수 있었다. 신진들의 기세가 어떤지. 거기에 평단이 어떻게 반응하고 있는지. 세간의 주목을 받는 작업 동향이 어떠한지⋯ 머금는 것만으로도 속이 더부룩했던, 오프닝의 기름진 케이터링만큼이나 둥둥 떠다니던 말들. 그럴 땐 정적마다 샴페인으로 입을 헹궈낼 줄도 알았다. 그런 화담을 나누고 돌아서면 부러웠다. 작가라는 사람들의 갖춰 입지 않은 옷차림이. 내 구두와 대조되는 몇 켤레 스니커와 그 위에 작게 묻어있는 물감 자국들이. 그들이 그 신발을 신고 저벅저벅 걸었을 아뜰리에와 갤러리들이.

작가님. 오랜만이에요. 페어에서 최근 작업들 봤잖아요. 또 한번 전진하셨던데요. 주제로 보나 형식으로 보나 정말로요. 디테일이요. 미디엄처리가 너무 세련되어졌어요. 그런 거 아무나 못하는 거잖아요. 하고 싶어도 시도조차 못 하는 거잖아요. 남들 포기할 때. 붓질 한 번, 나이프 한 번 더 무릅쓴다는 거. 대단하신 거예요. 막 느껴져요. 작가님은 그렇게 계속. 나아갈 수 있다는 거. 차이가 벌어지고. 그런데요, 그거 다 사실…

혀뿌리가 아프도록 뱉어내던 말들. 사실 알고 있었다. 그럼에도 끝내 입 밖에 내지 못한 말들이 남아있었음을. 목울대에 맺혀있던 응어리는 왜 꼭 한숨 뱉을 때 비로소 알아차리게 되는 건지. 다 쓴 물감을 쥐어짜듯 나를 궁지까지 몰아붙이고서야 침대에 몸을 던지던 날들이었다. 하지만 아깝지 않았다. 모든 걸 바닥까지 다 긁어내고 나면 무엇인가 완성돼 있을 거라고 믿고 있었는지도 모른다.

그러던 중 온소에게 전화가 왔다.

뇌졸중이래.

그 말을 듣던 순간 느껴지던 적의를 기억한다.

산보를 나가려던 아버지가 어, 하며 뭔가를 찾는 사람처럼 두 손으로 허공을 더듬거릴 때. 그러다 몸 반쪽이 삽시간에 토르소처럼 굳어버렸을 때, 한쪽 신발에 발을 꿴 채 쓰러지며 거울의 유리 조각을 온몸에 뒤집어썼을 때, 응급실에 도착하자 온소가 뒤늦게 온 나를 망연히 쳐다보며

그러니까 너도 조심해. 넌 아빠를 닮았잖아.

라고 음조 없는 말을 중얼거릴 때, 나는 비로소 내가 어떤 막다른 지점에 도달했다고 느껴졌다. 붓질 끝에 완성된 그림이 전혀 다른 낯을 하고 날 내려다보고 있었다. 모르는 척 미뤄놓고 살던 삶이 내게 제값을 치르라고 성큼 찾아온 그때. 아버지의 전보다 조금 식은 손을 주무르면서, 무른 병원 밥을 질겅질겅 씹으면서, 나는 왜 목울대에 맺혀있던 응어리 같던 게 쑥 내려간 기분이 들었을까? 가끔 생각한다. 그건 내가 경멸하던 종류의 안도감이 아니었을까 하고.

5.

아버지의 수술 뒤, 하던 일을 정리하고 디자인 스튜디오에 이직하기까지 3개월 정도 시간이 걸렸다. 그저 탕진하고 있다고 생각하던 경력이 의외로 도움이 됐다. 새로운 직무에 적응하느라 바쁘던 어느 날 온소는 나를 위로하겠다며 친히 집 근처까지 나를 찾아왔다. 그때까진 회사에 다니던 그녀였다. 취직을 했는데 위로라니. 별스러운 일이긴 했으나 어쨌거나 나와 온소는 작은 이자카야에서 사케 한 병을 두고 마주 앉았다. 어느덧 30대 중반이 넘은 각자였지만 함께 술을 마신 건 처음이었고, 그래선지 딱히 편하게 느껴지는 자리는 아니었다. 얼마나 마셨을까, 사무직 일이 우리 집안사람들 성격에 생각보다 맞을 거라고. 그녀는 그렇게 말하며 빙긋 웃었다.

너 지금까지 집안에 부채감 느꼈을 거 내가 다 알아. 죄짓는 기분이었겠지. 죄인 같았겠지. 아니야? 아닐 수도 있지. 그렇지 만 아무도 그렇게 생각 안 해. 절대 포기라고, 실패라고 생각할 게 아니야. 언제까지 그렇게 살 수도 없었던 거고. 그렇잖아. 너 도 알지?

온소는 조금 취한 듯 보였다.

나도 하고 싶은 게 많았어.

그녀가 턱을 괴고 말한다.

난 사실 너 혼자 미술학원에 다니는 게 싫었던 걸지도 몰라. 나 예전에는 그게 되게 싫었거든. 근데 이젠 아무렇지 않아. 너, 대학 졸전 비용. 사실 엄마가 부담한 거지? 난 그거 마련한다고 알바하느라 밤에 야작하면서 준비했는데. 얼마나 힘들었는지 넌 모를 거야. 모르겠지. 근데 이젠 괜찮아.

조금 어색한 침묵.

언제 알았어?

내가 물었다. 그녀가 안주 한 점을 집고 작게 입을 벌렸다.

넌 역시 아빠를 닮았다니까.

넌 아빠를 닮았다고, 온소는 곧잘 말했다. 처음 미술을 시작 한 건 아버지의 뜻에서였다. 젊을 때 무명작가로 활동했던 아버지는 나와 온소가 자라면서 지역신문사의 문화부 기자로 체질을 개선했다. 낮에는 학원강사로, 밤에는 돌봄교사로 일하는 어머니를 차마 두고 볼 수 없어서였다고 했다. 종종 어머니는 아버지가 붓대를 꺾기 전까지 자신이 홀로 생계와 양육을 도맡던 시기를 떠올리며 마음 깊이 뿌리내린 설움을 토해내기도 했다. 그럴 때마다 아버지는 조용히 자리를 떴다. 그리고 찾아오는 정적. 그런 자리가 있고 나선 당신들이 앉았던 자리가 서로 달아둔 앙금의 무게만큼이나 움푹 패어있는 것처럼 보였다.

아버지는 나와 온소를 미술계로 보내겠다는 의지가 확고했고, 어렸던 나는 아버지에게 칭찬받는 게 좋아 열심히 그렸다. 간혹 내가 작은 사생대회에서라도 입상을 해오면 온소는 어김없이 볼멘소리로 중얼거렸다. 내가 아빠를 닮았다고.

난 있지, 아빠가 정말 싫었어. 나랑 아빠랑 사이가 좀 안 좋았어? 사춘기 때는 정말로 죽어버렸으면 좋겠다고 생각한 적도 있어. 진짜야. 그런데. 아빠가 그렇게 되고 나니깐, 정말 힘들더라. 아빠가 약해진 모습을 보면 누가 쇠막대 같은 거로 명치를 꾹 누르는 거 같은 거야. 너도 그랬을 거야. 너도 분명 그랬을 거니까. 그치?

잠깐이지만 그녀와 눈이 마주쳤다.

넌 내 동생이잖아.

어째선지 기시감이 느껴지던 말. 화장실을 다녀와 보니 가게 사장이 서비스 안주를 내밀던 중이었다. 좋은 일이 있으신 거 같아서요. 사장이 말했다.

그런 건 아닌데…

온소가 조금 난처한 웃음을 흘렸다.

네 맞아요, 감사합니다.

나는 의자를 끌어다 앉으며 말했다. 서비스는 폰즈 소스로 간을 한 조그만 아귀 간.

우리 이제 나눠 먹자.

우리는 포크를 들고 그걸 찢기 시작했다. 식기 부딪히는 소리가 차갑게 쨍강거렸다.

6.

밤이 좋아서, 라고 온소는 운을 뗐다.

오랜만에 불 쬘까?

맥주를 몇 모금 마시지 않았을 때다. 마당 한편 창고에는 아버지가 모닥불을 피워주던 화로대가 있었다. 불을 지피는 건 늘 아버지의 역할이었다. 자연스레 아버지의 병치레 이후 창고를 드나들 일도 사라졌다.

어디에 넣어뒀는지 아버지가 알 텐데.

뭐 어때 이제 네가 하면 되지.

나와 온소는 슬리퍼에 발을 꿰고 창고로 향했다. 밤이 찼다. 간만에 사람 손길이 닿자 창고의 철제 미닫이문이 쇳소리로 신음했다. 형광등이 나간 탓에 핸드폰 플래시에 의지해야 했다. 창고 구석구석엔 이런저런 기억이나 미련들이 거미줄에 잔뜩 꿰어져 있었다. 한때 나와 온소가 쓰던 이젤이나, 어린 시절의 집기가 차곡차곡 쌓인 박스 같은 것들. 무엇이든 손댈 때마다 먼지가 짙게 묻어났다. 화로대는 창고의 구석진 곳에 몸을 기대고 있었다. 관리를 잘해뒀던지 스텐에서 아직 윤이 났다. 내가 들겠다는데도 온소는 고개를 가로저으며 굳이 자기가 완력을 썼다. 난 목장갑과 토치를 챙겼다. 문제는 땔감이었다.

장작이 없어.

패놓은 장작이 남아있을 리 없었다. 그나마 남은 것도 간수하지 않은 몇 년간 바싹 말라 손을 대면 부스스 바수어졌다. 이것 봐. 온소는 모래알처럼 잘게 부수어지는 장작들이 우습다는 듯 손을 대고 만지작거렸다. 미처 타올라 보지도 못한 땔감들이 벌써 재가 된 것처럼 각질을 날렸다. 안 되겠네. 그냥 들어가자. 온소는 화로대를 내려놓았다. 난 그러고 싶지 않았다.

저런 거. 태울 수 있지 않을까?

목재 이젤을 가리켰다. 안 될 건 없지만… 온소는 말끝을 흐렸다. 난 어깨를 으쓱했다.

오랜만이잖아. 밤도 좋고. 다 태워버리자.

오랜만에 손을 댄 이젤은 기억보다 가벼웠다. 이젤은 발길질 몇 번에 쉽게 분해됐다. 온소는 내가 이젤을 부수고 있는 것을 멍하니 바라봤다. 부러진 나무토막 몇 개 중 튼실한 걸 골라 가운데에 세웠다. 균형이 중요했다. 땔감의 균형이 맞지 않으면 불은 한쪽으로 기운다. 기울어 버린 불은 결국 전체를 무너뜨린다.

토치질 몇 번을 하자 이젤이 마른 몸을 사위며 밤을 조금 몰아냈다. 투명하고 건조한 밤이었다. 불씨가 날릴 때마다 몽당연필을 똑똑 부러뜨리는 소리 같은 게 들렸다.

고마워.

맥주 캔에 입을 가져다 댈 때 온소가 작게 고마워, 라고 중얼거린 거 같은데 제대로 들은 건지 헷갈렸다. 못 들은 척 나무토막으로 괜스레 불을 헤집었다. 잘못 들은 걸지도 모른다.

일은 좀 어떨 것 같아?

내가 물었다.

사무직이 어딜 가나 다 똑같지 뭐.

그녀가 대꾸했다.

대단한 일도 아니잖아. 전에 다니던 회사랑 큰 차이 없지 않겠어? 게다가 나는 네 회사보다 규모가 좀 더 컸잖아. 그래서 조용하고 좋을 것 같아.

그녀가 캐슈너트를 손 위에 올리고 굴린다. 그러다 패딩 주머니에 손을 찔러 넣곤 괜히 허리를 푼다. 나는 피식, 웃음이 샌다.

별일 아니긴 하지.

왜 웃어? 거기 분위기는 어떤데?

똑같지. 누가 들어오든 말든. 다 똑같잖아. 대단한 일도 아니고. 대단한 사람이 들어오는 것도 아니고.

온소도 그치? 하고 웃는다. 잠시간의 정적이 불소리를 키운다. 타들어 가던 것들이 조금씩 달싹이며 손마디 꺾는 소리를 냈다.

하고 싶은 게 뭐야?

내가 물었다.

응?

옛날부터 하고 싶은 일이 많다고 했잖아.

온소는 작게 한숨을 내쉬곤 자세를 고쳐 앉았다. 그녀의 눈동자에 불그림자가 일렁거린다.

글쎄, 그게 뭘까. 사실 잘 모르겠어. 가끔 지금 나를 돌이켜보면 막연한 복수심 같은 게 들어. 울화 같은 거. 근데 그 대상이 누군지는 모르겠는 거야. 후회는 있지만 과거로 돌아간다 해도 다른 삶을 살 거 같지는 않아. 화는 나지만 화나게 한 사람은 모르겠어. 이런 감정이 그냥 떨쳐지지가 않아. 그래서 계속 안고 사는 거야. 그리고 되뇌는 거야. 나는 하고 싶은 게 많다고. 많았다고. 그리고 어떻게든… 어떤 방식으로든 그걸 다시 차지할 거라고.

다시금 정적이 찾아온다. 밤은 투명했지만 어쩐지 눈이 올지도 모르겠다고 생각한다.

저기, 온소가 다시 말을 걸어온다.

이거.

온소가 건넨 건 작은 수첩이었다. 표지는 암갈색의 가죽 양장이었는데 하단에 내 이름이 새겨져 있었다.

여기 있으면서 남는 시간에 가죽 공예 같은 걸 배웠거든. 그래서 만들어 봤어. 너 쓰라고. 어쨌든 이번에 너가 신경 많이 써줬잖아.

나는 조심스레 그걸 받아 들고 손으로 쓸어보았다. 동화 속 동물의 살가죽처럼 현실감이 느껴지지 않는 감촉이었다.

고마워.

작게 중얼거린 것 같은데 정말로 말한 건지는 모른다. 어쩐지 싸라기눈이 닿듯 한쪽 눈썹 위로 저릿한 냉감이 느껴졌다.

7.

지원서 봤어요. 사무경력도 있고… 급한 마당에 저희야 고맙죠.

처음 말을 꺼냈을 때 인사 담당자는 딱히 곤란한 내색을 하지 않았다. 오히려 다행이라는 투였다. 이상한 일이었다. 입사를 원하는 신입은 그렇게나 많은데 그들은 선발 대상에서부터 배제되었으니.

오신 김에 커피 한 잔 드릴게요.

그녀가 말했다. 커피머신이 작게 진동하는 소리를 들으면서 사무실의 공석을 바라봤다. 육아휴직을 떠났다는 직원의 명패가 아직 남아있었다. 소박하게 웃던 여자였다. 온소가 자리를 꿰차면 그 여자는 무사히 복직할 수 있을까. 서무 온소. 명패에 온소라는 이름을 넣어본다.

서무라는 일. 좀 슬픈 일인 것 같아요.

왜요?

어렸을 때 아무도 서무 같은 걸 꿈꾸지 않으니까요.

어째선지 그런 말이 툭 튀어나왔다.

배부른 소리.

네?

하고 싶어 하는 사람이 얼마나 많은데요. 팀장님이야 다른 쪽에서 오셔서 모르시겠지만.

150

인사 담당자가 커피를 건넸다. 차가웠다. 문득 쓸데없는 말을 했다는 생각이 들었다. 인사 담당자는 경색된 기류를 알아차렸는지 말을 이었다.

남편이 엄청 좋아하더라고요.

네?

육아휴직 들어간 서무요. 휴직계가 승인되었다고 전화를 걸었는데, 남편이 받는 거예요. 근데 그 남자 목소리가 엄청 달뜨던 거 있죠? 사실 여자 본인은 계속 일하고 싶어 하는 눈치였어요. 내년이면 승진 시기도 맞아떨어지고. 그런데 아마 남편이 부추 겼던 모양이죠. 이해는 되는데 조금 웃기기도 하고.

나는 커피를 홀짝였다. 맛이 썼다.

참, 그런데 팀장님 얼굴이 있더라니까요. 그분한테도요. 이력서 사진을 봤거든요. 그 이번에 지원한… 이름이…

네, 지원자.

닮았어요. 두 분은 어머니? 아버지 쪽?

걘 어머니, 전 아버지 쪽이요.

팀장님은 안경을 썼지만.

그녀는 내 얼굴을 괜스레 뜯어 살폈다.

어렸을 때 흉터가 남아서요. 여기 눈썹 위에. 놀다 보면 자주 들 다치잖아요. 사고였어요.

눈썹 위를 짚으며 갂작였다. 상처가 아문 지 벌써 수십 년이지만 어째선지 손대면 늘 사늘함이 느껴졌다.

아, 그런데.

이야기를 마치고 돌아서려던 차, 내가 말했다.

알아봐 줄 수 있을까요. 지원자가 이전 직장에서 퇴사한 이유요.

인사 담당자는 눈썹을 으쓱했다.

그거야 알아봐 드릴 수는 있는데… 왜 직접 물어보시지 않고. 가족이신데.

네.

내가 말한다.

그래서요. 가족이니까요.

8.

넌 내 누나잖아.

라고 말했던 적도 있었다.

눈이 보얗게 날리던 날이었다. 몹시도 차가운. 누군가 목을 또각, 분질러 꺾어도 아프지 않을 것 같은, 그런 차가운 날이었다.

시소에 부딪혀 눈썹이 찢어졌다. 손대면 찰싹 달라붙을 만큼 차갑게 얼어붙은 시소였다. 한쪽 눈을 뜰 수 없던 걸로 기억한다. 눈을 뜨려고 할 때마다 피가 흘러들어 하얗던 시야가 붉게 번져 들어 무서웠다. 그래서 그녀와 나 사이 거리감을 가늠할 수가 없었다. 눈물인지 피인지 무언가 뜨겁게 흘러내렸다.

나와 온소는 마주 앉아 시소를 탔는데 균형이 맞지 않아 재미가 없었다. 그날따라 온소는 아무 말이 없었다. 나와 그녀는 마주 보고 시소를 타본 적이 없었다. 원래는 첫째 누나가 맞은편에 앉고 나와 온소가 나란히 반대편에 앉던 시소였다.

첫째 누나가 죽은 지 몇 주 되지 않았던 때였다. 미술학원 버스가 그녀를 보지 못했다고 했다. 사건 당일 누나는 원래라면 데리러 왔을 아버지를 기다리고 있었고, 그때 아버지는 어째선지 그녀를 데리러 오지 않았다. 그 직전에 아버지는 나와 온소랑 함께 있었다. 서로 미술학원에 다니고 싶다고 떼를 쓰던 나와 온소를 뜯어말리고 있었다. 매일같이 벌어지는 지난한 광경이었다. 좁은 집 안에 어질러진 장난감과 늘어선 생활의 흔적들. 누나의 하원 시간이 다 되었다고 울리는 알람. 무슨 일인지 갑자기 아버지는 입을 굳게 다물었고, 집을 나서서 늦게까지 돌아오지 않았다. 아버지는 그 밤의 공백 동안 어디에 있었는지 끝끝내 입을 열지 않았다.

같은 시각 학원 창밖의 허공을 들여다보던 첫째 누나는, 그날 따라 무슨 이유에선가 혼자 집으로 돌아가기 위해 캄캄한 겨울

밤으로 나섰다. 마침 모퉁이를 돌아 달려오는 학원 버스를 보곤 반갑게 손을 흔들었다고 했다. 기사는 기억하지 못했으나 블랙박스는 그렇게 목격했다.

나는 첫째 누나만 미술학원에 가는 게 싫었다. 학비를 이유로 나와 온소에겐 미술을 가르치려 하지 않던 아버지였다. 그는 장례를 수습하고 얼마 지나지 않아 나와 온소를 미술학원에 등록했다. 전업 작가를 그만두고 직장에 다니기 시작했고, 그 돈으로 나와 온소는 렘브란트니 루벤스니 하는 유명 화가의 이름을 딴 물감이며 붓 같은 걸 사서 쓸 수 있었다. 거기엔 어머니도 아깝다는 말을 하지 않았다. 그 무렵 부모님은 적지 않은 시간 서로 대화하지 않았던 것 같다. 어쨌건 집은 고요한 정물화처럼 여전했다. 누군가 떠났지만 남은 이들은 서로 곁을 떠나지 않았고, 우리는 누나의 죽음을 의아하리만치 입 밖에 꺼내지 않았다. 우리는 서로를 바라보지 않는 바로크 회화의 인물들처럼 묵연한 시간을 자주 보냈다. 그 정적을 돌이켜 생각하면서 이따금 생각했다. 당신들은 뭐가 아까워서 뭐를 포기했나? 그렇게 떠나지도 못하고.

눈이 와서요.

그날은 사건 이후 처음으로 나가서 놀아도 되는지 물었던 날이었다. 어머니는 정오가 되도록 방에 커튼을 걷지 않고 있었다. 그녀는 내게 외투를 걸쳐주며 차 조심을 하라고 말했다. 온소도 같이 나가서 놀라고 말했다. 온소는 도리질을 했다. 그녀는 그림을 그리고 있었다. 하지만 어머니는 가족이니까, 하는 말을 덧붙이며 그녀에게 외투를 건네줬다. 그 무렵 어머니와 아버지는 대화할 때 그 말을 주문처럼 작게 중얼거리곤 했다. 마치 약속한 것처럼. 그 말에 온소도 외투를 건네받았다.

그녀와 나는 아파트 단지 놀이터로 걸었다. 눈 내리는 놀이터엔 아무도 없었다. 서로 시소의 맞은편에 앉았다. 몇 번인가 차가운 시소를 삐그덕대다가 온소가 갑작스레 벌떡 일어서는 바람에 내가 뒤로 넘어졌던 걸로 기억한다. 흙이 단단하게 얼어있어서 등이 아팠다. 온소는 하얀 눈발 속에 반투명한 모습으로 나를 가만 내려다보고 있었다.

일으켜 줘.

내가 말했다.

왜?

그녀가 답했다. 나는 순간 그 대답이 의아했고, 멍하니 앉아있다가 이상한 감정이 들었다. 그 순간이 빨리 지나갔으면 좋겠다고 생각했다. 어린 시절 같은 거 빨리 다 지나가 버리고 어른이 되면 좋겠다고 생각했다.

넌 내 누나잖아.

온소는 나를 계속해서 가만히 쳐다보고 있었다. 하얀 눈발처럼 읽을 수 없는 표정이었다. 난 조금 벙벙해진 채로 땅을 짚고 일어서려 했다. 그때 시소가 솟구치며 내 눈썹을 때렸다. 뜨거운 것이 주륵 얼굴에 흘렀다. 고개를 들자 온소가 시소의 맞은편에 앉아있었다. 피에서 모락 김이 났다. 아프진 않았고 뜨거웠다. 순록처럼 커다란 짐승이 얼굴을 혀로 핥고 있는 것 같았다.

그녀가 혼자 시소를 탔다. 넘어져 있는 나를 바라보며 차가운 시소를 삐걱대며 탔다.

온소가 일부러 그랬을 것이라 생각하지는 않는다.

하지만 어째선지 온소가 실수로 그랬을 것이란 생각도 들지 않는다.

갑자기 울음이 터져 나와 숨을 몰아쉬어야 했다. 그럴 때마다 입김이 차갑게 흩어졌다. 어깨를 달싹일 때마다 얼굴로 피가 번졌고, 그래서 두 눈을 감으면 누군가 따뜻한 손으로 오른뺨을 가만 보듬는 것 같았다.

누나가 보고 싶었다.

9.

자러 들어간 줄 알았던 어머니는 숄을 걸치고 마당으로 나왔다. 온소가 빈 플라스틱 의자를 하나 끌어와 내어주었다. 어머니는 모닥불을 보며 이것도 오랜만이네, 하고 반색했다. 그녀는 어딘지 조금 들떠 보였다.

저이가 저렇게 되고서 처음엔 꼭 집안이 무너질 것만 알았는데, 무너지란 법은 없더라. 힘들 때마다 너희가 잘해줘서 얼마나 다행이야. 차호도 자리 잡고. 온소도 이제 차근차근 다시 시작하면 되고….

온소가 어머니에게 가까이 붙어 앉아 어깨에 머리를 기댄다. 어머니는 온화한 표정으로 화로대를 바라보고 있다.

이제 간병인이 오면 한시름 덜 거예요. 내달부터는 찾아올 수 있게 해볼게요.

내가 말했다. 빙긋 웃는 어머니 곁으로 온소는 멍하니 불을 바라보고 있다. 동공에 불그림자 같은 게 일렁인다. 언젠가 본 적 있는 무표정이다.

그래. 가족밖에 없는 거야. 서로 힘들 땐 의지하고 지탱하기도 하면서. 미우니 고우니 해도.

어머니가 말했다. 나는 마지막 이젤 토막을 불구덩이 안에 던져 넣었다. 굵었던 마지막 나무토막이 힘없이 바스러질 때, 안방에서 아버지가 신음하는 소리가 들려왔다. 어머니가 자릴 비우자 잠에서 깬 모양이었다. 온소는 자신이 들어가 보겠다며 일어섰다. 어머니는 온소의 만류에도 따라 일어섰다. 그녀들이 함께 집으로 들어가고 나는 자리를 정리했다. 그리고 어머니의 말이 정말이라고 생각했다. 기어코. 결국. 가족밖에 없다는 게.

다음 날 나는 아침 일찍 서울로 올라왔다. 고향에 있는 동안 눈이 내렸는지 도시가 희끗했다. 주말이었지만 집으로 향하기보다 텅 빈 사무실로 향했다. 출입 카드를 찍고 자리로 향하자 책상 위에 인사 담당자가 두고 간 온소의 프로필이 있었다.

전 직장에서 말인데요… 사실 이걸 전하는 게 맞나 싶기도 한데. 계속 여쭤보시니까 드리는 말이에요. 좀 안 좋은 일이 있었나 봐요.

온소의 퇴사 이유를 알아봐달라고 부탁한 이후, 인사 담당자는 나를 어쩐지 불편해하는 기색이었다. 그녀를 붙잡고 몇 번이고 채근한 끝에 온소의 퇴사 사유를 들을 수 있었다.

그게… 직장 동료 남편이랑… 외도를 했나 봐요. 남자가 무슨 미술 작가였다던 거 같은데… 그게 덜미가 잡혀 소문이 난 모양이에요.

그 말을 듣던 움찔, 하고 눈썹의 흉터가 서늘하던 걸 기억한다. 그래서 자진 퇴사했던 모양인데… 참…. 인사 담당자는 그렇게 말하곤 내 눈치를 살폈다. 난 안경테를 한 번 바로잡고 전해주어서 고맙다고 전했다. 돌아서서 걷는데 뒷맛이 좋지 않았다. 하지만 의아하게도 입술이 힘없이 벌어지며 웃음이 샜다.

누군가 좋은 일이 있냐고 물어 표정을 바로잡았다.

나는 이면지를 정리하다 온소의 프로필을 집어 들고 파쇄기 앞에 섰다. 제 차례를 맞은 온소의 얼굴이 잘게 조각난다. 모닥불의 잔불을 정리하는 소리가 난다. 마치 어제처럼. 그때 화로대의 사위어 가는 불 앞에서, 나는 온소가 전해준 수첩을 불쏘시개로 던져 넣었다. 가죽 수첩은 희미한 연기를 내며 오그라들었다. 난 생각했다. 어머니가 한 말이 정말일 거라고. 가족밖에 없는 거라고. 앞으로 난 너의 안부를 물을 거고, 힘든 상황이 닥치면 언제든 도와줄 거라고. 힘들 때나 기쁠 때나 떼려야 뗄 수 없는, 네가 있어서 다행이라고

우리는 오래도록 함께할 거고

다만 이제 네 쪽이 내려갈 차례라고.

환청처럼 경고음이 들려왔다. 파쇄기의 용량이 가득 찬 것 같았다.

문학의
정수

　　한정수는 자신의 귀여운 2015년형 중고 스파크 안에서 감겨오는 눈을 끔뻑이며 핸드폰을 들여다보고 있다. 한정수. 1978년생. 소설가. 포털 프로필 속 웃음 짓는 그의 얼굴이 잘게 조각나 있다. 술에 취해 비틀거리다 핸드폰 액정을 깨먹었던가. 이제는 기억도 안 날 만큼 옛날이다. 저런 앙증맞은 미소를 띨 줄도 알았던 옛날…. 주차장을 배회하던 호광성 나방 한 마리가 창문에 달라붙는다. 핸드폰 불빛에 이끌려 한참 동안 몸을 비비적댄다.

　핸드폰은 고치기도 귀찮고, 보험은 들어놓았으나 자기부담금 육만 팔천 원인가도 아깝고, 그렇게 세월아 네월아 하다 보니 고치는 것보다 바꾸는 편이 싸게 먹히는 시점에 이르렀지만,

정작 바꾸지도, 고치지도 않으면서 그는 보험비를 또 꼬박꼬박 내고는 있었는데, 왜 그러는지는 본인을 포함해 아무도 몰랐다. 깨진 핸드폰은 자신을 그만 놓아주라는 듯 만질 때마다 나방의 날개처럼 액정 가루를 분연히 털어댔는데, 그러거나 말거나 한정수는 가루 묻은 손으로 흐린 눈을 비비적댈 뿐이었다. 누군가는 그러면 눈이 먼다고 했던가. 아, 몰라. 그러라지. 보험료니 뭐니 정말 다 시끄러 죽겠어. 죽겠다고. 정말 죽겠다니까. 한정수는 생각한다. 이젠⋯ 그런 거, 다⋯

확 죽어버리면 그만이니까.

자동차의 대시보드 위로, 부탄가스 몇 병이 어슬렁거린다. 피식⋯ 누군가의 인생이 김새는 소리 같은 것을 내면서.

무슨무슨 대학교 어떤어떤 학과 졸업,

어쩌고 신춘문예 등단하여

저쩌고 문학상 수상⋯.

읽고 보니 천산지산할 것 없이 그야말로 일목요연한 세 줄 요약의 삶이었다. 한정수의 눈길이 신춘문예 등단과 문학상 수상이란 대목에서 오래 머무른다. 절필한 지금 돌이켜보아도 그건 참⋯ 호시절이다.

딱 서른 살이 되던 해, 소설가로 데뷔하던 그 겨울밤의 기억이 눈앞에 선연했다. 계속해서 정진하시길⋯ 어느 관록 있는 심사위원이 최종심에다 써놓은 한마디가 그의 팔자를 꼬아버린 지 햇수로 5년째 되던 시점이다. 그 문장이 한정수를 매달고 매섭게 달렸다. 하지만 동시에 그 해가 넘어가도록 등단하지 못하면 키보드를 무릎으로 쳐서 반으로 딱 부러뜨리고 자판을 뽑아 바다에 뿌려버리리라 결심했던 시기였다. 크리스마스가 다가오던 그해의 겨울, 원 플러스 원 하는 편의점 과자 두 봉지에 반쯤 남은 소주를 기울이며 이 세상 모든 것들을 지독하게 저주하던, 다시 생각해 봐도 정말 모질게 춥던 그 밤이 특히 선명했다. 하늘은 속도 모르고 도담한 함박눈을 펑펑 쏟았다. 왜 소설을 쓰냐면 스스로도 몰랐다. 그냥 달리 할 줄 아는 게 없어서, 아니면 그저 투신한 세월이 아까워서인지도 몰랐다. 확실한 건 이제 그것을 놓아버리면 자신이 부서져 내려버릴 것 같다는 억하심사뿐이었다.

끙끙. 얇살미운 옆집 대학 새내기 커플의 신음이 석고보드 가벽을 타고 흘러오고, 그는 부아가 치밀면서도 또 어째선지 자신의 기척이 그들의 흥을 깨뜨리는 건 겸연쩍어서, 양치도 안 한 채로 이불 속을 파고들다 빙글빙글 도는 어둠 속에 숨죽여 잠이 들고, 다음 날 아침 숙취와 함께 울려 퍼진 신문사의 전화가 꿈결처럼 한정수 씨 맞으시죠? 물어오기까지의 일련의 시간, 그 하룻밤은 왜일까, 한정수의 뇌리에 특히 오래 남았다. 깨진 액정의 실금처럼.

돌아보니 다른 게 아니라 삶의 가장 밑바닥에 기거하며 끙끙대던 그때가 가장 호시절이었다. 죽음을 눈앞에 둔 바로 이 순간 떠오를 만큼. 끙끙. 문화부 기자가 한정수의 신춘문예 당선 소식을 전해올 때 옆집 커플은 젊음을 과시하며 아침부터 또다시 목청을 드높였다. 내복 차림의 한정수도 복도로 뛰쳐나가 호응하듯 쾌재에 겨운 신음을 내질렀다. 끙! 과연, 젊음이 토해낼 수 있는 소리였다.

준비된 신인이었을까, 아니면 요행이었을까? 그 이후부터는 신기하리만치 탄탄대로였다. 그의 소설은 당해 신춘문예 당선자들의 작품 중에서도 유독 돌올하다는 평가를 받았다. 전에 없던 문체가 갓 잡은 활어처럼 싱싱하다거나, 서사는 1등급 냉장육처럼 쫄깃하다거나, 그러면서도 사회의 부조리를 환기하는 선득한 분위기는 김승옥이 뿜어놓은 입김 같으며, 활주하는 문학혼이 퍼드덕거리다 조세희가 쏘아 올린 공보다도 높이 올라간다고. 평단은 그런 오색찬연한 상찬을 쏟아냈다. 그로서는 조금 머쓱한 일이었다. 자기는 그저 발장구를 열심히 동동거린 것 같았는데, 저 건너편엔 집채만 한 파도가 철썩거렸으니까. 하지만 동시에 마음속 한편으론 이런 생각이 들었던 것도 사실이다.

후훗

역시 나야.

그는 작가님이라는 호칭이 퍽 낯설면서도, 손사래를 치거나 뒤통수를 머쓱하게 긁적이면서도, 그 뒤통수론 이렇게 생각했다.

내가 아니면 누가?

그런데, 그렇게 주목받았던 한정수가, 몇 년간의 짧았던 반짝임 이후 고꾸라진 것은, 묘한 일이다. 아주 골치 아픈 문제적 작가만 받을 수 있다는 문학상까지 수상한 한정수였지만, 평단은 그를 그 자리까지 밀어붙였던 힘과 동일한 억척스러움으로 순식간에 그를 끌어내렸다. 빈자리를 꿰찬 것은 언어의 구조 자체를 분석철학 수준으로 해부하고 살핀다는 어느 신인 작가였다. 알저메인 스털링(Aljamain Sterling)이란 필명을 쓰는 선릉 사람으로, 한정수의 눈에 그는 작가라기보단 키보드를 든 행위예술가에 더 가까워 보였지만, 아무튼 원로 심사위원이 말하길 세종과 주시경 이래로 한글을 이렇게 잘근잘근 씹고 뜯은 사람은 처음이랬다. 오체분시된 그의 문장 속 형태소들이 게슈탈트 붕괴를 유발하며 작품에서 회오리치면 평단은 화려한 꽃보라를'보듯 열띤 환호를 보냈다. 꽃보라는 무슨. 츠츠츠. 붕붕붕. 이런 소리나 끼적여 놓은 나방 떼의 집산 같구만. 한정수는 도통 이해할 수가 없었다.

축하해요. 작가님.

문학상 시상식에서 한정수는 AS에게 인사를 건넸다. 오, 유아웰컴. 선배님이 닦아놓은 길만 따라 걷는 거죠. 그는 멋쩍은 듯 뒤통수를 긁적였다. 어쭈? 그러면서 한정수에게 암 빅팬오브 유얼스, 덧붙였는데, 그의 이마 위로 '역시 나야'라고 써진 나방 한 마리가 턱 달라붙어 있었다.

한정수는 시상식 뒤풀이에 남아 유독 거칠게 술을 마셨다. 시간이 지나자 적잖이 외로운 사람들만 남게 되었고, 그 자리엔 AS도 함께였다.

우리, 알 만한 사람들끼리 문학 이야기나 한번 해보십시다.

때를 노리던 한정수가 일제 치하의 조선어학회 회원처럼 비장하게 말했다. 그가 취한 걸 눈치챈 한 평론가가 황급히 말허리를 자르며 요즘 연승 중이라는 프로야구 투수의 이야기를 꺼냈다. 구속이 160이랬다.

에이씨! 문학가라는 양반들이! 내가 문학 이야기하자니까!

한정수가 책상을 내리쳤다. 자리에 있던 모두의 눈이 야구공처럼 커졌다. 한정수는 자리에서 벌떡 일어나더니 누가 뭐라 할 새도 없이 계몽적인 태도로 뜨겁게 일장연설을 쏟아냈다. 가히 구속 160에 가까운 말들이 직구로 뻗쳤다.

그러자 가만 듣고 있던 AS도 질세라 사오정처럼 입을 턱 벌

리고 나방 떼를 쏟아냈다. 둘의 문학관은 언뜻 들으면 어슷비슷
해 보였으나 서로를 향한 강렬한 적대를 품고 있었다. 그들은
현실에서 붕 떠올라 온갖 실체 없는 추상 명사들의 대결을 펼치
기 시작했다. 문학의 각양각종 고고학과 계보학, 유전자 계놈지
도가 펼쳐졌다. 대부분의 발언은 조소와 비아냥, 호통이나 뱃심
자랑으로 마무리됐지만, 드물게 보기 좋은 몇 합이 벌어지기도
했다.

그러나 시간이 갈수록 전세는 뉴욕 유학파인 데다 불어와 스
패니시까지 능통한 AS에게 유리하게 흘러갔다. 그가 발 빠르게
섭렵한 외국 작품과 이론들을 들먹이기 시작하자 판도가 급격
히 기운 것이다. 때는 세계화와 포스트모더니즘의 관제 구호가
유령처럼 떠돌던 시기였다. 그가 주워섬기는 몇 개의 단어가 순
식간에 한정수가 일으켰던 감수성의 혁명을 몰락한 꾸러기 대
소동 정도로 전락시켜 버렸다. 한정수는 2주 코스로 유럽 해외
봉사를 떠났을 때 사흘간 파리에서 체류했던 경험을 교묘하게
유학 경험으로 꾸며 말하는 버릇이 있었는데, 그 사흘간 속성으
로 닦았던 누보로망이니 누벨바그니 때깔 좋은 시절의 신앙이
작가 생활에 도움이 된 것은 물론이다. 하지만 사오정의 농담
같은 외계 텍스트들은 한정수가 신봉했던 예술의 기수들을 난
도질했다. AS는 로브그리예는 머저리고, 클로드 시몽은 바다 거

품이며, 센강에 앉아 그들 책을 들척이며 비둘기마냥 잠봉뵈르나 뜯는 것처럼 고루한 경험은 이 세상에 존재하지 않는다고 말했다. 자신은 소호의 로프트에서 토머스 핀천을 읽다가 저녁엔 마르퀴에서 파티를 즐긴다고 했다. 뽕뽕뽕. 흔들흔들. 제레미스 캇을 신고 알렉산더왕 후디를 걸치고 옆구리엔 《블리딩 엣지》를 낀 채….

참 선배님, 그거 육스에서 산 건가요?

그는 한정수가 중요한 자리마다 다려 입는 장 폴 고티에 셔츠를 노골적으로 무시했다. 등단 상금을 털어 갤러리아에서 산 거였다. 나의 앙팡 테리블을 감히…! 한정수는 부정하려면서도 자신의 시대가 제대로 된 빛을 내보기도 전에 저물고 있음을 느꼈다. 결국 그가 택한 마지막 수는 팔만대장경을 읊어 외세를 물리치려던 고려인처럼 자신이 문학적 성좌라고 여겼던 선배 작가들의 이름을 하나하나 호명하기 시작한 거였는데, 그건 어쩐지 주차장에서 시비가 붙자 핸드폰 연락처를 뒤지는 동네 건달처럼 볼썽사나워 보였다. 사실, 그날 벌어진 작은 6·8혁명에서 그들이 무어라고 떠들었는지는 그 자리에 있던 누구도 기억하지 못했다. 그 연사 본인들조차도. 모두가 기억하는 건 단 하나뿐이었다. 한정수가 패배했다는 사실. 술상을 모로 쓸어버리던 그의 모습. 짬뽕탕 국물이 벌겋게 번지던 그의 장 폴 고티에 셔츠….

아마 본격적인 내리막은 그때부터였다.

그때 나는 뭐라고 떠들었던 걸까?

한정수는 아무리 기억을 되짚어 봐도 내용이 떠오르지 않았다. 어쩌면 일부러 지워버린지도 몰랐다. 다음 날 눈을 뜨자 부끄러워 한동안 집 밖에 나서지도 못했으니까.

하지만 그건 뭐였을까?

그 순간 뭔가 뜨겁게, 손 데면 데일 것처럼 아주 뜨거운 걸 토해냈던 거 같은데.

그의 눈이 서서히 감겨온다. 글쎄, 지금 들어보면 웃기지도 않은 어설픈 식견이었을 테지. 그래도… 지금 생각해 보면 모든 게 다…

호시절이었다.

그의 정신이 암전되기 시작한다. 한정수의 손아귀로부터 핸드폰이 스르르 제 몸을 투신하려는 그 순간, 그 마지막 불씨 너머로 몇 개의 활자가 비친다. 액정 속 조각난 그의 미소 밑에 덩달아 달려온 블로그 포스팅이었다. 그의 눈동자로 조그만 안광이 다시 돌아온다. 오래전 잃어버린 줄 알았던, 단단한 안광이다. 한정수가 태그된 그 글의 제목은,

'문학의 정수'였다.

잠시 뒤 졸음쉼터 주차장. 발길질일까, 테이프로 봉해진 스파크의 문짝이 몇 차례 쿵쿵대더니, 거칠게 열어젖혀진다. 그 안에서 죽음의 문간으로부터 돌아온 한 소설가가 밤으로 쏟아져 나와 밭은 숨을 토해낸다.

* * *

수도권 소재의 유서 깊은 모 대학 국어국문학과. 유정수는 연구실에 앉아 노교수로부터 엄한 꾸지람을 듣고 있다. 그녀가 제출한 석사논문 계획서가 문제였다. 교수의 요지는 이랬다. 네가 대학원에 와서 국문학을 전공하겠다는 진지한 마음가짐이 있다면, 문학의 네크로맨서가 될 각오로 응당 시취를 풍기는 죽은 문학가들의 이름을 호명하며 먹물로 그들의 염을 해야 할진대, 어찌 지도교수인 본인의 허락도 받지 않고 젊고 탱글한 산 자의 작가론을 논문 초고로 가져왔냐는 것이었다. 훠이. 물러가라! 스틱스강의 곁을 도는 이 죽음의 아카데믹시스템은 산 자가 발을 들일 곳이 아니다…! 산송장이 될 결기로 펜을 뻗는 자만이 죽음의 경계를 넘어 저주받은 학위를 수여 받을 수 있나니… 문학 논문이야말로 다시 말해 〈죽음의 한 연구〉인 것이다.

교수님, 외람되오나… 아시다시피 한정수 작가님은… 아니, 한정수 작가는… 절필한 작가입니다.

잠잠히 듣고 있던 유정수가 끼어들었다.

그래서?

절필한 작가는 곧 죽은 작가나 다름없다고 교수님께서….

내가? 노교수는 턱 끝을 문질렀다. 그래 생각해 보니 그런 말을 한 적은 있었다. 작가라면 무릇 글을 쓸 때까지만 살아있는 것이고 글을 쓰지 않는 작가는 죽은 작가라고… 교수의 마음이 작게 흔들렸다. 그 말을 할 때 본인이 무척 폼을 잡았기 때문이다. 끙. 교수는 낮은 신음을 뱉었다. 그건 그렇고 이게 내 말에 토를 달아…?

유정수는 긴장했다. 싸움꾼들이 실력 발휘에 앞서 손으로 우드득 소리를 내듯, 노교수는 언제나 지적 폭력을 행사하기 전에 끙, 하는 신음을 내뱉었기 때문이다. 유정수는 입술을 깨물었다. 그녀는 그때까지 교수가 을러대는 말에 네네, 하며 고개를 주억거리면서도 아랫입술을 잘근잘근 씹고 있었다. 새빨간 립이 그녀의 앞니에 빨갛게 묻어나는 줄도 모르고. 선미 레드로 유명한 디올 999였다. 현실과 책장으로 담을 쌓고 사는 노교수는 먹물색은 알아도 디올의 레드니 샤넬의 코랄이니 하는 것은 새빨갛게 몰랐으므로, 깜짝 놀랐다.

혀를 깨물다니.

그의 어린 제자가 학구적 야욕에 못 이겨 자결을 시도하고 있었다. 과거 호랑이와 용이 펜대를 잡던 시대에나 볼법한, 그야말로 본인과 동세대스러운 결기였다. 문인들이 펜촉을 갈아서 계급과 역사, 진보와 같은 거대한 맘모스를 쫓던 시절이다. 그러자… 아주 오랜만에 찌르르하는 소름이 돋았다. 오늘날에도 아직 이런 협기가 남아있었던가. 아차, 내가 무슨 짓을. 혈기방장한 문학도의 젊은 뜻을 꺾고 굼뜬 관습에 복속시키려는 건 아주 머나먼 옛날 본인이 가장 혐오하던 부류들이나 하던 짓이 아니던가. 그러나 이 어린 핏덩이는 알까. 이 풍파 많은 세상에서 관행에 역행하는 행동이 어떤 결과를 불러일으킬지. 너는 진정 그럴 각오가 되어있는 것이냐. 그래… 그렇다면 좋다. 어디 한번 용을 써보거라.

노교수는 고개를 끄덕이고서 제자에게 말했다.

절필한 작가라면… 작품 세계가 완성됐다고 보아도 좋겠지. 네 맘대로 한번 해보거라.

그러고선 회전의자를 빙글, 돌려 몸의 방향을 창문 쪽으로 향했다. 그건 맘에 안 드는 결정을 내릴 때, 진중한 고통을 감내하면서도 제법 쿨하게 승복하겠다는 함의를 지닌 그만의 비언어적 표현이었는데, 노교수의 시대만큼이나 오래된 제스처였고 이상하게도 저 동작을 할 때마다 그는 꼭 저걸 하기 위해 교수가 된 사람처럼 보였다.

제자는 갑작스러운 컨펌에 놀랐다. 막 저녁으로 마라샹궈를 먹을지 고민하던 찰나였다. 문학계의 거인까진 아니어도 중기의 다부진 체격으로 인정받는 엄하고 고지식한 노교수였다. 그의 성질머리를 못 이겨 장기 수료생 신세로 전락해 구천을 떠도는 대학원생들이 한둘이 아니었는데, 이게 웬 횡재인가 싶었다. 그녀는 혹시라도 교수가 말을 거둘까, 감사합니다 교수님! 꾸벅 허리를 굽히곤 황급히 자리를 피했다. 망자의 손아귀가 발목이라도 잡아챌 것처럼.

그녀는 잰걸음으로 연구실을 나섰다. 지도교수의 변덕에 의아하면서도 제 손에 들린 논문계획서를 바라보니⋯ 목차며 초록이며 참고문헌의 성실도까지⋯ 어디 하나 빠지는 구석이 없었다. 가만 생각해 보니 잔뼈 굵은 노교수가 감식안 하나는 정말 뛰어났다. 그의 교내 별명이 새싹무침인 것도, 될성부른 떡잎만 쏙쏙 골라 거둬들였기 때문이 아니던가. 무참히 데치고 무쳐버려서 문제였지만 아무렴, 그녀는 씨익, 립 발린 미소를 지었다.

역시 나야.

그 옛날 노교수가 간직했던 문학의 열도처럼 뜨거워 보이는 붉은 미소였다.

* * *

〈한정수 문학의 신체성 연구〉

　그건 유정수가 준비하는 논문의 제목이었다. 그녀는 한정수
의 지독한 팬이었다. 그녀가 한정수를 좋아하게 된 건 지금으로
부터 약 4년 전으로 거슬러 올라간다. 당시 대학교 졸업반에 진
입한 유정수는 고민이 많았다. 여차저차 성적에 맞춰 대학에 오
긴 왔는데 글줄이라곤 쓸 줄도 몰랐고, 문학에 관심이라곤 일절
없었다. 그저, 국립이라 등록금 부담이 적다는 이유 하나만으로
온 대학이었다. 그러니 신심 깊은 문학도들이 그녀를 가만둘 리
없었다. 그들은 그녀를 모독하고 린치하는 것으로 문학적 신앙
과 학과 내의 정치적 입지를 다지려 했고, 그 덕에 유정수는 십
자군을 상대하는 튀르크인의 심정으로 매 강의에 임해야 했다.
총 여덟 학기, 여덟 번의 원정이 있었고 유정수의 인격은 상당
부분 훼손당했다. 그나마 학점은 알바비의 3분의 1을 해피캠퍼
스에 가져다 바치면서 대충 맞췄지만 졸업이 문제였다. 그건 바
로 자신의 졸업작품집을 완성해야 했던 것. 신앙재판을 일삼던
동기들은 모아둔 글을 묶어 훌쩍 졸업하곤 공무원 시험 준비를
파고들며 이교도의 본색을 드러냈는데 그녀는 아무런 원고가
없었다. 졸업을 미루기엔 학자금 대출이 마음에 걸렸다.

그런 울적한 마음으로 자신의 캄캄한 미래를 공연히 들여다보는 나날이었다. 구렁이 담 넘어가듯 슬그머니 얼버무리려던 인생이 드디어 내 발목을 잡아채는구나. 그녀는 하소연이나 할 작정으로 인스타그램을 접속했다. 피드 업로드를 누르고 몇 글자 끼적이던 그 순간. 그녀는 생각했다. 아, 그래 이거다. SNS에 시답잖은 소리 남기는 거. 이거라면 자신이 있는데? 게다가 이거, 어차피 반은 픽션이잖아?

유정수는 자신의 인스타그램이며 블로그며 개인 계정의 모든 시시껄렁한 텍스트를 얼기설기 기워서 첫 소설이랄 것을 완성했다. 그런데 가장 중요한 게 없었다. 바로 독자. 보여줄 상대가 없던 거였다. 학교생활을 열심히 해본 적도, 창작모임 같은 것을 해본 적도 없었으니 당연히 조언을 해줄 선배나 스승이라곤 없었다. 그래서, 그는 SNS에 무작정 소설가들의 이름을 검색했다. 놀랍게도 대부분의 소설가가 자신의 프로필에 이메일 계정을 적어뒀다. 이런 문구와 함께.

원고 청탁은 이곳으로! :)

유정수는 절박한 심정으로 밤새 총 187명의 소설가에게 자신의 첫 소설을 전송했다. 그중 152명의 소설가에겐 응답이 없었고, 23명의 소설가에겐 잘 읽어보겠다는 회신이 왔으나 이후 기별이 없었고, 11명의 소설가에겐 거절 혹은 거절에 준하는 메일이 왔다. 누구는 남에게 상처가 될까 봐 남의 소설엔 가타부타 말을 붙이지 않는다고 했고, 누구는 읽은 척을 했으나 읽지 않은 티가 역력히 났고, 누구는 합평 비슷한 걸 해준 듯했으나 느끼해서 알아먹을 수가 없었고, 누구는 욕설을 보내왔다. 가장 터무니없던 답장은 이런 것이었다.

저는 문학의 정수만 읽습니다.

그런데 와중 유일하게 읽고서 답장을 보내온 이가 있었다. 그 메일은 총 세 문단으로 작성된 간명한 메일이었다. 각 문단의 내용을 요약하면 이랬다. 1. 감상, 2. 조언, 3. 격려.

특히 인상 깊었던 것은 세 번째 문단이었다. 거기엔 다음과 같은 내용이 쓰여 있었다.

귀하의 소설엔 비록 지금은 다소 투박할지언정 일상적이지만 사소하지 않은, 허구이지만 허황되지 않은 현실과 문학의 절묘한 절합 지점이 엿보이는군요. 저 역시 그러한 지점을 더듬기 위해 부단한 노력을 기울여 왔습니다. 서로 노력을 기울이기를 그치지 않는다면 우리는 언젠가 동지가 되어 거기 스며드는 빛으로써 문학의 정수 같은 것을 엿볼 수 있을지도 모르겠습니다. 계속해서 정진하시길.

그 문장은 뭐랄까, 짧은 20대를 패배의 신호 속에서 지내온 유정수에게 있어서 한 줄기 빛으로 내려온 단락이었다. 유정수는 답장을 보내온 그 작가의 이름을 확인했다.

　한정수.

　그녀는 이 작가의 이름을 평생 잊지 않으리라 다짐했다.

* * *

　한정수는 '문학의 정수'라는 그 글을 읽고 또 읽었다. 그 글은, 누군가 한정수의 몇 권 되지 않는 책을 모조리 섭렵하고서 남겨 놓은 서평이자 일종의 작가론이었고 전기이자 동시에 픽션이었다. 저자인 한정수도 기억하지 못하는 텍스트의 디테일을 줄줄이 꿰고 있었고, 의미심장하게 남겨둔 해석의 여지들을 모조리 언어로 포섭하려 드는 집요한 의지가 보였다. 작품의 주제, 구성, 문체, 모티프, 심지어 문단의 호흡과 행갈이, 발표 시기와 작가의 말에 묻은 미세한 영혼의 떨림까지… 무엇 하나 심상한 분석이 없었지만 특히 글을 닫는 마지막 문장이 그의 가슴을 깊게 파고들었다. '한정수, 그는 문학의 정수다.'

　그 문장이 한정수를 살렸다. 그 문장을 읽자 점차 망자에 가까워지던 눈빛에 촉촉한 물기가 핑 돌았고, 얼얼하게 마비되던 코가 시큰해지며 콧물이 찌륵 나왔다. 그러자 우선은, 우선은 좀 더 살아야겠단 생각이 들던 것이다. 한정수는 그 길로 스파크를 박차고 나와 택시를 타고 집에 돌아왔다. 아무리 환기를 해도 부탄가스를 머금었던 스파크에선 관짝에 올라탄 것처럼 으스스한 죽음의 기색이 느껴졌다.

그런데… 가만 다시 생각해 보면 놀라운 일이었다. 글의 작성자는 한정수의 개인적인 이력까지 줄줄이 꿰고 작품의 해석에 동원하고 있었다. 가족관계, 주거지, 학창 시절 별명까지도…! 어떻게 안 것일까? 뿐만일까, 그는 인터뷰 사진을 통해 관상과 골상, 얼핏 보이는 손금까지 분석해 한정수의 팔자를 도출해 냈다. 이를 통해 글을 쓸 때의 심정이나 의도 따위를 추론하기도 했다. 그건 글쓴이가 한정수라는 밑글로 창조해 낸 새로운 한정수였다. 한정수는 생각했다. 이게 나인가? 그는 이처럼 집요하게 누군가를 바닥까지 싹싹 훑어 먹으려는 글을 읽어본 적이 없었다. 포스팅의 댓글란에는 작성자의 태도를 지적하는 코멘트가 몇 개 달려있었는데, 작성자는 자신만큼 한정수에 대해 진심인 사람은 없으며, 이것이야말로 작가론을 다루는 저자의 진정성인 것이고, 잘 알지 못하면 입 다물고 받아 적으라고 그들과 하나하나 사이버 드잡이를 벌이고 있었다.

하지만 어쨌거나 한정수는 그 글에서 묘한 위안을 받았다. 폭력적일지언정 분명 놀라운 일이었다. 자신을 향한 누군가의 열정이 이처럼 뜨거웠던 적이 있었던가? 그가 절필을 선언한 지도 어언 5년이 되어갔다. 그 시간 동안 한정수는 자신의 책은 자신과 담당 편집자 외엔 아무도 읽지 않았을 것이라는 우울한 확신에 가득 차있었다. 두루마리 휴지처럼 휘리릭 풀어헤쳐지는 시대의 흐름을 생각해 볼 때, 먼 후대에 인정받을 것 같지도 않았다. 그가 남긴 글은 그저 물에 풀어진 휴지처럼 녹아 사라질 것이었다. 그리고 내려가겠지… 역사의 정화조로…. 예술의 역사가 잔인한 이유는 가치 있는 것만이 살아남기 때문이다. 세르반테스와 라블레는 현역이고, 한정수는 태어난 적도 없는데 죽어버렸다. 방부처리가 잘된 선배들은 미라가 되어 성불하지도 못하고 산 자들을 질식시키려 어기적어기적 돌아다니는데, 살아있는 한정수의 살에는 벌써 파리가 꼬인다. 그런데, 바로 그 글이 자신을 다시 소생시켜 산 자의 이름으로 호명한 것이다.

다시 써볼까.

한정수는 오래된 컴퓨터 앞에 앉는다. 아궁이에 군불을 떼듯 컴퓨터에 전원을 넣고 그 앞에 앉는다. 절필 이후 글을 쓰기 위해선 영영 앉지 않으리라 생각했던 자리였다. 최소한의 생계를 위해 시작했던 소설 창작 클래스의 학생들 습작이 우르르 쏟아져 나온다. 닫기. 닫기. 닫기. 닫기. 그리고 새 문서. 흰 창이 망망대해처럼 펼쳐지고 숨이 턱 막힌다. 옛날엔 맘껏 뛰놀 수 있는 운동장처럼 보였는데 이제는 안개 바다 같다. 그는 꿀꺽 침을 삼킨다. 마우스 커서는 작은 종이배 같다. 뭍에만 머물기에 그는 아직 젊은 선원이다.

* * *

frjk는 유정수의 논문계획서를 들척였다. 낯선 외계 물질이나 된다는 듯 조심스러운 손길이었다. 그는 유정수와 오래 알고 지낸 문우로, frjk는 그가 합평에서 사용하는 닉네임이었다. 그의 성이 도씨라는 것 말곤 아무도 본명을 알지 못했고, frjk를 어떻게 읽어야 하는지도 몰랐다. 그는 언제나 본인이 도스토예프스키의 유전학적 손자라고 주장했다.

이걸 통과시켜 주다니 신기하네.

도스토예프스키 손자의 맞은편엔 유정수가 어두운 미소를 흘리며 앉아있었다.

응. 제목만 봤지만 말이야.

frjk는 고개를 갸우뚱했다. 그의 눈에 유정수의 논문 계획안은 뭐랄까, 국문학 연구라기보단 뒤틀린 과학자의 지하실 비인가 실험에 가까워 보였다. frjk는 아카데믹한 환경에서 문학을 공부해 본 적은 없었다. 따라서 논문이니 뭐니 잘 알지도 못했고 알고 싶은 생각도 없었지만, 적어도 그의 사회적 공통감각은 근래 유정수가 뭔가 위험한 일을 벌이고 있다는, 혹은 위험한 인물이 되어가고 있다는 느낌을 은은하게 경고했다. 그의 생각에 유정수는 대학원에 진학한 이후 조금씩 미쳐가고 있었다. 아무래도 그 안에서 경쟁과 압박이 치열했던 것 같은데, 멀쩡히 살아있는 작가들 작품을 읽으면서 죽어, 죽어, 연신 중얼거렸고, 대학원 발제문을 읽다가 입에 담기도 어려운 욕설을 내뱉기도 했다. 언젠가는 자신의 블로그에 올린 '문학의 정수'라는 글을 써서 보여주기도 했다. 그건 문학 연구나 비평이라기보단 명백히 작가를 향한 스토킹 범죄에 더 가까웠다. 다빈치의 인체비례도처럼 한정수의 신체가 소묘된 페이지에선 소름이 끼칠 정도였다. 그리고 frjk는 유정수가 그래서 좋았다.

왜? 뭐가 이상해? 유정수가 물었다.

이 한정수의 신체성 탐구 말이야.

응.

한정수의 소설에 나타난 신체성이 아닌 거잖아?

응.

그러니까 한정수의 신체성을 탐구한다는 거잖아?

그게 핵심이지.

유정수는 득의양양한 표정을 지으며 람빅을 쭉 들이켰다. 그러더니 손을 들곤 사워 에일을 한 잔 주문했다. 대낮부터 네 잔

째였고, 한 잔에 만 삼천 원 하는 것이었다. 그리곤 주머니에서 액상 감기약을 꺼내 꼴딱 마셨는데, 글이 잘 안 풀릴 때마다 마시는 거였다. 글을 못 쓰게 된다는 건 죽은 작가가 된다는 뜻이거든. 그럼 글이 잘 안 나온다는 건 아프다는 신호잖아. 그러니까 약을 먹어야지. 이게 나한텐 아스피린이고 나이퀼이고 LSD야. 언젠가 유정수가 말했다.

그녀는 몸을 앞으로 기울였다. 자 잘 들어. 이제부턴 너의 역할이 중요해. 지금부터 한정수의 체모와 손톱, 침방울, 지문이며 각질 조각까지 닥치는 대로 쓸어오는 거야. 뭐든 상관없어.

그러더니 그녀는 frjk에게 지퍼백과 핀셋, 라텍스 장갑을 건넸다.

그게 내 질적 연구의 기초 자료로 쓰일 거거든.

그녀가 끅끅 웃었다. frjk는 한정수의 소설 클래스를 2년째 듣고 있는 수강생이었다. 직업은 따로 없었고 무척 가난한 주제에 구직활동에도 관심이 없어서 한정수의 개인적 정보를 제공하는 대가로 유정수에게 한솥도시락을 얻어먹곤 했다. 유정수는 제자인 frjk로 하여금 한정수의 체성분을 유추할 수 있는 자료를 획득하고, 그것으로 작가의 신체성 논구를 시작하겠다고 말했다. 그녀는 이 방법론이야말로 진정한 의미의 유물론적 문학 연구의 시작이고, 한국문학의 물질적 전회를 이끌 것이라 주장했다. 나아가 한정수의 땀, 눈물, 피부 각질 등 작가로부터 분리된 한정수 바깥 것들의 집합이 줄리아 크리스테바식으로 말해 일종의 비체(abject)가 될 것이며 그것들을 톺아봄으로써 진정한 그의 문학적 구성 성분을 낱낱이 통찰해 볼 수 있을 것이라고도 했다.

그래서… 내 글은 이장욱식으로 말해 〈한정수가 아닌 모든 것〉으로 출발해 박민규식으로 말해 〈그렇습니까? 한정수입니다〉로 도착할 거야. 비록 우리의 한정수는 절필해서 싸늘한 주검이 되었지만, 내 우뢰 같은 문장이 갈바니즘적 충격으로 그의 시신을 경련하게 할 거야.

그녀의 핏발 선 눈이 형형하게 빛났다. frjk는 유정수가 드디어 완전히 돌아버렸다고 생각했지만 요즘 크게 심심했던 터라 딱히 개의치는 않았다. 넷플릭스 요금 미납이 원인이었다. 무엇보다 유정수는 그에게 있어서 최고의 영감이었다. 문학에 대한 그녀의 미쳐버린 열정은 폼페이의 활화산처럼 뜨거운 영감을 마구마구 뿜어냈다. 그녀와 함께할수록 매캐한 화산재가 서로의 얼굴에 그늘을 드리우는 것 같긴 했지만… 글만 쓸 수 있다면 아무래도 좋았다.

그런데 한정수 작가. 다시 글 쓴다던데?

뭐?

유정수는 마시던 맥주를 뿜었다. 유정수가 아닌 몇몇 것들이 frjk의 얼굴을 적셨다.

지난주 수업에서 그랬어. 언더테이커 같은 눈을 하고서 데드맨 워킹… 어쩌고 중얼거리면서… 잃어버린 걸 되찾으러 죽음의 문턱으로부터 돌아왔다고, 다시 본때를 보여주겠다고 횡설수설했는데 아마 정신이 나간 거 같았어.

아… 안 돼. 유정수의 손끝이 감전된 개구리의 뒷다리처럼 파르르 떨렸다. 한정수가 문학에 단단히 토라져선 절필 선언문을 투서한 뒤 사라진 게 어언 5년 전이었다. 그 글은 한국 현대문학사에서 가장 새침한 글을 논할 때 항상 손꼽히는 명문이었다. 그런데 그가 돌아온다니…! 그렇다면 내 불세출의 논문을 완성할 수 없잖은가. 노교수로부터 배운바, 문학 연구자의 업이란 기본적으로 잃어버린 자들에 대한 연구였다. 즉, 문학의 본령은 망자의 영토에 있는 것이며, 아직 한이 맺혀 잃어버린 것을 찾으러 이승을 서성이는 망령은 탐구의 대상이 될 수 없는 것이었다. 귀신의 입을 빌려 망령을 상대하는 일은 평론가란 이들의 몫이었고 연구자는 일종의 장의사로서 염습을 할지언정 망령을 만질 순 없었다. 그리고… 석사 졸업이 안 되면 그녀 자신도 망령의 신세가 될 게 불 보듯 뻔했다. 유정수는 졸업도 못 하고 등록금만 쌔빠지게 납부하다가 망령이 되어버린 몇몇 선배들의 얼굴을 떠올렸다. 그녀를 능멸하며 떠나갈 동기들의 얼굴을 떠올렸다. 그리고 그녀가 큰소리치며 자신만만하게 능멸해 온 이들의 얼굴도….

* * *

한정수는 스터디룸에서 합평을 진행 중인 자신의 오랜 제자들을 둘러봤다. 그들은 왜소한 자세로 하나같이 죽상이었다. 어쩐지 미처 다 크지도 못했는데 아이의 몸으로 폭삭 늙어버린 사람들 같았다. 그들은 소곤소곤 서로의 작품을 모욕하는 중이었는데 서로 적잖이 짜증은 나 보였으나 다행히 글을 읽고 쓰느라 젊은 나이에도 체력이 쇠해서 누구 하나 달려들 걱정은 없었다. 그들은 서로 반목하다 반박할 기운조차 떨어지면 중재를 요청하는 가엾은 강아지들처럼 자신의 스승을 물끄러미 올려다보기도 했는데, 그럴 때면 한정수는 문득 불우한 가정의 가장이 된 것 같은 기분을 느꼈다.

오늘도 고생하셨습니다 이상님.

조심히 들어가세요 보부아르님.

발자크 안녕, 까뮈도요.

합평이 끝나고 제자들을 입구까지 배웅한 한정수는 불 꺼진 스터디룸에 아직 frjk가 떠나지 않은 걸 보았다. 한정수가 앉았던 자리에서 뭔가를 주섬주섬 줍거나 살피는 것처럼 보였는데 어딘지 으스스했다. 한정수는 frjk를 꽤 오랜 시간 보아왔는데 음침한 기운이 느껴져서 합평할 때면 절대로 눈을 마주치지 않았다. 그는 2년 전 자신의 고조할아버지가 프란츠 카프카라면서 찾아왔었는데, 무슨 헛소리인지는 모르겠으나 frjk와 카프카 사이에 공통점이 있다면 아무리 잘 봐줘도 작품에 벌레가 등장한다는 점밖엔 없었다. 특히 주변인들의 치부를 잘 관찰해 뒀다가 소설에 냅다 써재끼는 습성이 있어서 자꾸만 다른 수강생들을 떠나가게 만들었다.

작가님, 손님이 찾아왔어요.

한정수를 발견한 frjk가 말했다. 그러자 스터디룸의 어둠 속에서 검은 사제복이나 미망인의 옷차림 비슷한 걸 입은 여자가 나타났다. 유정수였다. 도대체 언제부터 거기 서있었는지는 모를 일이었다. 그녀가 입을 열었다. 안녕하세요 작가님, 팬입니다. 아, 예. 어쩐 일로…. 그녀는 스산한 미소를 지으며 말했다.

인터뷰를 좀 부탁드려도 괜찮을까요?

한정수는 조금 별일이다 싶었지만 예 뭐, 그러시죠… 대답했다. 둘은 합평용 원탁을 놓고 조금 멀리 마주 앉았다. frjk는 곁에서 소설을 쓰겠다며 노트북을 펼쳤다. 그가 최근에 쓰고 있는

〈나방 인간의 최후〉는 초고만 읽었는데도 명백한 졸작이었다.

한정수는 그녀와 30분쯤 대화를 이어가자 자신의 팬이라던 그녀의 말이 거짓이 아님을 알아챌 수 있었다. 과연 그녀는 자신의 모든 작품에 대해 속속들이 알고 있었다. 심지어 〈친칠라의 복수〉나, 〈위염의 완치〉, 〈피티보이 가엾은 청빈한 나라의 엉덩이〉 같은 작품에 대해선 한정수의 기억이 왜곡되었을 때 정정해 주기도 했다. 그런데 그쯤 그녀가 물어왔다. 다시 돌아오신다고 들었어요. 한정수는 멋쩍은 듯 답했다. 네 다시 써보려고 하고 있습니다. 그런데, 응당 자신의 복귀를 반길 줄 알았던 그녀가 이렇게 말해온 것이다.

안 될 말씀이세요.

네?

한정수 문학 세계는 절필로써 완성돼요. 복귀하면 그 세계를 스스로 오염시키는 행위죠.

그게 무슨…?

문학을 위해서라도. 그만 써주세요.

그녀는 단호했고, 한정수는 어리둥절했다. 말씀은 감사하나 저는 아직 창작가로서 하고 싶은 게 남아있습니다. 그러나, 그녀는 그의 말허리를 싹둑 잘라먹으며 말했다.

틀렸어. 한정수는 끝났어.

네?

한정수는 슬슬 그녀의 무례함이 지나치다고 생각했다.

말씀이 지나치시네요. 저에 대해서 뭘 아신다고…

그러자 그녀가 소리쳤다.

조용해! 나보다 더 한정수를 잘 아는 사람은 없어. 알지도 못하면 받아 적어!

그녀가 저 원탁의 끝에서 핏발 선 눈으로 노려봤다. 안압이 높아진 건지 뭔지 아무튼 제정신이 아닌 눈빛이었다. 그러더니 품안에서 판콜-A를 꺼내 입안에 털어 넣었다. 이 상황에 frjk는 뭐가 웃긴지 노트북을 달그락거리며 배시시 웃었다. 그의 손가락이 빨라져 있었다. 한정수는 겁먹지 않으려 노력하며 외쳤다.

제가 싫다면요!

유정수가 돌연 고개를 푹 떨구더니 끅끅 웃기 시작했다. 섬짓한 소리였고, frjk가 우우 이런 소리를 내며 화음을 맞췄다. 황병기의 〈미궁〉 같은 음률이었다. 그녀는 한참을 그렇게 웃다가 말했다.

박제가 되어버린 천재를 아시오?

한정수의 눈에 붉게 물든 그녀의 치아가 들어왔다. 미쳤군. 혀를 깨물다니. 한정수는 더 이상의 대화는 의미가 없음을 깨닫고 자리에서 일어섰다. 그러자 그녀가 소리쳤다.

당신의 글이 날 이 길로 이끌었어. 그러니 이젠 책임을 질 차례야. 끅끅.

하지만 제정신이 아니기로서는 한정수도 마찬가지였다. 그는 죽음의 문턱에서 막 돌아왔고, 더 이상 문학 말고는 아무런 미련이 없는 사람이었다. 그냥 가시게요 선생님? 혹시 체모 한 가닥만⋯ frjk가 무슨 헛소리를 지껄이며 붙잡았지만 한정수는 그를 거칠게 뿌리쳤다. 나방 인간은 허우적대다가 힘없이 넘어졌다.

후회할 텐데요. 유정수가 말했다.

저는 대개 후회로부터 씁니다. 한정수가 말했다.

그러자 그녀는 언더테이커의 흰자위를 뜨고서 말했다. 유 윌 레스트 인 피스⋯.

* * *

한정수는 그날 이후 불면에 시달렸다. 눈을 감으면 밤하늘 어딘가에서 나방의 날갯짓을 하는 유정수가 보름달을 가리며 날아왔다. 그녀는 한정수를 붙잡고 날카로운 촉수를 박아 넣는다. 그리고 한정수의 몸의 정기를 빨아가며 속삭이는 것이다. 당신의 문학은 끝났어. 그리고 쪽쪽 빨아 먹힌 한정수가 말라비틀어져 쓰러질 때 유정수는 그 곁에 구토한다. 위액 사이에서 나오는 것은 놀랍게도 한 권의 책이다. 그리고 어디선가 검은 옷을 차려입은 장의사들이 우르르 다가와 그것을 소중히 집어 든다. 이건 문학의 정수야….

틀렸어!

땀에 젖어 깨어나면 방 안은 적막하고 창밖으로 가로등 불빛만 형형했다. 한정수는 그 불빛이 마치 자신을 노려보는 누군가의 안광처럼 느껴져 침실에 커튼을 사서 달았다. 집 밖을 나설 때도 그는 누군가 미행한다는 느낌이 들어 흠칫흠칫 뒤를 돌아보곤 했다. 뿐일까. 장을 보다가도 점원이 넌 끝났어, 라고 소리치는 환상에 대파를 휘둘렀고, 식당에 가서 밥을 먹다가도 음식에 나방이 보여 상을 뒤집으면 환시였다.

악몽을 이겨내는 길은 결국 문학이었다. 그는 두문불출하고 잠도 자지 않으면서 모니터 앞을 지켰다. 그나마 수입원이던 소설 클래스를 진행하지 않게 되면서 통장은 바닥을 드러냈다. 보일러가 끊겼다. 밥은 레토르트만 먹었다. 뭔가를 쓰고 있으면 망망대해를 정처 없이 표류하는 기분이 들었다. 하지만 그럴 때면 언젠가 자신을 문학의 정수라고 일컬은 익명의 블로그 게시글을 떠올렸다. 그게 새벽 바다의 샛별처럼 떠오르면 언제고 자신의 방향키를 다시 쥘 수 있었다.

단 한 명, 단 한 명만 나를 제대로 이해해 주는 사람이 있다면 나는 계속해서 쓸 수 있어.

　그런 생각으로 정신을 다독이면 몇 문장이고 몇 문장이고 더 디게 문장을 이어갈 수 있었다. 모니터는 바람을 맞는 돛이요 푹 꺼진 의자는 그의 선실이었으니… 무념무상 활자들의 파도를 헤치며 그는 조금씩 나아갔다. 그러고 있자니 자신이 작가로서 부화하던 그 옛날의 투명한 겨울밤이 다시 찾아온 느낌이었다. 어째설까? 그건 이상하게도, 편안한 느낌이었다. 이해할 수는 없었지만 편안한 느낌. 곡기와 정신이 빠져나간 몸 안에 뭔가 다른 게 깃들고 있는 것일까? 그는 아무려나 그저 계속해서 소설을 썼다. 그렇게 계속해서 노를 젓듯 타자를 두드리다 보면 어딘가 도달할 수 있다고 믿는 뱃사람처럼. 그렇게 얼마나 지났을까?

　별이 밝은 밤이었다. 몸은 야위고 피로했지만 정신은 명징했다. 그날은 뭔가가 달랐다. 온점을 찍을 때마다 자신과 세계를 잇는 뭔가가 우뚝우뚝 바로 서는 느낌이었고, 문장을 써낼 때마다 그것들이 풍등처럼 하늘로 오르는 것 같았다. 그가 쓴 문장들이 하나씩 하나씩 올라 샛별을 중심으로 별 무리를 이루기 시작했고, 그렇게 모인 문단들이 신묘한 관계도를 이루기 시작했다. 침을 꿀꺽 삼키며 그는 마침내 떨리는 손끝으로 엔터를 눌렀다.

밤바다의 투명한 천구 위로 하나의 별자리가 떠오르듯 한 편의 소설이 완성됐다.

한정수는 그것을 A4 용지로 인쇄해 조심스레 읽어보았다. 한 번 읽고 다시 또 읽었다. 다시. 다시. 다시. 몇 번이고 몇 번이고 읽었다. 한정수는 갸웃했다. 이건 뭘까? 거기에 뭔가 있었다. 정체는 모르겠지만 언젠가 쏟아내 버린 줄 알았던 뜨거웠던 게 적당한 온기를 머금고 거기 담겨있었다. 아주 포근하고 따끈한 온도였다. 한정수는 원고를 두 손으로 보듬고 고개를 끄덕였다.

딱 좋아.

역시 나야.

한정수는 아주 오랜만에 핸드폰 전원을 켠다. 조각난 액정이 조각조각 밀렸던 소식을 쏟아낸다. 메시지 하나가 눈에 든다. '문학상 시상식 개최 알림'. 절필 선언을 한 지 오래였지만 담당자가 일을 안 하는 건지 매해 연락이 왔다. 한정수는 드디어 자신이 다시 한번 세상 밖으로 나설 때라고 생각한다. 그는 인쇄한 원고를 품에 안고 컴퓨터 속 원본 파일을 삭제해 버린다. 이번에 이 원고로 아무도 설득하지 못한다면 정말 끝장내 버릴 셈이었다. 그것이 무엇이든 간에. 그리고 셔츠에 팔을 꿴다. 나의 앙팡 테리블, 장 폴 고티에.

* * *

한정수는 구석에 앉아 혼자 온 손님처럼 술을 마셨다. 무슨무
슨 가든이란 교외의 고깃집이었고, 시상식 뒤풀이가 한창이었
다. 가만 귀를 열어보니 올해의 수상자는 마리안느(Marianne)
어쩌고 하는 필명을 쓰는 은평구 사람이었다. 스스로 목을 졸라
코마 상태에 돌입한 뒤 거기서 마주한 영감들을 재가공하여 소
설을 쓴다고 했다. 덕분에 주치의를 동반하지 않고서는 글을 쓰
지 않는다고 했고, 과연 고개를 숙일 때 슬쩍 엿보니 터틀넥 안
으로 감춰둔 섬뜩한 보랏빛 손자국이 선명했다. 그녀는 어두운
술집에서도 오클리 선글라스를 벗지 않고 있었는데, LSD 부작
용으로 확장된 동공을 숨기는 거라고 누군가 수군댔다. 그러고
보니 술을 먹다 말고 슬쩍슬쩍 미심쩍은 필름 같은 걸 입안에
대는 것도 같았다.

소동은 머지않아 벌어졌다. 낯익은 얼굴 하나가 거칠게 술을
마신다 싶더니 술병을 벽에 집어 던져버린 것이다. AS였다. 그
는 술상까지 뒤엎으려 했으나 테이블이 고정식인 바람에 손톱
이 들려 곡진한 비명을 질렀다. 피 흘리는 그에게 마리안느가
품위 있게 티슈를 건넸다. 퍽 유. AS가 뿌리쳤고, 네깟 게 지껄
이는 헛소리는 아무것도 아니라고 소리쳤다. 그러나 마리안느

는 차분하게 응수했다. 당신이 몰두하는 포스트모더니즘 문학은 일종의 지적 사기일 뿐이며, 지난 몇 년간 실체 없는 것에 홀린 수많은 불나방들의 날개만 태워먹었을 뿐 어떤 성과도 이룩하지 못했고, 따라서 자신은 제도 학술계의 허울뿐인 문학과 철학 사조에서 벗어나, 신유물론이나 ANT, 사변적 실재론의 사유에서 새로운 문학의 단초를 찾을 것이라 했다. 어찌나 조리 있게 말하던지 그녀는 꼭 그 말을 하려고 작가가 된 사람처럼 보였다.

참 선배님, 그거 육스에서 산 건가요? 마리안느는 마지막으로 AS의 알렉산더 왕 후디를 가리키며 말했다. 그녀는 질샌더 재킷과 라프 시몬스의 빈티지 아카이브 티셔츠를 입고 있었다. 그러곤 뭐라더라, 뉴욕의 나이트클럽 같은 데서 밤을 보내는 것처럼 뻔한 일은 없으며, 자신은 베를린의 마우어파크에서 클럽메이트를 홀짝이다가 밤엔 게이 친구들과 베억하인의 테크노 레이브를 즐긴다고 했다. 뿡뿡뿡. 흔들흔들. 강아지 눈처럼 확장된 동공을 오클리 선글라스에 가린 채…. 참, 문학은 한 줄도 읽지 않는다고 했다.

AS가 와앙 하고 울음을 터트리는 것으로 뒤풀이 자리는 마무리가 됐다. AS가 울면서 위대한 선배들의 목록을 호명할 때 한정수의 이름이 포함되어 있던 건 조금 놀라운 일이었다. 그는 마리안느를 가리키며 다락방의 미친 여자라고 손가락질했고, 마리안느는 위대한 재능을 타고난 여자란 미치기 마련이라고 대꾸했다. 결국 동료들은 AS를 연행해 택시에 인계했다. 기사님 연희문학창작촌으로 가주세요….

한정수는 소동이야 어떻건 말건 문학상 심사위원 중 하나인 노교수와 이야기할 타이밍만을 노렸다. 그는 과거 자신이 등단한 해에 신문사의 신춘문예 심사위원이었고, 문학상 심사에서도 자신을 지지해 준 이였다. 무엇보다, 계속해서 정진하시길… 그의 첫 최종심 심사평을 써준 작자였다. 문학계의 거인까진 아니어도 중키의 다부진 체격으로 인정받는 엄하고 고지식한 노교수였는데, 그는 또 동시에 어느 묵직한 출판사의 편집위원이기도 했으며, 또 뭐더라, 문화예술위원회니 대한민국예술원이니 하여간 오만 군데 다리를 안 걸친 곳이 없어서 엄청나게 바쁜 양반이었다. 한정수는 그에게 자신의 복귀작 원고를 읽게 할 심산이었다.

그리고 마침내 그 순간이 찾아왔다. 술집의 텅 빈 주차장에 서있는 한정수를 보고 노교수는 놀랐다. 자네, 돌아온 건가? 한정수는 아무 말 없이 그에게 원고를 건넸다. 대리 운전을 기다리던 노교수는 그걸 묵묵히 받아 들더니 한 장 한 장 넘겨다보기 시작했다. 꿀꺽. 한정수는 대리기사가 되도록 늦게 도착하기를 간절히 기원했다. 제발. 내 소설을 다 읽을 때까지만 오지 말아줘. 끔뻑이는 불빛에 홀린 나방 몇 마리가 툭툭 가로등에 부딪혔다. 술 취한 한정수의 동공으로 세계가 출렁거렸다. 얼마간 시간이 지났을까. 노교수는 고개를 끄덕끄덕하며 원고를 한정수에게 돌려줬다.

자네, 바쁜가? 괜찮으면 우리 집에서 한잔 더하지.

한정수의 가슴이 뛰기 시작했다. 노교수의 집에서 2차를 하는 건 곧 정식 출간을 뜻했다. 3차까지 하면 왕대박이란 말도 있었다. 마침 대리기사가 도착했다. 마스크와 모자를 쓴 어딘지 왜소한 사내였다. 한정수가 노교수의 차에 따라 타려던 찰나, 대리기사가 그를 제지했다. 교수의 차가 2인승 마세라티인 탓이었다. 자네, 차 가져왔지? 잘 따라오게. 조수석에 앉은 노교수는 오픈카의 뚜껑을 열며 말했다. 꽤나 취해 보였다. 네? 대답도 듣기도 전에 노교수의 차는 V8 엔진음을 울부짖기 시작했다. 한정수는 허둥지둥 자신의 스파크를 향해 뛰었다. 음주운전인데 어떡하지? 판단할 겨를이 없었다. 차에 올라 벨트를 매고, 조수석에 원고를 던져놓았을 때, 문득 한정수는 생각했다. 그런데, 잠깐 내가 차 문을 열어뒀었나?

마침 덜컹거리며 주차장을 빠져나가는 교수의 오픈카가 보였다. 취해서 어찔어찔 흔들리는 교수와 그 옆에 앉은 대리기사가

한정수의 눈에 나란히 들어왔다. 무슨 대리기사가 저렇게 운전을 못해? 그런데 잠깐 저거

frjk잖아?

그때였다. 백미러를 통해 뒷좌석에서부터 뿜어져 나오는 한 쌍의 안광을 마주한 것은. 언더테이커의 흰자위가 외쳤다. 유월 레스트 인 피스…. 한정수는 비명을 질렀다. 그녀도 악을 썼다. 내가 널 진짜로 만들어 줄게!

한정수는 운전석에서 뛰쳐나와 달리기 시작했다. 취해서 방향을 잡기 어려웠지만 교수가 사라졌을 것 같은 방향을 향해 전력으로 뛰었다. 시외의 밤거리는 어두웠고 아무런 사람도 보이지 않았다. 숨이 혀뿌리까지 차올랐을 때 한정수는 뒤를 돌아봤다. 자신의 스파크가 상향등을 켠 채 주차장 모퉁이를 돌아 나오고 있었다. 그리고 그 한 쌍의 불빛이 자신을 향해 내달리기 시작했다. 그건 마치 망자인 주인을 실으려고 달려오는 거대한 관(棺) 같았다.

한정수는 뒤집어지려는 폐를 부여잡고 차가 진입할 수 없을 법한 산비탈로 뛰어 내려갔다. 작은 관목의 가지들이 손의 살갗이며 솜털 패딩을 찢어놓았다. 이젠 따돌렸나 싶었을 때 탐조등의 불빛 같은 게 등 뒤에서 비쳤다. 스파크가 그르렁거리며 도로의 연석을 넘어 산비탈을 굴러 내려오기 시작했다. 자동차의

전면 유리 너머로 묵시록의 기사처럼 자신을 노려보는 유정수의 붉은 안광이 보였다. 네가 죽어야 네가 살아! 그녀의 절규가 들렸다. 지옥에서 온 스파크가 자신을 향해 돌진했다. 덮쳐지기 직전, 한정수는 모든 운동신경을 총동원해 마른 풀섶으로 몸을 던졌다. 차는 그의 곁을 스치더니 제동하지 못하고 계속해서 달려갔다. 그러더니 비탈 중간에 있던 나무 밑동에 걸려 옆으로 구르기 시작했고, 덤불 사이 숨어있던 무연고 묘지의 봉분에 큰 소리를 내며 부딪혔다. 그리고 조그만 불길이 시작됐다. 한정수가 대시보드에 넣어둔 여분의 부탄가스 몇 병을 떠올렸을 땐, 이미 늦은 후였다. 폭발음과 함께 뜨거운 불길이 치솟았고, 한정수는 뒷걸음질 치며 달아났다. 엉금엉금 비탈을 기어올라 돌아보았을 때, 빨간 불길로 몸을 던지는 수많은 호광성 나방 떼 같은 것들이 보였다. 이상하게도 그 열기가 겨울밤의 차가운 공기를 넘어 한정수에게까지 닿는 듯했다.

* * *

그날 이후 유정수가 어떻게 되었는지 한정수는 몰랐다. 집으로 돌아와 뉴스를 쉴 새 없이 새로고침 해봤지만 그 어디에서도 관련 기사를 찾아볼 수 없었다. 자신을 따라오던 노교수에게서도 아무런 연락이 없었다. 한정수는 영문도 모른 채 공포에 질려 몇 날 며칠을 커튼 뒤에서 오들오들 떨어야만 했다.

그런데 정말 겁에 질릴 만한 일은 따로 있었다. 한정수가 마침 내 칩거 생활을 마쳤을 때, 그의 스파크가 멀쩡히 집 앞에 주차되어 있던 것이다. 한정수는 소스라치게 놀라선 또다시 며칠을 커튼 뒤로 후퇴했다.

그렇담 그날 밤 일은 모두 무엇이었을까? 한정수는 알 수 없었다. 다만 한 가지 슬펐던 것은, 마음을 다잡고 스파크를 다시 들여다보았을 때 그의 차 어디에서도 자신의 원고를 찾아볼 수 없었단 거였다. 한정수는 허탈했다. 분명히 뭔가를… 자신의 정수 같은 것을 쏟아냈던 것 같은데…. 그는 고민 끝에 노교수의 번호를 수소문했고 전화를 걸었다. 노교수는 대답했다. 내가 그날 과음을 해서 기억이 잘 안 나는구먼…

그나저나 자네,

정말 돌아온 건가?

한정수는 노교수의 대답에 허무해졌지만, 그래도 예상 밖의 부분에서 위로를 얻었다. 노교수가 자신의 제자 중 한 명이 한정수에 관한 논문을 준비 중이라고 알린 것이다. 독특한 구석이 있어 골치 아프지만 그래도 요즘에 보기 드물게 열정이 있는 문청이라고 했다. 말도 말게나, 오늘도 나를 얼마나 볶던지. 그러면서 노교수는 언젠가 자신이 서로 만날 자리를 주선해 보겠다는 말도 전했다. 한정수는 객쩍게 웃었다.

네… 언젠가. 언젠가요.

그렇게 시간이 흘렀다. 한정수는 잠시간 방황했지만 결국 다시 자신이 있어야 할 자리로 돌아왔다. 그는 자신의 잃어버린 원고를 떠올리며, 오래된 컴퓨터에 전원을 켜고, 의자에 몸을 묻고, 모니터를 당긴다. 아득한 꿈속을 더듬듯 키보드를 두드리기 시작한다. 한정수의 복귀를 두고 혹자는 수군거렸다. 누군가 왜 쓰냐고 묻는다면 할 말은 없었다. 배가 고프고 추웠지만 개의치 않았다. 쓰다 지쳐 작은 방 안을 둘러보면 아무도 없었다. 그래도 계속 썼다. 다만 그러다가 너무 외로워지면 언젠가 자신을 문학의 정수라고 불러주었던 누군가를 기억하기도 했다.

언젠가 언젠가

그렇게 두드리고 두드리다 보면 무언가 찾을 수 있을 것처럼

아주 오랜 겨울밤처럼.

끝없이 이어지는
긴 담배와 하얗게
내려앉은 밤

　가을밤. 비가 온다. 굵은 빗방울들이 아스
팔트 바닥에 산산이 깨지고 있다. 어두운 가운데 골목 가로등
형형하다. 아스팔트는 수막을 입고 제 살갗을 퉁겨가며 이글거
린다. 혹은 우글거린다. 담배를 태운다. 빗줄기가 담배 연기에
작은 구멍을 내며 낙하한다. 흩어지지 않게 한숨 뱉어내 메꿔본
다. 눅눅히 습기 머금은 담뱃잎이 불씨를 안았다가 빠르게 사그
라든다. 불이 손끝을 향해 달린다. 핑 돈다. 낙엽이 지고 있다.
바싹 말라가며 제 향을 돋우는 것도 있다. 불타오르며 긴 향을
퍼뜨리는 것들도 있다. 가을은 담배가 익어가는 계절이다. 날이
흐려 보름달도 죽었다. 몸은 무거워지는데 불이 다가온다.
　꽁초를 던진다. 작은 불씨는 빗물에 닿자 작게 코웃음 치는 소

리를 내며 사윈다. 사무실로 돌아오면, 아무도 없다. 상황판 스크린이 이 구의 전역을 푸른 평면으로 영사하고 있다. 보안업체에서 일을 시작한 건 1년 전이다. 일을 시작한 이래, 이곳에서 단 한 차례의 특별한 일도 벌어진 적 없다. 수백 개의 CCTV 화면들은 모자이크처럼 빼곡하다. 잠자리의 눈처럼 보이는 세상이다. 창백한 시선이다. 배달 오토바이가 도로를 미끄러지고, 늦게까지 일하던 사람 두엇이 담배를 태운다. 취객이 어찔거리며 집으로 돌아간다. 고양이 한 마리가 담벼락 위를 걷는다. 노이즈 낀 화면에 날벌레가 붙어있다. 가만 사람들의 움직임을 읽다 보면 신은 2만 8천 개 홑눈을 하고 있을 거란 생각이 든다. 청색 회화로 완성한 만다라 같다. 하지만 결국 아무런 일도 벌어지지 않는다.

특별히 이 일을 선택한 이유가 있었던 건 아니고 이유가 없는 게 이유라면 이유였다. 그야말로 백지장 같은 채용 공고였다. 별다른 자격요건도 없었고 근무내용도 딱히 적시되어 있지 않았다. 필요했던 건 신체검사 내역과 운전면허, 평일과 주말 구분 없이 야간 근무가 가능한지 여부 정도. 나 역시 백지장 같은 이력을 가졌던 까닭에 궁합이 좋았다. 처음엔 놀랐다. 별다른 인수인계나 교육 절차도 없이 덜컥 도시의 한 구 전역을 맡게 된 것이다. 선임은 한 명 있었는데 그는 시 전체의 안전을 도맡고 있었다.

아무것도 아니에요.

네?

아무것도 아니라고요.

첫 OT를 마치던 날 그가 내게 말을 걸어왔다. 입사 동기 몇 명과 공유오피스에 앉아 무미한 사업 개요와 회사연혁에 대한 설명을 듣고 나온 참이었다.

우리는 그것이 아니라 그것에 대한 어떤 것이에요.

그는 담배를 물고 있었다. 그가 한 손으로 길 건너 오피스에 붙어있는 우리 회사의 마크를 가리켰다.

저게 어떤 느낌을 주거든요. 실체는 없지만 어떤 중요한 느낌.

말하자면 근무는 이렇다. 밤. 상황실에 앉아 상황판을 주시한다. 식은 커피를 홀짝인다. 아침이 되면 주간 근무자와 교대한다. 대개 아무 일도 벌어지지 않는다. 아무 신고도 접수되지 않는다. 무슨 일이 벌어진다면 실은 그게 문제다. 출동 시엔 회사차를 타고 그곳을 둘러본다. 손전등과 낡은 가스총 하나를 챙기게 된다. 총은 격발하는 방법을 구두로 배웠을 뿐이다. 내 전임자도 그랬을 것이고, 그 전임자의 전임자도 그랬을 것이다. 우리는 흉내를 내고 있는 것 같다. 매뉴얼에는 거수자를 마주했을 때 실제적 행동을 지양하라고 쓰여있다. 올바른 대응 방안은 경찰에 신고하는 것이다. 어쩌면 회사가 설립된 이래로 이 총은 단 한 발의 총성도 뱉어보지 못했는지 모른다.

두 건 이상의 사건이 함께 벌어진다면 그것도 곤란하다. 출동할 곳을 선택해야 한다. 이에 대해 문의하자 사측에선 경찰에 두 번 신고하라는 답변이 돌아왔다. 처음엔 인원이 많았다고 한다. 하지만 이내 인원을 한 명 감축해도 별다른 문제가 없다는 사실이 밝혀졌을 것이고, 그로부터 얼마 지나지 않아선 한 명을 더 줄여도 괜찮단 사실이 밝혀졌을 것이다. 그리고 끝내는 혼자 남게 된들 아무 일도 벌어지지 않는단 사실이 밝혀졌을 것이다.

인원은 줄어드는데 회사는 확장되어 갔다. 회사가 제공하는 보안 서비스는 다른 시까지 쭉쭉 확장세를 뻗쳐나갔다. 사람들은 빌딩에 내걸린 보안 서비스 표찰을 믿었다. 그거면 충분했다. 회사는 본인들의 서비스가 제공하는 범죄억제력을 대대적으로 홍보했다. 실제 출동 사례는 몇 건 없었지만 그것 자체가 효능을 보여주는 것이라고 했다. 어찌 보면 맞는 말이다. 언젠가 본사에 들렀다가 창업주의 약력을 본 적이 있다. 경호업체나 관련 업무에 종사한 적은 없는 평범한 사람이었다. 경영학을 전공했다가, 학원 강사로 오랜 시간 일을 했고, 곤궁할 때는 새벽에 배달업도 겸업했다고 했다. 매일이 노동이었으나 달라지는 건 없었다고 했다. 그리고 어느 늦은 새벽. 그는 어제와 다름없는 하루를 보낸 뒤 집으로 돌아가는 길에 깨달았을 것이다. 이 도시에 아무런 일도 벌어지지 않는다는 걸.

밤새 시간을 쌓다 보면 아무 일도 하지 않는 주제에 어쩐지 나른한 만족감이 느껴진다. 세상과 한 발자국 떨어져 밤거리의 군상들로부터 초연해진다. 이건 관찰자만이 은밀하게 즐길 수 있는 기분이다. 나는 이 밤의 관조자다. 전능감과 무력감은 묘한 방식으로 닮아있다. 시선의 방식이다. 어차피 아무런 일도 하지 않는다는 점에서 신도 사람도 같다. 아무 일도 하지 않는 방식으로도 자신을 사랑할 수 있다. 나는 이 밤의 방관자다. 하지만 동시에 이 밤의 지배자다.

집에 이구아나가 산다. 원시의 녹색을 간직하고 있는 녀석이다. 수컷이다. 그가 턱을 부풀렸다 오므렸다 하는 걸 지긋이 보고 있으면 빨려 들어갈 것만 같다. 아스팔트 같은 피부가 들숨과 날숨에 펼쳐졌다 움츠러든다. 내가 아는 한 팽창과 수축에 관한 가장 우아한 움직임이다. 이름은 딱히 없다. 새벽 퇴근길에 무심코 길을 걷다 파충류를 취급하는 펫숍을 지나는데 눈이 마주쳤다. 그가 보랏빛 UV 등 아래에서 가만 나를 관조하고 있었다. 좀체 감정을 읽을 수 없는 그야말로 파충류의 눈이었다.

자세히 보니 나보다는 마치 내 너머에 있는 것을 바라보는 것 같았다. 이유는 모르겠지만 동거를 결심했다. 다음 날 이례적으로 일찍 일어나 펫숍에서 그를 데려왔다. 오랜만에 쏟아지는 아침 햇살에 눈이 부셨다. 50갤런짜리 수조를 사서 원룸의 한 면을 그에게 내어주기로 했다. 은신처로 신발 상자에 구멍을 내서 넣어줬고 그 위로는 UV 전구와 열등을 달아줬다. 미니 가습기를 구매해 습도까지 맞춰주자 제법 안락해하는 것처럼 보였다.

먹이로는 주로 자신의 빛을 닮은 녹색 채소를 먹는다. 그는 채소를 느릿느릿 씹는다. 먼 옛날 녹음의 기억을 음미하는 것 같다. 펫숍의 주인은 이구아나가 마음만 먹으면 빠르게 달리거나 수영할 수도 있다고 했다. 그러나 빠르게 움직이는 모습은 한 번도 보지 못했다. 날카로운 이빨과 발톱을 지녔지만 휘두르는 법도 없다. 그는 그저 따뜻한 램프 밑을 사랑한다. 사랑하는 것 같다. 수조의 뚜껑을 늘 열어두지만 나가지 않는 걸 보아 그렇다. 나는 가끔 티슈에 식초를 묻혀 수조를 닦아주고 배설물을 치운다. 조심스레 발톱을 깎아주기도 한다. 녀석은 얌전하다. 어쩐지 난을 친다면 이런 기분일 것 같다.

눈을 떠보니 블라인드가 주홍색 햇빛을 저미고 있다. 휴일이었다. 시간은 5시. 배가 고팠다. 배달 음식을 주문한다. 음식이

올 때까지 그대로 누워있자. 피곤하진 않으나 피곤하지 않은 것도 아니다. 가만 천장을 바라보며 삼천 원이라는 퉁명스러운 배달비를 곱씹는다. 그러다 통장 잔고를 셈해본다. 월급으론 학자금 대출을 갚거나 월세를 냈고 식비를 지출했다. 그 외론 딱히 들어가는 돈이 없었다. 대충 헤아려 보니 이대로 아무 일도 벌어지지 않는다면 4년 후엔 학자금을 갚을 수 있었다. 그다음엔 모르겠다. 내 삶을 구성해 온 건 예나 지금이나 대체로 값이 나가지 않았다. 집 크기는 원룸으로 충분했고 생활에 필요한 모든 물건은 편의점에 다 있었다. 이렇게 살만했다. 살만한 게 문제라고. 살만해서 어떤 것도 바뀌지 않는다고. 일전에 만났던 애인은 그 점을 증오했다. 네가 원하는 것의 크기가 네 크기야. 그런 말을 남긴 사람이다. 난 그녀의 욕망에 부응하는 크기가 아니었다. 그녀는 내가 생각했던 것 이상으로 큰 사람이었다. 그러므로 이별이었다. 이젠 잘 기억도 나질 않는다. 이상하게 그 말만 오래 남았다.

딱히 원하는 게 없다. 꾸미는 것도 번거롭고 별다른 취향이랄 것도 없다. 만나는 사람도 없다. 가끔 침대에 누워 쇼핑이랄 걸 할 때도 있지만 금세 흥미가 식는다. 취미를 만들면 좋겠다는 생각은 가끔 들었으나 그걸 궁리하는 것도 나름의 취미다. 휴일엔 누운 채 영화나 드라마 목록을 뒤지거나 인터넷 쇼핑몰 같은 곳을 들락거린다. 실제로 뭔가를 보거나 사는 일은 드물다. 위 시리스트를 눌러놓다 잠이 들곤 했다. 이런저런 경품을 응모하기도 한다. 당첨되면 뭘 할지 상상한다. 당첨된 적은 없다. 이 삶이 그런대로 좋았다. 이대로 무미하게 늙어가는 것도 좋겠다고 생각했다. 침대에서 고갤 돌려 이구아나를 본다. 이구아나도 날 본다. 손을 흔들어 본다. 반응이 없다. 싱거운 종속이다. 좀 더 자야겠다. 밥이 오면 밥을 먹을 거고 밥을 먹으면 담배를 피울 거다.

CCTV 화면이 비치는 모니터 말고도 사무실엔 작은 TV가 하나 있다. 일이 없을 땐 보통 멍하니 TV 채널을 돌린다. 혼자 살게 된 이후론 여간해서 TV 볼 일이 없었으니 오랜만이다. 일은 보통 없다. 난 잊었던 채널 번호를 다 외웠다. 요즘 유행하는 관찰 예능이 나온다. 연예인들이 방 안 곳곳에 설치된 카메라 앞에서 이런저런 살림을 한다. 얼마간의 생활을 한다. 그 모습을 바라보는 다른 연예인들이 있다. 그들이 리액션을 하고 코멘트를 한다. 그리고 나는 그걸 다시 본다. 가끔 고개를 들어 스트레칭을 한다. 사무실 구석에도 CCTV가 달려있다. 사무실이 어느 화면에 비치는지는 모른다.

예능도 뉴스도 지루해지면 홈쇼핑 채널을 본다. 관심 없던 것들도 올망올망한 쇼호스트들의 입을 통해 듣다 보면 시간이 잘 흐른다. 참, 말도 잘하지. 보면서 그런 생각을 한다. 주문하는 일은 여간해선 없다. 쓰지도 사지도 않을 각양각종한 물건들을 바라보며 시간을 보낸다. 필요하다고 느껴지는 것은 도통 없다. 사람들은 필요한 것도 많고 취미도 많다.

어느 날 홈쇼핑에 선베드가 나왔다. 따뜻한 색감의 목재 선베드였다. 가벼운 접이식이라 운반과 보관도 용이하고 내구성이 무척이나 튼튼하다고 했다. 일광욕이나 캠핑에도 좋고 어느 공간에 두어도 여유로운 분위기를 연출할 수 있다고 했다. 문득 일광욕이라는 일에 대해 생각했다. 호수나 바다 앞에 앉아 몸을 누이고 구름의 발길을 살피는 일에 대해 생각했다. 가만 숨죽인 채 살갗에 빛을 흡수하는 일에 대해 생각했다. 호젓하다면 호젓하고 지루하다면 지루한 일이다. 그런 게 과연 재미가 있을까? 글쎄. 무슨 까닭인지 선베드를 주문했다.

이틀 후 택배가 도착했다. 이른 새벽 퇴근 후 포장을 뜯고 방 중앙에 선베드를 설치해 보니 집이 가득 찼다. 등받이의 곡선이 안락했다. 과연 편안한 의자다. 하지만 일조량이 충분한 공간은 아니다. 시간도 때 이르다. 이구아나가 나를 바라본다. 가만 시간이 흐른다. 동이 트길 기다려 볼까. 나는 몸을 깊숙이 묻는다. 벽 너머 배관으로 이웃집의 물소리가 들린다.

그날은 이변이 있었다. 출동 알림이 울렸다. 보안 구역에 누군가 침입했다는 신호였다. 인근의 고등학교였는데 도심에선 살짝 외따로 떨어진 곳이었다. CCTV상에는 아무것도 잡히지 않아 직접 가서 확인해야 했다. 첫 출동이다 보니 조금 긴장한 채 장비를 챙겼다. 매뉴얼에 따르면 3분 내에는 출동해야 했고, 10분 내엔 도착해야 했다. 차량 운전석에 앉아 핸들을 잡는데 손에 땀이 배어있었다. 묘하게 상기되어 있음을 알아챘다.

5분쯤 밤거리를 달려 고등학교에 도착했다. 신호가 잡힌 곳은 기숙사 쪽이었다. 시간은 새벽 1시쯤. 학생들 대부분이 잠들었을 시간이었다. 장소가 장소이다 보니 큰일이야 있겠나 싶었지만 허리춤엔 가스총을 차고 있었다. 주차를 하고 보안 경고가 울린 기숙사 현관을 점검했지만 별다른 특이사항은 발견되지 않았다. 자정 이후 누군가 그곳을 지나며 보안 센서에 감지된 듯했다. 진상은 싱겁게 밝혀졌다. 건물 모퉁이를 돌자 학생 몇몇이 담배를 태우고 있었다. 내가 손전등을 비추자 그들이 얼굴을 찡그렸다. 네 명의 남녀 무리였는데 조금 곤란하게 됐다는 표정이었다. 난 학생들에게 현관을 지났느냐고 물었다. 그들은 순순히 고개를 끄덕이면서 원래는 아무렇지 않았는데 왜 그랬지… 하며 우물쭈물 말끝을 흐렸다. 그러면서도 손에 든 담배는 그대로였다.

다행이란 생각이 들면서도 한편으론 김이 샜다. 별말 없이 옆에서 담배를 한 대 꺼내 물었다. 그들은 내 기색을 살피다가 딱히 추궁하려는 의도가 없음을 알아채자 다시 하던 이야기를 마저 떠들었다. 날 파트타이머 경비직쯤으로 여기는 듯했다. 별다른 감흥은 없었다. 딱히 누군가를 훈계해 본 적도, 그래야겠단 생각도 해본 적 없었다. 누군가와 서로 잘잘못을 따져본 적도 없었다. 그런대로 살만한 방법이었다.

학생들은 중간중간 웃고 떠들기도 했지만, 자세히 보면 곧 대입을 앞둔 게 실감 나는 표정이었다. 떠드는 내용 대부분이 곧 다가올 수능에 관한 내용이었다. 어느샌가 내 존재는 그들에게 보이지 않는 듯했다. 그들은 입시에 대한 부담을 토로하다가, 실없는 농담을 주고받다가, 자리에 없는 학생과 선생 몇 명을 뒷담화하다가, 결국 장래 이야기로 돌아왔다. 그러곤 나름대로 각자의 전망을 공유했다. 나도 저맘때가 있었던 것 같은데 기억이 잘 안 난다. 확실한 건 지금의 모습을 그려본 적은 없었다. 나이가 든다는 건 점차 내가 싫어하는 종류의 사람이 되어가는 과정인지도 모른다.

저기.

무슨 생각인지 학생들을 불러봤다. 그러나 그들은 하던 이야기에 열중하느라 아무런 대답이 없었다. 다시 한번 불러봤다.

마찬가지였다. 어떤 영문인지 몰라 잠시 민망하게 서있다가 그들 사이를 가로질러 차로 향했다. 가까이서 곁을 스치는데도 이야기는 끊이지 않았다. 차는 그새 차갑게 식어있었다. 히터를 켜고 조용히 학교를 빠져나왔다. 정문을 지날 때쯤 가볍게 충돌음이 들렸다. 차를 멈추고 내려보니 고양이 한 마리가 쓰러진 채 움찔거리고 있었다. 신호를 주시하다가 미처 보지 못한 거였다. 고양이 상태를 살피려는데 절뚝이더니 풀숲으로 줄행랑을 쳤다. 충돌이 경미해 다행이었다. 다시 차에 돌아와서 그렇군, 하고 중얼거렸다. 그들은 미래를 보는 중이었다. 거기 나는 없는 거였다. 차가 정지 신호에 걸린다. 나는 장전된 채 불발이 되어버린 가스총 탄약을 손 위에 굴리고 있다. 손은 바짝 말라있다.

새벽. 흡연부스 재떨이에 담배꽁초가 도시 한숨의 누계만큼 쌓여있다. 근무 중 두세 시간 정도 간격으로 밖에 나와 담배를 피우는 게 일정한 루틴이다. 담배에 불을 붙이는데 골목길에 낯익은 남자가 걸어 나온다. 자주 마주치는 남자다. 나이는 잘 가늠이 안 된다. 늦은 시간까지 늘 말쑥한 정장 차림이다. 나는 대개 근무용 유니폼을 입고 있어서 대비가 된다. 무슨 일을 하는지 궁금하지만 인사를 나눠본 적은 없다. 우리는 보통 조금 거리를 두고서 담배를 피운다. 그가 나를 보곤 저기 멀찍이 떨어진다. 서로 흡연 부스를 사이에 둔 채 각자의 시간을 갖는다. 흡연자들이 흡연 부스를 자꾸 벗어나는 이유는 사람들이 모여들기 때문이다.

시선을 돌리자 큰길가에 술에 취해 흥성한 무리가 보인다. 마지막으로 사람들과 술을 마신 게 언제인가 가늠해 보는데 기억이 잘 안 난다. 언젠가 술과 담배의 작용 기전이 다르다는 이야기를 들었다. 알코올은 이완이고 니코틴은 각성이랬나. 둘은 짝패처럼 보여도 실은 반대다. 예전엔 술자리가 좋았는데 이젠 싫다. 술자리가 좋았던 건 사람들이 모여들기 때문이었다. 언제부터인지 술자리에 오래 앉아있기가 힘들다. 피곤할 따름이다. 어느새 옆 건물의 남자가 사라졌다. 나도 담배를 비벼 끈다. 단 몇 발자국이 귀찮아서 대충 꽁초를 던지는데 바닥에 떨어진다. 마침 걸어 나오던 건물 관리인과 눈이 마주친다. 살짝 긴장한다. 하지만 그는 아무 말도 않는다. 나는 옷깃을 여민다. 취객 무리가 떠드는 소리가 계속해서 들린다. 어쩐지 꾸지람이라도 듣고 싶다.

가을이 깊어지며 날씨가 추워졌다. 휴게시간에는 밤거리를 걷기도 한다. 출근해 간단한 문서 작업을 마치고 조금 걸었다. 골목길을 따라 주택지로 걸으면 작은 공원이 있다. 시각은 밤

12시. 늦은 시각인데도 듬성듬성 사람들이 모여있다. 영업을 마친 늙은 택시 기사가 마른걸레로 자동차 앞 유리를 닦고 있다. 백발 숱이 성글다. 슬리퍼 차림으로 빌라에서 나온 사내가 주머니를 뒤지다가 다시 집으로 들어간다. 다시 나올 줄 알았는데 나오지 않는다. 앳되어 보이는 학생들 네다섯 명이 공원 평상에 앉아 잘게 떠들고 있다. 간간이 욕설도 들린다. 조금 떨어진 벤치엔 할머니 한 명이 멍하니 앉아있다. 달을 보는 것 같다. 손으로 종아리를 주무른다. 국적을 알 수 없는 외국인 유학생들이 한국 드라마가 나오는 핸드폰을 들고서 둥그렇게 모여있다. 그들이 서로 돌아가면서 사랑해라는 말을 소곤거린다. 한 명이 사랑해, 속삭이면 다른 한 명이 사랑해, 라고 돌아가며 말한다. 그러다 무어라 이국의 언어로 말하며 작게 웃기도 한다. 미끄럼틀 위에는 누군가 가만히 누워있다. 맥주캔 몇 개가 그 곁에 굴러다닌다.

나는 공원의 화장실로 간다. 음질이 열화된 클래식 음악을 들으며 볼일을 본다. 클래식 뒤에는 음성 안내가 나온다. 이곳은 첨단 보안 시스템이 작동하는 공용화장실입니다. 비상시 자동으로 신고가 접수됩니다. 목소리는 총 세 번 반복된다. 그리고 다시 이어지는 클래식. 반복되는 음률의 볼레로다. 비상 신고는 우리 사무실로 접수된다고 하는데 작동원리는 모른다.

지난겨울 어느 노숙인이 이 화장실에 불을 내려 한 적이 있었다. 몇 건 되지 않는 사건 기록에 남아있다. 다행히 초기에 스프링클러가 작동해 피해는 없었다. 노숙인은 금세 검거됐다. 화재 직전 CCTV에 그가 화장실로 들어서는 모습이 남아있었다. 그는 휴지에 불을 붙여 휴지통에 던져 넣었다고 진술했다. 그 외의 사실은 모른다. 사건 개요에는 우발적 방화라고 기록돼 있다. 사건 이후 화장실에서 휴지통은 모두 사라졌다. 문제가 될 수 있는 조건들을 하나씩 소거하기. 매뉴얼에 따른 대응 절차였다.

그 이후에는 아무런 일도 벌어진 적이 없었다. 누군가 용무를 보고 누군가 손을 씻고 누군가 반려견의 배설물을 처리하고 누군가 가정의 쓰레기를 투기하고 누군가 두루마리 휴지를 훔쳐 가고. 그저 그런. 비상이라고는 볼 수 없는 작은 소동들뿐이었다. 손을 깨끗이 씻고 화장실을 나서다 문득 화장실 입구의 CCTV를 바라본다. 나도 안온한 밤의 한 조각에 비치고 있다.

공원 풍경은 그대로다. 눈높이에서 바라보는 풍경은 좀 더 재미있다. 생동감이라고 생각한다. 그러다가 이런 게 재미인 건가 생각한다. 그러나 이게 재미가 아니라면 또 재미는 뭔가 싶고. 재미없는 생각을 그만둔다. 벤치에 가서 앉는다. 있던 할머니는 가고 없다. 달을 본다. 미세 먼지 탓에 뿌옇지만 그런대로 떠있다. 온 세상을 비추는 CCTV의 렌즈 같다. 달은 아득하나 외면받지 않는다. 세상 누군가는 꼭 달을 본다. 인형처럼 망연히 본다. 자신이 연극의 소품이 아닐지 의심하는 사람이 꼭 한 명씩은 있기 때문이다. 남아있는 주택가의 불빛들이 다문다문 꺼져간다. 거리로 스며들어 간 누군가의 신원이 묘연해진다.

겨울이다. 이구아나는 겨울이 오면 번식기가 찾아오고 색이 진해진다. 하지만 녀석은 별다른 내색이 없다. 그래도 무언가 해주어야 할 것 같아서 암컷을 기르는 사람을 수소문해 봤다. 로컬 커뮤니티 앱에 글을 남겨봤는데 며칠 만에 답이 왔다. 브리딩을 본격적으로 하고 싶다기보다는 그저 나처럼 책임감을 느끼는 사람인 것 같았다. 여자였다. 우리 집 수조가 더 큰 까닭에 우리 집에서 며칠간 합사해 보기로 했다. 상대는 며칠 뒤 약간 푸른빛이 도는 암컷 이구아나를 안고 우리 집에 찾아왔다.

알을 낳으면 어떡하죠?

진작 물었어야 할 걸 뒤늦게 물어본 듯했다.

글쎄요.

그녀가 고개를 갸웃했다.

그건 그때 가서 연락을 드릴게요.

네 뭐.

우리는 조그만 방 안에서 잠시 이구아나들이 서로를 살피는

걸 바라봤다. 둘은 얼마간 고개를 갸웃하며 서로를 서성이긴 했
으나 이내 멀어졌다.

아직은 어색한가 봐요.

그렇죠?

뭐라도 마시겠어요?

괜찮은데…

그래도.

뭐가 있어요?

뭐가… 없네요.

달캉거리며 찬장을 헤집어 봤지만 음료도 잔도 없었다. 이런
상황에 대비하지 않은 딱 1인분의 삶이었다. 여자는 멋쩍게 웃
더니 손사래를 쳤다. 커피라도 시킬까요, 라는 말이 잠깐 입에
머물렀지만 그냥 삼켰다. 그녀는 5분 정도 가만 두 이구아나를
바라보다가 자리를 일어섰다. 그녀를 배웅할까 하다가 그냥 조
심히 가라는 인사를 남기는 것으로 말았다. 그녀는 며칠 있다가
연락하겠다는 말을 남기고 집으로 돌아갔다. 며칠이 지났다. 아
침에 일어나거나 퇴근한 후 우리 안을 들여다보면 두 남녀의 거
리감은 그대로처럼 보였다. 며칠 뒤 나는 암컷 이구아나를 들고
그녀의 동네로 찾아갔다. 잘되었냐는 말에 어깨를 으쓱해 보였
다. 내가 자거나 집에 없는 새에 그들이 뭔가 일을 벌였는지는

모른다. 아무렴 알을 뱄다면 그녀가 연락해 올 것이라고 생각했다. 가끔 퇴근할 때면 새벽녘을 닮은 그녀 이구아나의 푸른빛이 이상하게 선연했다.

이구아나 이름을 물어볼 걸 그랬나.

그날 이후 그녀에게서 연락이 오는 일은 없었다.

가끔 틈이 나면 일광욕에 대해 생각했다. 선탠이란 것에 대해 생각했다. 선탠이란 구름의 움직임과 하늘의 무늬를 표피에 새기는 일이다. 충분한 로션과 오일을 바르면 햇빛의 지문을 안전히 피부에 묻힐 수 있다. 그러나 어째선지 직접 선탠을 하러 떠난다는 상상은 하지 않았다. 그건 뭐랄까 현실감이 없었다.

일광욕 용품들이 하나둘씩 집 안을 차지하기 시작했다. 접이식 파라솔이나 작은 비치테이블 같은 것을 드문드문 사들였다. 택배가 도착하면 박스를 뜯고 만듦새를 하나하나 살피며 신기하네, 대단하네, 같은 말을 중얼거렸다. 안 그래도 좁은 방 안에 이구아나며, 태닝 용품이며 자리를 차지하기 시작하자 점점 방이 웅크려 드는 것 같았지만 크게 상관하지 않았다. 쇼핑이 재밌냐고 하면 잘 모르겠다. 어쩌면 보상심리인지도 모른다. 무엇에 대한 보상인지는 모른다.

그러던 어느 날 밤에 선베드를 사무실로 가져왔다. 역시 잘 만든 의자라 운반에 용이하다. 거기 누워 CCTV를 본다. 한층 더 안락하게 느껴지는 화면이다. 메일을 확인한다. 올 한 해도 수고했고 내년에도 잘 부탁한다는 회사의 연말 메시지가 도착해 있다. 어느덧 한 달 뒤로 다가온 내년을 생각했다. 새해엔 무엇인가 바뀔지도 모르겠다. 하지만 아무 일도 없으면 아무렇지 않을 수 있다.

뉴스를 본다. 내년으로 다가온 선거에 앞서 정치인들이 이런저런 공약을 외치고 있다. 상대방에게 날선 견제를 하기도 한다. 편을 나눠 서로의 정책을 비난한다. 상대방의 도덕성을 맹렬히 비난한다. 뭘 저렇게 핏대를 세워가는 건가 듣다보니 하나하나 맞는 말 같다. 그렇지만 반대편의 말도 일리가 있다. 구구절절 옳다. 어렵다.

지난 선거는 야간 근무 탓에 오후까지 늦잠을 자다 미처 투표하지 못했다. 글쎄 하려면 할 수는 있었겠으나 배달 음식이 너무 늦게 온 탓에 그냥 누워있었다. 어차피 별로 미더운 사람도 없고, 잘 알지도 못하면서 표를 던지느니 잘 아는 사람들이 알아서 하겠지, 그런 심정이었다. 정치인들은 나와서 자꾸 뭘 바꾸겠다고 한다. 자꾸 뭘 낫게 한다고 한다. 어쨌건 누군가는 뽑혔을 텐데 바뀐 건 왜 없는지 모르겠다. 그러길 몇십 년은 반복했을 텐데 이상한 일이다. 인생은 가까이서 보면 바뀐 게 없고 멀리서 보면 차츰차츰 나빠져 왔다.

　그냥 아무것도 안 하겠다는 사람은 없는지 궁금하다. 그러면 난 몇 년 후면 학자금을 갚고 그로부터 또 몇 년 후면 이사를 갈지도 모른다. 나는 선베드의 팔걸이 부분을 쓸어본다. 원목이 살에 닿는 느낌이 부드럽다. 역시 좋은 의자라 사용감이 편안하다. 커피를 홀짝인다. 잠이 온다. 카페인이 필요하다.

　보안 센서가 고장 났다는 신고를 받았다. 본사 빌딩의 경비실 중 하나였다. 사무실에서 그곳 CCTV를 엿볼 수 있어서 출동하기 전 미리 살펴봤다. 관리인이 지루한 표정으로 의자에 앉아있는 게 보였다. 그는 멍하니 TV 채널을 돌리고 있다. 그러다 자신이 관리하는 CCTV 모니터를 뚫어져라 바라본다. 그가 어딘가로 전화를 건다. 내 사무실의 전화기가 울린다.

　언제쯤 오십니까?

　아 네, 가는 중입니다.

　둘러대고 자리를 일어선다.

　관리인은 졸다가 실수로 비상 버튼을 눌렀는데 아무런 작동이 없어서 신고를 했다고 말했다. 보안 센서를 확인해 보니 마지막 점검을 한 지 5년이나 지났었다. 담당 기술자들이 주기마다 점검을 하는데 어떤 이유인지 목록에서 누락된 듯했다. 담당자는 전임자가 실수로 빼먹은 것 같다고 했다. 어쩌면 그 전임자의 전임자일지도 모르고…. 어쨌건 회사에서 엔지니어가 나와 조치를 취해주었다. 잘 작동하는지 시험을 해보자 몇 년 사이 목이 잠기지도 않았는지 사이렌을 쩌렁하게 울려댔다.

나와 엔지니어와 관리인 사이에선 고장 난 사실을 몰랐냐는 질문이 상호 간에 오갔는데 셋 다 일관되게 하는 일이 많아서 몰랐다고 말했다. 나는 하릴없이 TV 채널을 돌리던 관리인의 CCTV 속 모습이 떠올라 의구심이 들었지만 내색하지는 않았다. 우리는 각자의 역할에 의문을 표하지 않는 게 낫다. 나와 엔지니어는 잠시 경비실에서 관리인이 내어준 인스턴트커피를 마셨다.

이런 곳이 좀체 많아야죠, 워낙 바빠서.

엔지니어가 다음 일정 때문에 가장 먼저 자리를 떴다.

그렇더라고요.

나도 맞장구를 쳤다.

요새는 정신이 어디 있는지 통 모르겠어.

관리인이 빈 종이컵을 받아들며 지루한 표정으로 말했다. 그가 의자에서 일어나자 그가 관리하는 CCTV 모니터가 보였다. 나는 그중 한 화면을 한눈에 알아봤다. 그건 나의 사무실이었다. 돌아가는 길에 조금 헤맸다. 어슷비슷한 회색 건물이 너무 많았다. 사무실에서 할 일을 마치고 문득 CCTV 렌즈를 올려다봤다. 하지만 너무 오래 보아서는 안 된다. 몰입이 깨질지도 모르니까.

밤. 겨울의 초입이 지났는데도 눈이 아닌 비가 내린다. 뉴스에선 이상 기후 탓이라고 경고했다. 빗방울이 사무실 창문을 두드린다. 자정이 되도록 도시는 불야성이다. 불빛들이 빗물 자국 위로 어롱댄다. 통창이 화려한 잉어처럼 무늬를 입었다. 도시의 테두리가 잘 꾸며진 홀로그램처럼 출렁인다. 그러다 난데없이 희끄무레한 것이 비치기도 한다. 텅 빈 간판인가 싶어 보았더니 내 얼굴이다.

선베드에 등을 기대고 눕는다. CCTV는 여전히 조용하다. 그러나 그 밑의 TV 뉴스는 소란이다. 급격히 바뀌어 가는 국제 정세가 보도된다. 중동의 위기가 고조되고 유가가 치솟았으며 전쟁은 새 국면을 맞았다고 한다. 이민자 개방을 반대하는 시위대의 모습과 입국을 요구하는 전쟁 난민들의 모습이 연이어 보도된다. 사람들의 입에서 가만히 있지 않을 것, 좌시하지 않을 것, 무릅쓸 것, 감수할 것. 같은 말들이 유행어처럼 오르내린다. 큰일이다. 큰일이 아닐 수가 없다. 큰일들이 이렇게 하루가 멀다고 벌어지는데 큰일이 아니고서야 무엇이겠나 싶다. 가만히 있기도 힘들다. 채널을 돌린다. 담배를 피울까.

추적거리는 진창으로 거리는 담뱃재 색깔이다. 비를 피하려
흡연부스의 지붕 밑에 섰다. 부스에 붙은 선거 후보자들의 포스
터에 누군가 담뱃불을 지져놨다. 후보자마다 공평하게 눈이 멀
어있다. 한 달이면 해가 넘어간다. 현안마다 입장을 달리하던
사람들이 이제는 서로 자기 공약을 베꼈다고 싸운다. 불을 붙이
는데 골목에서 낯익은 남자가 걸어 나온다. 담배를 피우러 나올
때면 마주치던 그 남자다. 그도 비를 피하려고 내 곁에 와서 섰
다. 흡연자들끼린 눈을 마주치지 않는다. 하지만 담벼락에 그림
자가 비친다. 생각보다 건장한 체격이다. 남자는 길고 얇은 담
배를 피웠다. 문득 큰일이지 않아요. 하는 말이 혀끝에 맴돈다.
대뜸 그런 말을 건네면 그는 어떤 표정을 지을까. 심심하지 않
은지, 일은 할 만한지 물어볼까. 아니면 이렇게나 큰일이 벌어
지는데 어쩌면 좋냐고 물어볼까. 나는 담배를 한 모금 깊이 빨
아들인다.

근처에서 일하시나 봐요.

남자가 고갤 돌려 물끄러미 나를 바라보곤 끄덕인다. 조금 피
로해 보이는 인상이다. 별다른 대꾸가 없어 나도 뜸을 들인다.
그가 꽁초를 재떨이에 던지고 외투 주머니에 손을 숨긴다. 금세
돌아가려는 모양새다.

어디서 일하세요?

내가 한 번 더 묻는다. 남자가 주머니에서 손을 뺀다. 손가락을 뻗어 골목 어디쯤을 가리킨다. 손끝이 향한 곳엔 먹을 칠한 듯 아무것도 보이지 않았다. 눈살을 찌푸려 봤지만 마찬가지다. 뒤이어 남자는 고개를 까닥하고 보이지 않는 곳을 향해 걸어갔다. 그가 가고 나자 담벼락에는 내 그림자만 남았다. 새삼 나는 왜 저렇게 웅크리고 서있나, 하는 생각이 든다. 한번 가슴을 펴고 서본다. 바람이 든다. 늠름하게 서면 춥다.

양팔을 쓸어본다. 그만 들어가야겠다. 담배를 재떨이에 던진다. 그러나 빗맞고 바닥에 떨어진다. 낙엽 위라 비벼 끄는 편이 낫겠다고 생각한다. 그러나 어쩐지 가만히 보고 있다. 아직 연기가 나고 있다. 조그맣게 불이 번질까 하는 생각도 든다. 하지만 기우다. 빗물이 불씨를 진화한다. 나는 문득 고개를 들어 흡연부스 구석을 바라본다. CCTV 한 대가 나를 응시하고 있다. 돌아서자 저기 개 한 마리가 골목길 끝에서 물끄러미 나를 바라보고 있다. 고개를 갸웃거리면서.

이구아나가 사라졌다. 아니, 정확히는 탈출했다. 휴일이었고 이구아나는 탈피 시기였다. 그는 며칠간 조금씩 허물을 벗고 있었다. 나는 빨래를 마친 뒤 환기를 위해 창문을 조금 열어둔 채 낮잠을 자던 중이었다. 30분 정도 간격으로 눈이 떠졌고 그때마다 잠시 뒤척인 후 다시 잠들었다. 그러다 마지막으로 눈을 떴을 때 이구아나가 창틀에 서있는 게 보였다. 한 번도 우리 밖을 나선 적이 없었는데 이상한 일이었다. 그는 점차 붉어지는 창밖을 바라보고 있었다. 햇빛에 비친 눈동자가 붉게 빛나고 있었다. 창밖으론 두부 파는 트럭의 종소리가 들렸다. 그는 서서히 고개를 돌려 나를 바라봤다. 의중을 알 수 없는 그야말로 파충류의 눈이었다. 하지만 꿈처럼 그가 무어라 말을 걸어온 게 아닌가 생각했다. 그는 다시 창밖을 바라봤다. 그리고… 돌연 양다리를 쭉 펼쳐 뛰어내렸다. 집은 3층 높이였다. 눈을 비볐다. 자리에서 일어나 창밖을 내다봤지만 골목길엔 아무것도 보이지 않았다. 슬리퍼를 꿰어 신고 내려가 살폈지만 마찬가지였다. 지나가는 사람에게 혹시 이구아나를 보았냐고 물었다. 두부를 사러 나온 노부부였다. 팔뚝만 한 길이의 초록색 이구아나라고 말했다. 보고 있으면 빨려 들어갈 것 같은 녹색이라고 했다. 정말… 멋지고 우아한…. 그들은 중언부언하는 나를 이상한 눈으로 쳐다보곤 슬금슬금 지나쳤다. 땅거미가 지고 있었다. 그림자가 내게서 달아나려는 것처럼 길어진다. 어디선가 소방차 사이렌 소리가 들린다. 불이 난 걸지도 모른다.

　이 밤. 눈이 내린다. 첫눈이다. 스크린의 잘게 조각난 풍경 위로도 하얀 더께가 쌓여간다. 점묘화가 찍히듯 스크린이 차츰 창백한 낮으로 변해간다. 도시의 움직임이 굼떠졌다. 옴짝거리던 스크린의 표정이 점차 경색된다. 꼬물대던 사람들이 움직임을 멈추고 하늘을 올려다본다. 차들은 천천히 달리고 고양이들은 조심히 걷는다. 작고 흰 것들이 천천히 모든 것을 덮는다. 질식하듯 모니터의 숨이 멎어가는 것 같다. 나도 눈이 보고 싶다.

선베드를 들고 밖에 나선다. 흡연 부스 옆에 두고 앉는다. 묘한 풍경이지만 과연 잘 만든 선베드다. 어두운 골목 풍경이 한층 호젓해진다. 눈을 맞아본다. 이따금 마주치던 남자는 저번 만남 이후로 이곳에 나타나지 않는다. 날숨을 누적하던 재떨이도 흰 고봉밥처럼 소담하게 덮여있다. 도시의 한숨이 모두 덮였다. 아무 흔적도 남지 않고 보기 좋게 지워졌다. 아무 일도 없었던 양.

나는 좀 깨어있어야겠다. 담배에 불을 붙인다. 연기를 뱉는다. 연기를 뿜으면 보이지 않던 대류의 순환이 보인다. 모든 건 멈춰있는 것처럼 보이지만 실은 움직이고 있다.

문득 이구아나 생각이 난다. 추위를 피할 수 있을지 걱정이다. 혼자 이 겨울을 무사히 나긴 힘들 것이다. 누군가 이구아나를 발견하고 거둬들였을지도 모른다. 작은 방의 한편을 내어줬을지도 모른다. 혹은 도시의 조각난 틈을 파고들어 숨어있을 수도 있다. 지하 온수관이 지나는 파이프에 올라타 은거하며 때때로 먹잇감을 찾아 빠르게 질주할지도 모른다. 그렇게 겨울을 무사히 나고 봄이 되면 부족했던 볕을 쬐고 허물을 마저 벗어낼지도 모른다.

집 안에 산적해 있는 선탠 용품들을 생각한다. 준비는 되어있다. 점찍어 둔 장소도 있다. 마음먹기만 하면 되는 일이다. 하지만 당장은 날이 너무 춥다. 아무래도 결심하기엔 힘이 드는 계절이다. 그러나 봄이 오면 떠날지도 모른다. 봄이 오고 날이 풀리고 꼼짝 않던 호수가 녹고 해변의 모래사장이 덥혀지면. 언젠가 시간이 되면. 시간만 나면 갈 수 있다.

그러나 당장은 이 도시에 아무런 일도 일어나지 않는다. 너무 많은 일들이 일어나서 결국 아무런 일도 벌어지지 않는다. 선베드에 몸을 깊이 묻는다. 담뱃재가 쌓여가듯 밤이 고요히 내려앉는다. 그림자도 달아난 낮보다 하얀 밤이다. 좀 걸어볼까 하다가 마음을 고쳐먹는다. 자리를 비운 새에 신고가 접수될지도 모르니까. 언젠가 사건이 벌어질지도 모르니까. 나는 사무실로 돌아와 눈을 찌푸리고 표백된 도심을 깊숙이 들여다본다. 아닌 척하지만 이구아나를 찾고 있다.

포틸랑

아버지가 생겼단 소식에 버스를 타고 교외로 향했다. 할 일도 없는데 바다나 보러 가볼까, 하던 오후였다. 전화를 건 상대는 아버지를 만나러 수도권 끝자락으로 오라고 말했다. 서울 바깥으로 나서는 평일 풍경은 도로의 폭이 낯설 만큼 한적했다. 달캉거리는 시외버스 안에서 나직하게 여름 햇살을 받고 있자 꾸벅꾸벅 졸음이 밀려왔다.

　—그러니까, 이 항아리가 저희 아버지란 거죠?

　꾸벅꾸벅. 장례지도사는 매끈한 납골당 백자 항아리를 들고서 머리를 정확히 두 번 끄덕였다. 상고머리군. 그는 자신을 공영 장례지도사라고 소개했다. 잘은 모르지만 국선변호사 뭐 이런 일과 비슷한 게 아닐까 생각했다. 나도 별로 할 말이 없어서 고개를 끄덕였다. 꾸벅꾸벅. 남자의 손에 들려있는 낯모를 아버지도 덩달아 고개를 끄덕였을까. 네가 내 딸 세은이냐? 어엿하게 다 컸구나. 예… 뭐. 꾸벅꾸벅.

—그래서 말인데… 200만 원입니다.

남자가 말했다. 지난 5년간 무연고 사망자였던 아버지의 납골 비용을 시에서 납부하고 있었으나, 이젠 지원 연한이 지났다고 했다. 별안간 나를 찾은 것도 그 탓이었다. 안치 비용을 지불할 연고자가 필요했던 거다. 평생 면식도 없이 살았던 부녀를 상봉시켜 주다니, 돈만 있으면 이런 작은 기적쯤이야 얼마든지 만들어 낼 수 있던 거구나, 그런 생각을 하지 않을 수 없었다. 우리 할머니는 반평생 딱 그 200만 원어치 기적을 찾아 헤맸던 거구나.

200만 원. 장례지도사는 손가락 두 마디를 만지작거렸다. 동그란 뿔테 안경 때문인지 이제 막 수험생활을 마친 모범생처럼 꺼벙한 인상이었는데, 그 말을 꺼낸 것이 퍽 쑥스러워 보였다. 나는 가만 통장 안에 있는 숫자를 셈해봤다. 정확히 기억은 안 나지만 확실히 0보다 크진 않았다.

—더 싼 방은 없어요?

—방이요?

—방이 아니라… 아, 뭐라고 말해야 할지.

—보통은 단이라고 많이 부릅니다.

―그렇구나…

그렇구나. 장례지도사로부터 전화를 받은 건 그 말을 중얼거리며 방에서 나온 시점이었다. 아니, 이 말은 오해의 소지가 있다. 정확히는 딱 짐을 싸서 방에서 쫓겨난 시점이었다. 원룸 계약 연장을 거절당했던 건데, 월세 석 달 치가 밀렸던 게 화근이었다. 만료 직전 부랴부랴 메꿔 넣기는 했지만 이미 집주인에게 신뢰는 바닥난 상태였다.

―내가 뭘 믿고?

계약을 연장해 달란 말에 집주인은 그렇게 딱 잘라 말했다. 5년 전 이사를 왔던 첫날, 유난히 간소한 내 이삿짐을 보곤 김이 모락 나는 닭죽 한 그릇을 퍼다 주던 집주인이다. 그 맛이 서울에서 보기 드물게 따뜻했다. 5년이면 뜨겁던 죽도 차게 식는다. 그간 제때 월세를 납부하는 날이 드물었다. 그러면서 볕도 안 드는 옹색한 방에 우울한 죽상을 하곤 취업 준비를 한다나 공부를 한다나 어영부영 5년을 죽치고 앉아있었으니…. 그동안 유망 직종이란 직종은 모두 알아봤다. 취업난이었으나 유망한 일은 언제나 있었다. 다만 내가 유망하지 않았을 뿐….

하긴 납득이 된다. 하긴 정말이지. 나 같은 사람을 어떻게 믿어주겠냐 말이다. 면접을 보러 간 회사도, 대출을 상담한 은행도, 청년 정책인지 뭔지를 홍보하던 구청도, 그리고 조금만 더

기다려 달란 말에 눈물을 왈칵 쏟아버린 전 남자친구조차도 날 믿어주지 못했는데, 기껏 월셋날에나 한 번 뻘쭘히 마주치는 집 주인 정도가 어떻게 날 믿어주겠냔 말이다. 그래서, 그렇고 그 런 뻔한 일이었다. 군말 없이 나온 거다. 살림이 간소해서 짐 싸 기도 식은 죽 먹듯 쉬웠다. 식은 죽. 5년간 짜게 식어버린 죽. 머 릿속에 드는 건 절망도 분노도 아닌 조그마한 납득.

털레털레. 덜덜덜덜. 캐리어를 끌고 골목길을 어슷거리며 5년 동안 머물렀던 자취촌을 휘이 둘러봤다. 저마다의 집주인을 모 시는 빌라들이 엇비슷한 모양으로 빼곡했다. 5년이나 발붙이고 산 곳인데 그중에 갈 곳이라곤 한 군데도 없었다. 서울살이에서 밀려나면 끝장이라고. 바짓가랑이 잡듯 죽을 둥 살 둥 서울 끝 자락이라도 비끄러매고 있어야 사람은 어디에라도 쓴다고. 할 머니는 날 서울로 올려 보내며 그렇게 말했다. 할머니는 섬마을 포구의 조그만 백반집에서 배 타는 남자들을 상대로 오랜 시간 장사를 했다. 아침엔 국을, 저녁엔 찌개를 팔아 물비린내 나는 지폐를 만졌다. 그리고 어느 날, 조막만 한 예금통장을 떡밥처 럼 주무르다 내게 꿰어 던졌다. 평생 남이 낚아온 물고기만 손 질해 온 할머니. 나는 그녀 손에서 처음으로 날아오른 낚시찌였 다. 서울이란 큰물을 향해 퐁당. 쭉쭉 뻗친 서울행 고속도로는 낚싯줄처럼 유달리 팽팽했고 처음 도착해 본 강남터미널에 승객들은 놀랄 만큼 많았다. 하나같은 미끼의 눈빛이었다. 온몸을 내어 대어를 노리는. 조금 불안하고 초조한.

그리고, 그렇게 5년이 지난 거다. 나는 우리의 낚시가 순 헛방이었음을 알리는 텅 빈 바늘이 됐다. 원룸촌 거리를 둘러보니 그물처럼 얽히고설킨 격자무늬 창문들이 가득했다. 만선이었다. 창문에 비친 내 얼굴은 어창 속 루어의 표정처럼 공허했다. 그렇게 걷다 보니 어느덧 다리도 아프고, 할 일도 없겠다, 오갈 곳 없는 사람이 결국 바다나 가볼까 하는 것은, 그렇고 그런 뻔한 전개였으므로, 영락없이 바다나 가볼까… 하던 시점에 전화가 걸려 온 거다.

미끼를 건드려 보는 물고기처럼 머뭇거리며 전화를 받았다. 최근 몇 달간 나를 찾는 전화라곤 대부분 어디선가 돈 내놓으란 용건밖에 없었으므로. 하지만 상대방은 무슨 캐피탈이니 대출이니 하는 소리를 꺼내지 않았다.

─박세은 씨 되십니까?

뜻밖이었다. 최근 면접을 봤던 몇 군데의 회사를 떠올렸다. 대략 채용 발표 시기가 겹치는 듯했다. 그때부터 가슴이 철썩거렸다. 상대방은 아주 오랜 시간 나를 찾아 헤매 온 것 같았다. 휴, 하는 소리가 수화기 건너편에서 들려왔으니까.

─아버지를 찾은 것 같습니다.

문제는, 너무 뜻밖이었다는 거다.

―저 아버지 없는데요.

―없었는데… 있었습니다 실은.

뭐라 답해야 할까. 솔직히 그 말을 듣고서 들었던 감정은, 꼬르륵, 하는 실망감이었다. 아버지의 존재 따위 이 절체절명의 시점에 알게 뭐람. 집 떠난 부모와의 재회만큼 지루하고 맥 빠지는 일이 어디 있나. 하지만 나는 대꾸할 말이 없는 것만큼이나 할 일도 없고, 딱히 갈 곳도 없고, 교통카드엔 다행인지 뭔지 5천 원인가 남아있고, 그렇게 바다나 갈까 하던 나는, 그렇구나, 중얼거리며 버스를 타러 간 거다.

* * *

그러더니, 그 상고머리는 다짜고짜 내 아버지라며 하얀 가루를 들이밀더니 200만 원을 내놓으라고 요구하고 있다. 그럼 그렇지. 결국 돈 내놓으란 소리인 거였다. 삶이 이렇게 뻔하다. 다만 이토록 보드랍고 하얀 분말형 아버지만큼이 퍽 낯설었을 뿐이다. 남자는 납골 절차에 관해 무어라 설명을 덧붙였는데 이상하게 매미 우는 소리만 유난했다. 한 번 납부하면 다음부터 관리비조의 소정 금액만 매년 내면 되고요… 어쩌고저쩌고. 인생은 왕복 두 시간의 시외버스만큼이나 지루하고 딱 한 줌 뼛가루만큼 흥미롭다. 난 반쯤 흘려들으며 어딘지 맹탕 같은 그의 명함을 들여다봤다. 남자의 이름은 인우였다.

—좀 더 싼 단도 있기는 합니다.

인우는 좀 더 폭이 좁고 낮은 위치에 있는 단을 가리켰다. 허리를 굽혀야만 아버지 안녕? 할 수 있는 자리였다. 우리 집주인이 내 반지하 방 창문을 두드릴 때 딱 그런 자세였다. 창문을 열면 언제나 위에서 굽어다 살피는 집주인의 얼굴이 보였다.

—150만 원입니다.

—더 싼 방… 아니, 단은 없나요?

그러자 그는 아예 계단을 통해 지하로 내려갔다. 먼지 냄새와 습기를 잔뜩 머금은 공간이었다. 그런 데다 납골을 했다간 안식보단 곰팡이가 깃들 것이었다. 이쪽은 120만 원입니다, 제일 저렴한 단이에요. 그렇구나. 나는 고개를 끄덕이고 돌아섰다. 솔직히 말하자면 호기심 때문에 물어본 거지 애초에 돈은 30만 원도 없었다. 30만 원. 그건 서울에서 가장 싼 나의 단… 아니, 방값이었다. 죄송합니다. 제가 궁핍하여 모쪼록 저희 아버지 가루는 알아서 잘 부탁드립니다 그럼 이만…. 그런 생각으로 돌아서는 찰나, 인우가 우물쭈물 말했다. 그냥 가시면…. 예?

—그냥 가시면 아버지는 아무 데나 뿌려지게 되는데요.

―그게 어디죠?

―뭐 적당한 바다나….

아무래도 외로운 사람은 죽어서나 살아서나 바다로 가는 모양이었다. 그러고 보니 아버지는 한밤중에 바다에 그물을 보러 간다며 집을 나가선 영영 돌아오지 않았다고 했다. 내가 걸음마도 떼기 전이다. 걷기 시작하면 쫓아오기라도 할 줄 알았나 보다. 그물을 봤어도 바다의 온 어장을 요모조모 다 둘러봤을 시간이니, 바다도 갔다가 산에도 갔다가 하신 모양인데, 이러나저러나 가려던 곳에 잘 가실 팔자다. 국적이 달랐던 어머니는 산후조리를 마치기가 무섭게 고향으로 훌쩍 도망쳐 버리셨던지라, 뭐 그런 까닭으로 할머니 혼자 나를 키우기 시작했다. 할머니께선 아버지가 바다에서 실종된 줄로만 알았다고. 어쨌든 중요한 건 지금 내겐 가족까지 돌볼 여유가 없다는 거고… 이런 생계도 유전일지 모르겠다. 아무렴 나는 인우에게 이런저런 낯 뜨거운 사정을 끄집어내야 했다. 오밤중에 그물을 보러 간다는 핑계처럼 궁색했지만, 숫자의 힘을 빌리자 사정이 명료해졌다. 그런 나를 이해한다는 듯 그는 별말을 않았다. 다만 사족처럼

―죽고서 가고 싶던 곳은 따로 있으셨던 모양인데.

하고 대꾸하던 거다.

―그게 어딘데요?

―중요한 건 그게 잘….

인우는 나름 끈질기게 아버지의 생전 행적과 친인척들을 수
소문했던 모양이다. 그는 아버지가 원양어선 배를 탔다고 했다.
주변 사람과 교류도 없었고, 평생을 바다 위나 남루한 여관방에
서 지냈다고 했다. 그래도 한 배에서 동고동락한 어느 외국 선원
이 제법 아버지와 소주잔을 부딪었다고. 말이 잘 안 통하니 대화
도 않고 술만 마셨는데 그게 서로에게 더할 나위 없이 좋았다고
했다. 인우는 외국 선원과 연락했던 메신저 내역을 보여줬다.

―그분은 배에서 무슨 일을 했죠?

―항해사, 내비게이터. 해도를 봅니다. 해도. 포틸랑.

―어장을 찾는? 어장, 물고기. 피쉬.

―노노. 그건 캡틴. 선장이 닻을 내리면, 거기가 어장입니다.

―그러면 그분은 뭘 봤습니까?

―홈. 집으로 가는 해도.

감흥은 없었다. 잠자코 있자 그가 화면을 스크롤했다.

―그 사람. 술 마실 때마다 이러다 죽어야지. 어디에 묻혀야지
말했습니다. 그런데 그게 어디었는지 기억이 안 납니다. 매번
취해서.

인우는 그러면서 내게 종이 한 장을 건넸다.

―그리고 이거.

어느 중년 남성의 3X4 사이즈 흑백 증명사진이 A4 용지 한복판에 인쇄되어 있었다. 백지장처럼 평범한 낯이었다. 용지의 여백만이 한적한 대낮의 도로처럼 유난히 넓고 휑뎅그렁했다.

—선장이 보내준 건데, 혹시라도 궁금하실까 봐요.

남자는 그러곤 고개를 한번 꾸벅였다. 아버지의 함도 꾸벅 기울었다. 그리고 돌아섰다. 나는 가만히 서서 매미 울음소리를 세 번쯤 들었던 것 같다. 쯔쯔쯔…. 그를 따라붙어 어깨를 붙잡았다. 그가, 아버지가, 휘청거렸다. "제가." "네?" "그냥 제가 모실게요." 나는 그의 손에 들린 아버지를 건네받고 고개를 꾸벅 숙였다. 에라 모르겠다. 이왕 이렇게 된 거 부녀 상봉이다. 그렇게 뒤돌아서 걷는데, 그때였다.

—저기요!

이번엔 그가 날 붙잡았다.

—백자 항아리 값….

* * *

갈 곳 없는 사람은 결국 바다나 고향으로 간다. 친부 친모의 행적에서 배운 바가 있다면 그거다. 바다로 가려던 나는 이젠 고향으로 간다. 갈 곳 없는 두 사람을 기다리고 있는 사람이 어쨌거나 아직 거기 있었다. 어쨌거나 전해야 하지 않을까 싶었다. 당신이 찾던 두 가지 도전이 모두 실패했다고…. 나와 아버지는 터미널로 가는 시내버스를 탔다. 창가에 앉아 흑백으로 인쇄된 아버지의 낯을 찬찬히 뜯어봤다. 조금 지쳐 보이는 입매. 약간 위태로워 보이는 머리숱. 떨리는 듯한 눈빛. 초로한 중년의 남성이 조금 민망하다는 표정으로 오도카니 날 바라보고 있었다. 하기야. 민망하실 입장이죠. 그거 아세요? 전 외탁이군요.

어느새 바깥은 어둑했지만 낮과 마찬가지로 도로엔 헛헛한 풍경이 이어졌다. 결국 빈손으로 돌아간다니 헛헛한 건 텅 빈 도로뿐만이 아녔다. 하지만 고향이란 게 원래 그런 곳이 아닌가. 할머니 저 왔어요. 아 몰라요 몰라 나 배고파요… 하는. 그런데 문제는 대개 이런 느슨한 마음에서 발생하고… 시외버스 터미널의 직원이 건넨 말은 예상 밖이었다.

─오늘은 버스 끊겼어요.

낭패. 서울에야 버스가 늦게까지 있을지 몰라도, 거기선 교통편이 애진작에 끝났다는 것이다. 수중에 남은 돈으론 근처에 모텔방을 잡을 수도 없었다. 아버지를 모셔 오는 값으로 싸구려 백자 항아리에만 10만 원 넘는 돈을 써버린 탓이었다. 괜히 상고머리 뒤통수가 밉게도 봉긋 떠올랐다. 내게 바닥난 게 돈뿐만은 아닌 탓에, 급히 돈을 빌릴 곳도 없었다. 믿음도 우정도 밑천이 떨어졌고, 이제 돈을 빌려줄 곳은 나를 믿지 않기에 돈을 빌려주는 사람들뿐이었다. 무슨 캐피탈이니 신용이니 하며 수시로 안부를 물어오는 작자들. 나는 그들이 베푸는 게 호의인지 악의인지 몰랐다.

나는 대합실 의자에 멍하니 앉았다. TV 한 대가 켜져있었다. 2024년에 TV 같은 걸 보다니. 뉴스에선 간밤부터 비가 내리고 며칠 내 태풍이 들이닥칠 거라 했다. 옆자리엔 새뽀얀 낯의 아버지가 함께였다. 우리가 함께 좀 더 옛날에 TV를 봤더라면 지금보단 기분이 좋았을 것이다. 안 잔다. 채널 돌리지 말아라. 안 돌려요. 리모컨도 없고 TV도 너무 높은 곳에 달려있어요. 우린 허공을 들여다보는 사람들처럼 멍하니 앉아 시간을 죽였고, 밤이 깊어지자 역무원은 TV를 끄며 그만 나가달라고 말했다. 어허, 안 잔대도. 그게 아니라요 아버지, 나가야 한대요. 이제 밖으로 나가야 한대요.

다행인지 뭔지 터미널 바깥엔 한 몸 누일 정도 폭의 목제벤치가 있었다. 벤치 위에 아버지를 모시고 길 건너 편의점에서 컵라면을 하나 샀다. 뜨거운 물을 받는데 편의점에서 판매하는 복권 광고가 눈에 들었다. 사랑을 함께하는 동행, 동행복권 로또 6/45…. 로또. 정말이지 눈물 나게 반가울 것 같은 동행의 이름이었다. 나는 창밖으로 나의 동행이 잘 있는지 살폈다. 그는 점

잖고 진중한 자세로 벤치를 지키는 중이었다. 사랑이 함께하는 동행인지는… 모르겠다. 어정어정 그의 곁으로 돌아와 배낭을 뒤지자 캔 참치 하나가 손에 걸렸다. 한 줌 다랑어 뱃살만큼이나마 등 푸른 이 밤이 든든해지려나. 참치를 국물에 풀어 넣고 젓가락으로 휘휘 저을 즈음, 밤하늘은 대양의 물결처럼 울룩불룩해지나 싶더니 비를 쏟아내기 시작했다. 빗줄기는 라면발같이 굵었다.

비를 구경하며 끼니를 때우자 놀랍게도, 잠이 왔다. 하루의 피로가 빗물을 머금고 불어났다. 몸을 의자 등받이에 깊게 묻고 아버지의 사진을 한 번 더 펼쳐보았다. 밤은 깊었고 교외의 터미널엔 인적이 드물었지만, 동행이 있어설까 크게 두렵지는 않았다. 빗방울이 온 세상의 표면을 오도도 작게 두드리는 소리를 들으며, 수심 깊어 보이는 그의 표정에 고개를 담가보듯 꾸벅, 잠에 빠져들었다.

그 수면 밑에서 내가 발견한 건, 다름 아닌 아버지였다. 우린 각자의 방처럼 빛이 들지 않는 어두컴컴한 해저에 있었다. 거기서 아버지가 숨을 보글거리며 나를 돌아봤다. 꿈속에서 아버지는 상상보다 한층 더 왜소해 보였다. 얼굴은 따개비가 앉은 것처럼 얽어있었고 물결에 해초처럼 일렁이는 머리숱도 생각보다 더 가느다랗고 얇았다. 그 만남이 퍽 낯설면서도, 동시에 뭔가 목울대에서 울컥 뜨거운 것이 느껴졌다. 나는 있는 힘껏 내 아버지란 사람의 가슴팍을 밀쳤다. 물에 잠겨선지 꿈에 잠겨선지 팔에 통 힘이 들어가지 않았다. 아버지는 그런 날 보며 아무런 저항도 않고, 루어처럼 슬픈 눈으로 그저 보글보글, 한숨을 토해냈다.

그런데, 그때 아버지가 내뱉는 숨 방울에선 미세한 떨림이 느껴졌다. 예? 뭐라고요? 물속에서 아버지는 뻐끔뻐끔, 나에게 뭔가를 말하고 있었다. 귀를 기울이자 그건… 어떤 숫자였다. "십…칠…. 이…육… 삼…. 삼십일…." 아버지는 입을 벌릴 때마다 방울방울 동그란 숨을 쏟아냈고, 난 그걸 바라보면서, 딱 그런 모양을 가진, 45개의 색색깔 아름다운 구슬을 떠올렸다. 그건 바로 사랑을 함께하는 아름다운 동행의 약속…! 난 두 손으로 잃어버렸던 나의 동행의 얼굴을 감싸 쥐었다. 우리 아버지의 낯이 중후하고 늠름한 용왕처럼 빛나고…

벤치에서 굴러떨어지며 잠에서 깨어났다. 밤이 깊었다. 빗물이 등이고 허리고 스며들었지만 개의치 않았다. 고갤 들자 길 건너 24시 편의점 간판이 바다의 등대처럼 아른거렸다. 난 항아리를 가슴에 꼭 안은 채 내달리기 시작했다. 아버지를 포옹하며 되뇌었다. 드디어… 드디어 부모덕을 보는 순간이 내게도 찾아오는구나. 편의점은 고작 4차선 길 건너에 있었는데 그 폭이 거

대한 해협처럼 멀게만 느껴졌다. 굵은 빗줄기가 얼굴을 때렸지만 그래도 상관없었다. 저 건너는 황금향이니까.

발이 엉키며 넘어진 건 그 순간이었다. 횡단보도의 한복판이었다. 쏴― 하는 빗소리 사이로 백자가 깨지는 파열음이 조각조각 퍼져나갔고, 고개를 들어보자 아버지의 뼛가루가 쏟아지는 빗물에 이겨지며 쓸려가는 중이었다. 난 침몰하는 배에서 금화를 더듬는 선원처럼 아스팔트 바닥을 마구 더듬었다. 흩어진 아버지의 골분이 손끝에 치덕였다. 달려오던 차들의 헤드라이트가 하나둘 멈춰서더니 양옆에서 나를 쏘아댔다. 서두를수록 깨진 사기 조각이 손바닥을 할퀴었고, 차들은 고함치듯 사납게 클랙슨을 울렸다. 그나마 온전한 백자의 부분에 되는 대로 아버지의 뼛가루를 수습했는데, 엉금엉금 길가에 나와서 보니 그건 꼭 갯벌의 회색 개흙 같았고, 유실된 아버지는 빗물에 숨어든 지 오래였다. 허탈한 채로 서있자 지나는 차의 운전자들이 흘겨다보는 게 느껴졌다. 나는 왜 늘 이 모양일까. 내 인생이 이런 식으로 흘러가는 건⋯

─자동이에요 수동이에요?

수동을 외쳤다. 지금까진 매번 자동이었지만 이번에야말로 수동이다. 편의점 알바는 경계하는 눈치였다. 시간은 새벽 두 시. 빗물을 뚝뚝 흘려가며 아버지가 점지해 준 숫자에 펜을 칠하기

시작했다. 십…칠…. 이…육… 삼…. 삼십일…. 그런데… 마지
막 숫자를 앞두고 사인펜이 우뚝 멈춰 섰다.

　—마지막 숫자가… 뭐였지?

　기억 속 숫자가 그새 물거품처럼 보글보글 흩어져 버린 것이
다. 꿈이 아무리 빨리 휘발되고 흩어지는 것이라곤 해도 그렇지
만… 지난 5년간 공시며 적성검사며 자꾸 떨어진 것도 이 서글
픈 기억력이 문제였다. 울음이라도 터트리고 싶었다. 나는 기껏
참다랑어를 잡아놓고 상어 떼에게 모조리 뺏겨버렸다는 먼바다
의 노인처럼 망연해졌다. 편의점 알바는 길게 하품하곤 자갈치
인지 고래밥인지 집어 먹기 시작했다. 결정을 내려야 했다. 지
금까지 쓴 숫자를 입으로 왼 뒤 직감적으로 끌리는 숫자를 겨누
었다. 체크하고 나니 어쩐지 의미심장한 기시감도 느껴졌다. 그
래… 누군가 내게 기회를 주신 거라면 여기까지 설계를 해두셨
겠지. 알바는 심드렁히 로또 영수증을 내어주었다. 영수증의 단
조로운 흑백 무늬는 묘하게도 아버지의 모노톤 표정을 닮아있
었다.

　자리로 돌아와 따끔거리는 손을 구급약으로 닦아내고, 젖은
머리를 짜내고, 아버지의 질척이는 유해를 편의점서 산 번들용
츄파춥스 통에 옮겨 담았다. 이거 원, 살림이 형편없구나. 미안
해요 아버지. 하지만 보태준 것도 없잖아요. 온몸이 끕끕했다.

넘어질 때 닿은 배수로의 빗물이 옷에 스며들어 있었다. 지방으로 향하는 서울의 하수가 원양어선의 기름때처럼 검고 탁했다. 속옷도 양말도 축축했다. 그런 채로 한동안 멍하니 앉아있다가, 내가 한 일이라곤, 그저 반창고가 덕지덕지 붙은 손으로 조심스레 사탕을 하나 까서 입안에 넣은 일이었다.

달다.

진창길과 장대비 사이에서 저 혼자 혓바닥 위를 구르는 사탕의 달콤함이 유독 얄궂었다. 유유자적 세상과 격을 두는 정말로 단순한, 애플민트 맛이었다. 어째선지 눈물이 났다. 이 밤과 무관하다는 듯 돌아있는 뻔뻔한 혓바닥이, 입안 가득 포진한 미각 세포들의 태연함이 슬펐다. 인생이란, 도대체 얼마만큼이나 뻔한 걸까. 돌이켜봐도 그리 큰 욕심을 품어본 적은 없었다. 어렸을 적 할머니는 가게에 갈 때면 말했다. 말 잘 들으몬 사탕 하나 줄거이까네 가마이 잘 있그래이… 가마이… 그래야 좋은 사람 된다.

그 말에 혹했던 건지. 내가 가만히 바라온 건 그저 지름 3센티미터 구 형태의 막대사탕만큼이나 단단한, 단순한 행복이었다. 그런데 언제부터였을까, 남몰래 아주 큰 기대를 품어온 것 같은 기분이었다. 일면식도 없다가 갑작스레 사랑이니 동행이니 약속하며 친근한 척 다가오는 로또의 문구처럼, 이젠 아주 터무니

없는 꿈이라도 품어온 기분이다. 내가 바랐던 것들. 샤워기에서 쏟아지는 따뜻한 물줄기나, 사각거리는 이불보의 감촉 같은 것들, 그렇고 그런 뻔하디 뻔한 행복들이 그리웠다.

아드득.

사탕을 깨물고 주머니에 손을 넣었다. 나랑 딱 엇비슷한 꼴로 젖어있는 꼬깃한 명함 한 장이 손에 걸렸다. 한참을 망설이다 수동으로 운을 걸어보듯 그 숫자를 꾹꾹 찍어 눌렀다. 츄파춥스처럼 둥그런 상고머리의 뒤통수가 눈앞에 가만히 떠올랐다.

* * *

인우는 잠이 묻은 목소리로 전화를 받았다. 혼곤한 와중 몇 마디의 의사소통 장애가 있었지만, 숫자의 힘을 빌리자 사정이 명료해졌다. 그는 가타부타 않고 내 위치를 물었다. 그러곤 곧바로 직접 차를 몰고 터미널 앞으로 찾아왔다. 그가 사기그릇처럼 하얀 모닝에서 고개를 빼꼼 내밀었다. 심해처럼 깊은 새벽이었고, 비가 쏟아지고 있었다. 날 뭘 믿고? 기대하지 못한 호의였다.

인우는 내 행색과 손에 들린 츄파춥스 통을 번갈아 보더니 조수석에 오르라고 했다. 순간 고민은 됐지만 엉겁결에 차에 올랐다. 그만큼이나 지쳐있었으니까. 그가 근처의 숙박업소로 내비를 찍었다. 숙박업소라니, 어수룩해 보이는 인상이었다곤 해도 사실 그 순간은 긴장됐다. 이 밤에 저항할 다른 도리가 없었지만, 만약에, 정말 만약에 이대로 잘못되기라도 한다면? 지금의 나야말로 무연고에 가까운 사람이 아니던가. 그리고 무연고자를 처리하는 건 누구보다 이 남자가 빠삭하다. 나는 바싹 경직된 채 한 손으론 아버지를, 한 손으론 차 문의 손잡이를 꼭 쥐고 있었다. 그런 불안을 조금이나마 불식시킨 건, 마찬가지로 한쪽 손으로 손잡이를 꼭 붙들고 있는 그의 모습이었다.

　―저 운동했거든요. 거, 건들기만 해봐요.

　그는 누추한 모텔 앞에 나를 내려주었고, 필요한 소액을 빌려주곤 내가 체크인할 때까지 비상등을 켜고 기다려 주었다. 누군가 떠나는 내 뒤를 지켜봐 준다는 건 낯설고도 아득한 느낌이었다. 방에 들어가 샤워를 한 뒤 그에게 고맙다는 카톡을 남겼다.

　―오늘 고마웠습니다.

　맨 앞에 '인우 씨'라는 말을 썼다가 지웠다가 썼다가 지운 문장이었다.

　―괜찮습니다.

　늦은 시간임에도 금세 답장이 왔다. 신세를 졌는데 다음에 날짜를 잡고 식사라도 한 끼 보답해야 할까. 그런 고민이 들던 차,

메시지가 또 왔다.

　—21일에 바쁘세요?

　앗… 이 무슨 박력 있는 전개. 사실 내 스타일이냐고 하면 그
건 아니었지만 글쎄, 21일? 캘린더를 확인하려는 순간 그가 다
시 한번 박력 있게 카톡을 이었다.

　—카드 결제일이라서요. 그날까지만 입금 부탁드릴게요.

　할머니 집에 도착한 건 점심에 가까운 시간이었다. 간밤에 내
리던 비는 그쳤지만 하늘은 여전히 먹색이었다. 할머니보단 요
양보호사가, 요양보호사보단 대문 앞의 꿩이가 날 먼저 반겼다.
꿩이는 그새 뭘 그렇게 많이 먹었는지 고양이보단 커다란 설치
류에 가까운 인상이었는데, 나를 보자 밥그릇을 앞발로 마구 두
드렸다. "할머님, 손주분 오셨어요" "누구?" "할머니 손주 세은
씨요 할머니" 할머니는 안방 미닫이문 너머에서 멍하니 TV를 바
라보던 중이었다.

　—할머니.

　불러도 대답이 없었다. 나는 한숨을 한번 내쉬곤 말했다.

　—나 배고파.

　할머니는 그제야 고개를 돌렸다.

　—세은이가?

냉장고에서 할머니 반찬 몇 개를 꺼내 점심을 먹었다. 그동안 할머니는 발가락을 옴싹거리면서 TV를 봤다. 몇 년 전부터였을까. 내가 상경하자 할머니의 정신은 자꾸만 할머니를 홀로 남겨두고 마실을 나가곤 했다. 마치 좁은 집에서 평생 불화를 참고 살아온 영혼이 그만 몸과 황혼 이혼을 하려는 것처럼. 대개 낮 시간대에 그랬고, 아침과 저녁엔 그 시간마다 장사를 하던 생활 때문인지 멀쩡해지시곤 했다.

그 덕에 난 서울과 고향을 오가며 국가가 지원하는 방문 요양 보호를 신청해야 했고, 할머니 손을 잡아끌고 유치한 말장난이나 그림 맞추기를 하면서 그녀의 치매를 입증해야 했다. 와중에 할머니는 본인이 치매가 아니라고 떼를 쓰고, 와중에 복지재단에선 가난의 정석 같은 기준을 들어 어깃장을 놓고, 그러는 동안 취업은 물 건너가고, 애인은 헤어지자고 떼를 쓰고, 여하간, 뭐 그렇고 그런, 뻔한 진절머리들.

그리고 나는, 이 통속극의 현시점에서, 아 몰라몰라 밥 주세요 하고선, 뻔하고 단순한 우리 할멈의 낙지젓 맛에 감탄을 하면서, 우적우적 밥을 먹고 있다. 요양보호사는 이만 들어가 보겠다며 인사를 했다. 간밤에 태풍이 들이닥친다니 창문 단속을 잘하라고 했다. 할머니는 조금 촉촉한 눈으로 그녀를 곁에 붙잡고 싶어 했다. 할머니는 어느새 나랑 있는 게 다시 낯설어진 듯 데

면데면한 눈빛을 던졌다. 그러곤 이내 이불을 뒤집어쓰곤 잠에 빠져들었다. 어째선지, 서운했다. 자꾸만 나를 두고 당신을 어딘가로 끌고 가는 할머니의 멈출 수 없는 졸음 같은 게. 코끝이 찡했다. 맵다. 할머니의 손맛은 자꾸만 간이 세진다.

나는 상을 물리고 마루에 걸터앉아 혹시 조금이라도 뽀송해질까 통풍되는 곳에 아버지를 모셨다. 당신의 기운이 담기길 기원하며 그 밑에 로또 영수증을 놓아두는 것도 잊지 않았다. 아버지. 뚜껑 열었어요, 바람 좀 쐬셔요. 오오냐.

그러자 이 상황에, 하품이 나온다. 내게도 애석한 졸음이 온다. 고향 집의 마당은 세상살이와 무관하게 산산한 바닷바람이 불고, 눈물이 찔끔 나게 하품이 나오는, 단정하고 뻔뻔한 오후의 세계였다. 어디선가 매미가 울었다. 마치 이 여름에 슬픔을 목 놓아 울 수 있는 건 저뿐이란 듯 실컷 울었다.

꿩이는 마루 위로 사뿐 올라오더니 츄파춥스 통에 들어있는 아버지를 보고 하악질을 했다. 어쩐지 마음에 들지 않는 모양이었다. 꿩이는 어미가 버리고 간 새끼 고양이었는데, 할머니가 잔반을 주기 시작하자 제멋대로 마당에 눌러앉아 버렸다. 월세도 강제 퇴거도 없는 온건한 삶이었다. 할머니는 꿩을 가리켜 모성애가 강한 새라고 했다. 평소엔 낯선 기색이 조금만 느껴져도 퍼드득 날아오르는 예민한 새지만, 알을 품을 때만큼은 끝까지 둥지를 지킨다고 했다. 할머니는 어느 순간엔가 이 무단 세입자를 "꿩이야" 부르기 시작했다. 왜 그런 이름을 붙인지는 모른다. 이제는 아무도 영영 모를 것이다.

다행인지 뭔지 마침 걸터앉은 마루엔 제법 선득한 바람이 불었다. 오랜만에 맞는 바닷바람이었다. 그래 이런 느낌이었지. 오래된 어촌엔 서늘하지만 상쾌하지만은 않은, 건물도 사람도 녹슬게 하는 소금기 머금은 바람이 분다. 태풍 소식에 창문 단속을 할까 일어섰다. 그때였다. 거칠게 하악질을 하던 꿩이가 낯선 객식구에게 앞발 펀치를 날린 것은. 아버지는 윽 소리도 내지 못한 채 바닥에 나동그라졌다. 때마침 바람이 거칠게 불었다. 휘이 날리기 좋게 건조를 마친 아버지의 뼛가루가 부옇게 허공을 물들였다. 꿩이는 이름에 걸맞은 움직임으로 퍼드덕, 재빨리 달아났고, 아버지는 미세한 해무가 되어 마당을 휩쓸었다. 와중에, 날아간다. 내 로또가…. 서늘한 바람을 타고 담장 너머 먼바다를 향해. 희망과 동행을 약속하던 것들은 이처럼 모두 떠나간다. 남은 것은, 녹슨다. 나는 한 박자 늦게 비명을 내질렀다. 그 소리에 공명하듯, 잠에서 깬 할머니가 외쳤다.

—애비냐?

오랜 시간 해무 속을 헤매다 온 듯한 탁성이었다.

　　　　　　* * *

　아버지는 어디로 갔을까. 바다로 갔겠지. 도로에서 빗물에 씻겨 흘러간 아버지도, 마당에서 바닷바람을 맞고 나부낀 아버지도, 결국 바다로 흘러들었겠지. 그렇다면, 아버지가 죽고 나서 진짜로 가고 싶었던 곳은 어디였을까. 글쎄. 결국 바다가 아니었을까. 바다에서 나고 자라 한평생 바다를 떠나본 적이 없었으니까. 그러려고 가족도 뒤로한 채 먼바다에서 영영 돌아오지 않았으니까. 아버지는 결국, 이러나저러나 가려던 곳에 잘 가실 팔자였다. 그러니까, 내가 남은 한 줌의 아버지를 손수건에 감싸 쥐고 방파제로 향한 것은 나름 합리적인 결정이었다.

　이런 사정에 대해 할머니는 알지 못했다. 아니 사실, 말했는데 담아 듣지 않으셨다. 그저 "누가 창문을 뚜딜긴 것 같았는데…" 하며 아버지의 흔적을 흐린 눈으로 더듬을 뿐이셨다. 그래, 아무렴 어떨까. 할머니는 더 이상 세상의 물살과 함께 흐르는 사람이 아니었고, 그 평화로운 항해에서 굳이 키를 돌릴 필요도 없었다. 할머니는 그새 병세가 악화된 건지 저녁나절이 되어서도 맨정신이 돌아오지 않았다. 큰일이었다. 난 슬슬 배가 고픈데.

　방파제의 끄트머리에 서서 바람을 맞았다. 이따금 파도와 바람의 박자가 맞아떨어지면 자디잔 물방울이 뺨에 닿았다. 잘 가

250

요 아버지. 기껏 날 버려놓고선 외롭게만 살다간 나의 아버지. 집은커녕 자기 몸 누일 방 하나 장만하지도 못하고 떠나간 나의 아버지…. 짧은 동행 즐겁지 않았고 다신 보지 맙시다. 훠이. 훠어이. 나는 손수건을 풀어 헤쳤다. 그러자 오오냐 바라던 바다, 하고 그나마 남아있던 한 줌의 아버지가 바람에 훌훌 날아가셨다. 그때 거기 발맞추지 못한 뭔가가 발치에 톡 떨어지길래 주워들었는데, 그건 곱게 분골되지 못한 아버지의 마지막 한 조각이었다. 그것은 마치 아주 단순한 형태의, 갓난아기의 유치 같았다. 나는 그걸 한동안 눈으로 더듬었다. 결국 마지막까지도 후련하게 털어내지 못한 기분이었다. 이러나저러나 사람은, 딱 그 정도 작은 조각에도 연민을 품게 되는 것이다. 아주 단순한 형태의, 지름 1센티미터 동그란 구 형태의 작은 연민. 유치에도 치통이 있다면, 누군가를 두고두고 성가시게 할 작은 사랑니 같은 연민.

　—어데 갔다가 이제 오나.

　집에 돌아오자 할머니의 정신이 온전했다. 난 할머니가 차려주는 이른 저녁을 먹었다. 밥을 먹고 TV를 켜둔 채 할머니의 다리를 주물렀다. 그러고 있으니 아주 오래전 한때로 돌아온 기분이었다. TV 속에는 이미 오래전에 자리를 잡은 연예인들이 그

시절의 유명세를 유지하며 웃고 있었다. 오랜 MC와 오랜 패널들 앞에서 갓 데뷔했다는 신인 아이돌 한 명이 필사적 개인기를 선보이고 있었다. 그건 아주 오래된 연예인의 성대모사였다.

─이 프로그램, 아직도 하네.

─새로 하는 거다.

─그래? 전에 하던 거랑 뭐가 달라?

─똑같다.

─그렇구나.

나는 고개를 끄덕였다.

─낙지젓 담가 놨으니까네 갖고 가라.

낙지젓은 내가 좋아하는 가장 오랜 반찬이었다.

─서울에 개안은 머스마 있으면 좀 노나 주고.

할머니가 웃는다. 난 할머니 다리를 꼬집는다.

─회사는 우야고 여있노.

─어, 잠깐 휴가 냈어.

─뭔 놈의 휴가가 이리 잦나. 젊어서는 사서도 일하는 기라 안카나. 기래 안카믄 밀려난다.

할머니는 공연히 방바닥을 손으로 쓸었다.

─응 할머니. 요즘에는… 요즘엔 사정이 좀 달라.

머쓱했다. 마침 주머니에서 핸드폰 진동이 톡 톡 울리기 시작했다.

—아, 회사에서 전화가….

준수한 타이밍. 마당에 나서자 하늘이 낮게 움츠린 채 꿈틀대는 중이었다. 표시된 건 모르는 번호였는데, 어디선가 또 독촉받을 일이 있나 잠시 떠올려 보다 말았다. 이젠 그쪽에서 먼저 말해주는 게 편했다. "누구세요?" "박세은 씨 맞으세요?" "네 그런데요." 뭔가를 닦달하기엔 다소 청신한 목소리였다.

—박세은 씨 이번 공채 면접번호가…

—네?

상대는 건너편에서 한 글자 한 글자. 어떤 숫자를 발음하기 시작했다. 아주 오래전 한때로부터 건너온 듯 기시감이 느껴지는 숫자였다.

—십…칠… 다시 이…육… 삼…. 삼 일…

그 숫자는 언젠가 던져놓고 까맣게 잊은 머릿속 깊은 곳의 낚시찌 같은 걸 톡 톡 간질였다.

—그리고 칠, 맞으시죠?

그러더니 풍당. 물속에 잠기듯 주변의 소음이 달아났다. 그렇구나. 칠이었구나. 나는 상대의 말을 멍하니 듣고만 있었다. 그동안 우르르 천둥이 친 것 같기도, 야옹 하고 핑이가 운 것 같기도 했는데, 잘은 기억나질 않고 그저 통화의 막바지쯤에 물었다.

—거긴 사택이 있나요?

* * *

　　출근하게 된 직장은 수도권 끝자락에 위치한 조그만 지사였
다. 거기 작은 빌라형 사택이 있었다. 첫 출근에 앞서 단출한 이
사를 마쳤다. 건물은 노후했지만 사람을 탄 흔적이 아주 싫지는
않았고 조그만 마당도 딸려있었다. 게다가 행운인지 불행인지
옥상에선 가끔 사원들이 삼겹살도 구워 먹는다고 했다. 그 말을
듣자 누군가 초대해야 할 것만 같은 느낌이 들었다. 마트에서
소주 두 병과 삼겹살 한 근을 사다가 핸드폰을 들었다. 사택의
입주일은 공교롭게도 21일이었다.

　　인우는 도착하자마자 처음 봤던 인상 그대로 퍽 쑥스럽다는
듯 백자함 같은 걸 하나 건넸다. 나는 소스라치며 놀랐지만 자
세히 보니 그것은 집들이용 찬기였다. 우린 거기에 할머니가 보
내준 몇 종의 반찬을 나눠 담았다. 할머니는 내 이삿날에 맞춰
고향에서 찬을 보내왔다. 아침에 한 번 저녁에 한 번 부치셨는
지 같은 날 두 개의 택배가 도착했다. 두 택배 모두 낙지젓이 들
어있었다. 나는 두 차례 맛있다는 연락을 드렸고. 할머니는 두
차례 모두 처음처럼 기뻐했다. 우린 옥상 부루스타 근처에 둘러

앉아 삼겹살을 구워 먹었다. 그는 퇴근 후 바로 넘어와선지 조금 피곤해 보였다.

—요즘 바빠요?

내가 물었다.

—늘 바쁘죠.

인우가 답했다. 버스 안에서 졸았던 건지 옆머리가 눌려있었다. 소주가 들어가자 그의 얼굴이 금세 발그스레해졌다.

—사실 처음엔 절 원망하려고 전화한 줄 알았어요.

그가 상고머리를 긁적이며 말했다.

—왜요?

—글쎄요….

그는 삼겹살을 한 쌈 욱여넣고 한참을 우물거렸다. 그러더니 소주 한 잔을 꼴딱 들이키곤 말했다.

—떠난 인연을 찾아준다는 거, 왜 죄짓는 기분이 드는 걸까요?

지글지글. 불판의 소리가 대화의 공백을 메꿨다. 취기가 오른 걸까, 그 말을 듣자 사랑니 같은 게 꾹, 목울대를 누르는 것 같았다.

—뜻깊은 일이잖아요. 외롭게 돌아가신 분들의 마지막을 지켜준다는 거… 게다가 인우 씨는 열의도 있고….

그는 고개를 갸웃했다. 알 듯 말 듯한 표정이었다.

—말해줘요. 공영 장례지도사라니, 그 일은 어떻게 꿈꾸게 된 거예요?

내가 말을 잇자 인우는 다시 한 쌈을 크게 욱여넣으며 말했다. "웅앙직동…" "네?" 무슨 말인지 잘 안 들렸다. 그는 다시 소주를 한 잔 꼴딱 털어버리고는 말했다.

—유망직종이래서요.

나도 소주를 한 잔 마시지 않을 수 없었다. 우린 말없이 작게 건배했다. 한배를 오래 탄 선원들처럼. 저 멀리 빌라촌의 불빛이 오징어잡이 배들처럼 빼곡했다. 하나같은 만선의 꿈을 품고서.

인우는 할머니의 낙지젓이 맛있다고 했다. 짜고 맵고 강렬한, 단순한 맛이 좋다고 했다. 혼자 산다는 그에게 반찬을 좀 덜어주겠다고 하자 인우는 고맙다며 말했다.

—세은 씨, 계속 생각했던 게 있어요.

나는 괜스레 헛기침을 한번 했다.

—뭔데요?

—어디였을까요? 아버지가 가고 싶으셨다던 곳.

나는 잠시 골똘해졌다. 그러게요. 너른 바다의 풍랑 위를 헤치며 살았을, 조금 민망해 보이는 한 사내의 표정을 생각했다. 이제는 영영 알 수 없을, 그가 마지막으로 가고 싶어 한 장소를 상상해 봤다. 밤하늘은 태풍이 지나가선지 투명했다. 죽은 이들의 소원만큼이나 별이 많은 밤이었다.

　—인우 씨 잠시만요.

옥상에서 내려오는 길, 그를 불러 세웠다. 마당 모퉁이의 담벼락 밑에는 조그마한 화단이 있었다. 연석 앞에 쪼그려 앉아 손으로 조심스레 파보았다. 흙이 보드라웠다. 오목하게 파낸 뒤 주머니에 손을 넣었다.

거기, 삼겹살의 오돌뼈 같은 조그만 우리 아빠가 있었다. 아빠를 꺼내 촉촉한 흙 가운데에 모셨다. 그러자 그건 꼭 단단한 씨앗처럼 보였다. 오로지 스스로 작은 꿈의 가능성을 품고 있는 조그맣고 단단한 씨앗. 흙으로 살포시 그 위를 덮자 그대로 아주 단순한 아빠의 봉분이 완성됐다. 나는 작고 소담한 아빠의 방을 가만히 도닥였다.

　—뭐예요 그게?

인우가 물었다.

　—됐어요 이제.

피식 웃음이 새어 나왔다. 손을 털고 일어나 그를 위해 챙겨둔 흰 반찬 함을 건넸다.

　—오늘은 제가 바래다줄게요.

그가 멋쩍게 웃었다. 저마다의 집으로 돌아갈 시간이었다.

구멍을
응시하기

오영진(서울과기대 융합교양학부 초빙조교수)

박하신의 작품 〈포물선〉은 다음과 같은 문
장으로 시작한다.

"작은 주먹만 한 형광색 테니스공이 긴 포물선을 그리며 날아
와 머리에 부딪혔다. 지난가을의 일이다."

어쩌면 독자는 이 작은 공이 일으키는 것보다 큰 사건의 시작
을 기대하고 읽고 있을지 모른다. 박하신은 이 작은 충돌을 변
주해 소설의 의미를 길어낸다. 테니스공의 포물선은 주인공들
간 대화의 포물선에서 곧 관계의 포물선으로 변주되고, 작품의
주요 소재가 되는 우주 궤도의 포물선으로 확장한다. 특정한 관

념에 대한 다양하고 구체적인 서사적 변주는 박하신의 특기다. 여기서 우리는 관념에 대한 작가의 집착을 문제 삼을 수 있을 것이다.

작품으로 돌아와 보자. 작가는 왜 직선으로는 소통할 수 없는 가를 논함으로써 포물선 궤적의 중요성을 역설한다. 평면상의 어떤 직선과의 거리와 정점으로부터의 거리가 서로 같은 점들의 집합이라는 포물선에 대한 기하학적 정의가 있지만 한자 그 대로 물건을 던져 만들어 내는 궤적이라는 뜻에 집중해 보면 포물선은 이미 던지는 자와 받는 자의 관계가 있음을 암시한다. 오해와 이해를 통해 대화의 영점을 맞춰야 정확한 포물선의 궤적을 얻게 되듯, 던지는 자와 받는 자 간의 메시지가 정확히 전달되기 위해서는 여러 차례의 시행착오가 필요하다. 끝없이 던지고 받는 반복행위가 포물선에는 내포되어 있다. 반복하길 바란다는 점에서 작가는 지난한 대화의 포물선에 집착하고 있다.

언젠가 일본의 현대 시인이자 전위적인 영화감독인 테라야마 슈지는 잡지 〈사상의 과학〉 편집회의에서 캐치볼이 전후 일본의 민주주의의 시작이라고 말하는 바람에 좌중을 당황케 한 적이 있다고 한다. 단순히 주고받는 공놀이 따위가 민주주의의 정치적 관념과 관련이 있다니 괴상한 말이 아닐 수 없다. 하지만 그 논리가 명확하고 구체적이었는데, 아무 이유 없이 던지는 볼

이야말로 던지는 사람의 힘과 중량을 그대로 상대에게 전달하는 일이고 그 무언의 주고받음 속에서 고립된 인간성이 공통된 그 무엇으로 바뀌는 일이 일어날 수 있다는 것이다. 공감의 본질은 상대의 신체적 상태가 나를 향해 공격적인 방식으로 전이되는 과정이다. 캐치볼이야말로 말없이 상대가 던진 공을 쿵 하고 받는 행위가 아닌가? 테라야마 슈지는 2차 세계대전 후 패전 국민인 일본인들의 내면의 언어화 불가능한 어떤 갈망이 전후 캐치볼 열풍으로 드러났다고 해석했다.

　박하신의 소설에서 인물들 간 대화보다 더 중요한 것은 비언어적인 차원에서 일어나는 정동들이라 할 수 있다. 〈포물선〉의 마지막 장면에서, 화자는 불법체류 외국인 노동자 레미는 포물선을 그리며 우주를 향해 나아가고 있을지 모른다고 진술한다. 화자는 포물선을 낙관하며 레미를 "대양과 대륙을 돌고 돌아 뒤통수에 닿을지 모르는 테니스공같이 작고 둥근 미래"라고 표현한다. 우연히 공원에서 레미의 공이 자신의 머리에 맞아 이야기가 시작된 것처럼 레미가 언젠가 자신에게 도달할 것이라고 상상한다. 그러니까 박하신 소설의 주요한 동력은 갑작스러운 해프닝이나 알 수 없는 미스터리, 덤벼오는 갈등이 아니라 말없이 던져져 쿵 소리 나는 공 같은 사물이 만들어 내는 운동감들이라 할 수 있다.

부재한 큰누나를 과거에 묻어둔 채 나와 작은누나 온소의 소원한 관계를 다룬 작품 〈시소〉에서 가장 중요한 관계의 물리학은 제목처럼 리드미컬하게 좌우로 움직이는 톱질에서 명명된 시소(seesaw) 운동이다. 나와 온소 간의 갈등이 말로 풀어낼 수 없는 지경에 이르러 독자도 이들 간의 갈등의 주요 원인을 추측만 할 수 있을 뿐이다. 작가는 고의로 명확하게 서술해 주지 않고 있다. 양쪽이 리듬을 맞춰 노는 시소에서 온소는 갑자기 훌쩍 뛰어내려 화자에게 상처를 입힌다. 언젠가부터 둘이 어긋나게 되었는지 모르던 화자는 소설 끝에 가서야 온소의 불륜 소문을 들으며 어렴풋이 짐작할 뿐이다.

주인공이 결국 실패하고야 마는 관계의 물리학은 〈천체물리학 궤도상의 사랑 좌표〉에도 적용된다. 작가는 한재하와 신민희 만남에는 질량의 차이로 인한 중력의 격차가 존재하며, 적정한 균형을 이루기보다는 로슈한계 즉 중력이 큰 모행성에 이끌리다 위성이 결국 잘게 부서지는 위기에 처한다고 서술한다. 이렇게 잘게 부서지는 가운데 여전히 한재하는 사랑의 이론을 천체물리학에서 찾고자 한다. 박하신의 소설에 종종 등장하는 이론적 설명과 비유는 작가가 찾는 어떤 형이상학적 탐구의 흔적들이다. 한재하의 지적 탐구는 고스란히 작가의 취향을 반영한다. 이는 삶의 궁극적인 원리에 대한 궁금증이라 할 수 있고, 반대로 삶 속에 원리가 보이지 않다는 간접증거이기도 하다. 소설에서 서술되는 갑작스러운 이론 물리학적 설명이나 철학적 서술은 작가의 어떤 갈망의 표현들이다. 삶의 변칙성을 포용할 수 있는 이론은 애초에 존재하지 않기에 작가는 끝없이 이론을 바꿔가며 탐구해야 하는 운명에 놓인다.

이쯤에서 떠올릴 수 있는 작가는 생활 속 사물의 운동에서 삶의 의미를 길어내는 데 능했던 시인 김수영이다. 〈달나라의 장난〉에서 그는 혼자 도는 팽이의 원심운동과 세차운동을 모두 이해했고, 두 힘을 통해 가까스로 서있는 팽이라는 사물에서 서러움을 길어냈다. 이는 고스란히 〈헬리콥터〉 같은 시로 이어져 기계의 메인로터와 테일로터 사이의 상호작용이 만들어 내는 균형미를 원시적인 아름다움으로 명명하기까지 한다. 사물 기계의 운동이 은유가 아니라 그 자체로 사유의 대상이 된다는 것은 어떤 뜻일까? 답은 "팽이가 돈다/ 팽이가 돌면서 나를 울린다"(김수영, 〈달나라의 장난〉 중)는 이 한 구절에 있다. 운동은 이론적 서술로 포획되기 전에 이미 관찰하는 작가로부터 독자에게로 전이되고 있다. 박하신 작품을 흥미롭게 읽는 방법은 소설 속 인물들이 맺는 관계의 물리학을 독자 스스로 몸으로 느껴보려 시도해 보는 일 것이다.

가장 이질적인 소설은 어느 날 공사장에서 기다란 철근에 의해 가슴에 구멍이 뚫린 청년 노동자의 이야기를 다룬 〈우리는 깊어서〉다. 소설은 통증의 고통과 그것을 잠재우는 마약 펜타닐에 대한 상세한 묘사로 가득 차있다. 펜타닐은 점진적으로 고통을 유발하는 마약으로 주인공의 상황이 악화할 뿐 전혀 나아지지 않는다. 고통을 잠재우기 위해 마약을 하지만 더 큰 고통이 기다리고 있어 펜타닐의 세계는 덫처럼 작동한다. 이 작품의 운동감은 가위에 눌려 움직이고 싶지만 움직이지 못하는 강제된 정지상태라고 할 수 있다. 작가는 마치 독자가 주인공의 피부를 덮어쓴 것처럼 숨 막히게 만드는 재능을 보여준다. 그토록 찾았던 펜타닐 패치에 대한 묘사는 다음과 같다. "딱 흉터를 가릴만한 크기. 1인분의 구멍 하나를 겨우 가릴만한 크기였다." 이윽고 주인공은 어둠 속에서 펜타닐 패치를 불태우고 어디선가 부는 바람 한 줄기를 느낀다. 이 장면이 고통의 심연을 직시하는 주인공을 긍정하는 장면일까? 다만 1인분의 구멍을 열었을 뿐 아무것도 나아지지 않는 상황을 암시하는 걸까? 이 모호함 속에서 우리는 작가와 함께 곤란함에 빠지게 된다. 구멍은 결핍의 은유다. 그것은 쉽게 채워지지 않기에 도리어 가치를 갖는다.

〈문학의 정수〉는 오래전 절필 선언을 한 중견작가 한정수가 다시 필력을 얻자 그를 기어코 죽이려는 젊은 연구자 유정수를 다룬 블랙코미디풍 작품이다. 그가 죽지 않으면 연구의 퍼즐이 완성되지 않기에 그는 역사적으로나, 생물학적으로나 죽어야 한다는 논리 속에서 살해위협을 받는 장면이 유머러스하게 묘사된다. 좌충우돌하는 와중에 한정수가 필생의 역작을 썼다고 생각했건만 원고는 기이하게 사라졌고, 유정수의 실제 존재 여부 역시 확실치 않게 된다. 절망 속에서 한정수는 잃어버린 원고를 떠올리며, 다만 오래된 컴퓨터 전원을 켠다. 그리고 이렇게 되뇐다. "언젠가 언젠가 / 그렇게 두드리고 두드리다 보면 무언가 찾을 수 있을 것처럼".

두 작품은 작가 본인이 작품을 쓰는 행위에 대한 메타 소설로 보인다. 한편으론 헤어 나올 수 없는 구멍 속에서 허우적대고, 다른 한편으론 무심히 구멍을 바라본다. 독자로서 여기에 어떤 가치 판단을 내릴 필요는 없어 보인다. 두 가지 모두 진실이기 때문이다. 작가는 쓰지 않을 수 없기에 썼다. 소설을 쓰고자 하는 사람들이 있다면 두 작품을 면밀히 읽어볼 필요가 있다고 판단한다.

〈포뮐랑〉은 어린 시절 실종된 아버지가 유골함으로 다시 나타난 사건에서 이야기가 시작된다. 사라진 아버지를 의식하지 못하고 살아왔건만 유골함을 받아 들자, 화자인 '나'는 아버지의 부재를 실감하고 재빨리 장례를 치르고 싶지만, 사정이 여의찮다. 결국 비가 오는 유골함을 가지고 다니다 주인공은 아버지의 뼛가루를 빗물에 실어 바다로 흘려보낸다. 꿈결에 알 수 없는 번호를 듣게 되지만 이 번호는 로또 번호가 아니라 실은 취직 준비를 하던 나의 수험번호였다. 별일이 일어날 것 같지만 실은 별일은 일어나지 않는다는 이야기를 매력적으로 풀 수 있는 작가는 흔치 않다. 현실에 대한 냉소적 감각만으로는 독자의 시선을 끌 수 없기 때문이다. 그 매력은 로또 당첨은 못 되지만 취직 합격은 가능한 세상에 대한 소박한 기대를, 정성 들여 쓰는 행위에서 나온다.

〈빌어먹는 사람들을 위한 시선집〉에서 작가는 한 지방법원에서 근무하는 여러 노동자의 입장을 상세히 묘사한다. 나는 이 능력이 작가가 보유한 노동의 경험에서 나왔다고 넌지시 추정해 본다. 프레카리아트 즉 불완전한 계약직 노동자들의 불안을 잘 담은 이 작품은 법원 내 정의의 여신 그림에 대한 테러가 실은 어느 판사의 짓이었다는 것을 폭로함으로써 계급을 막론하고 존재하는 불안과 슬픔의 보편성을 보여주고자 한다. 불안에 대한 보편성 획득은 고립된 개인을 구원하는 계기가 된다. 이 책에서 가장 따뜻한 작품이다.

〈끝없이 이어지는 긴 담배와 하얗게 내려앉은 밤〉의 주인공인 '나'는 밤새 무슨 일이 생기길 바라는 경비원이다. 하지만 밤새 별일은 일어나지 않게 된다. 그러나 주인공에게는 집에서 도망친 이구아나가 있다. 말장난 같지만 '이구아나가 도망쳤다'가 아니라 '도망친 이구아나'가 있다는 점이 중요하다. 별일 없는 도시 속에서 도망친 이구아나를 상상하며 무한히 탈출할 수 있기에 드디어 작가가 소설 내부로 펼쳐지는 무한대의 미로 입구를 세울 수 있게 된다.

작가는 더 이상 별일이 일어나기 쉽지 않는 세상 앞에서 소설을 쓰기 위해, 메울 수 없는 구멍 앞에서 고통을 느끼며 동시에 담담히 그저 타자를 치는 일에서 시작하겠다고 말한다. 단지 쓰기 위해 쓰거나 쓰고 싶어서 쓰지 않기 위해 작가의 불안은 무엇인가 질문하고 또 질문하는 방식으로 작동한다. 그의 불안을 신뢰하고자 한다. 박하신의 소설집 《여기까지 한 시절이라 부르자》는 우리 시대 청춘들이 세계를 인식하는 서사감각의 동력이 무엇인지 살펴볼 수 있는 소중한 책이다.

　　　　　고마운 인연들이 많다. 책 출간에 많은 도
움과 관심을 쏟아주신 문학수첩의 강봉자 대표님과 이인영 편
집자님께 감사의 말을 전한다. 부족한 글이 한 권의 책이라는
꼴을 갖추기까지 그분들의 배려가 무진 깊었다. 소설에 각별한
독해를 붙여주신 오영진 평론가님께는 정말 많은 은혜를 입었
다. 그리고 언제나 삶에 귀감을 안겨주는 스승들, 걱정과 불안
을 함께 앓아주는 동료들, 이 모든 이들 덕에 나는 소설과 삶을
결부시킬 수 있었다. 이 늠름한 인연들이 곁에 있다는 사실이야
말로 나를 꼿꼿하게 한다. 그들의 선뜻한 마음에 조응하기 위해
서라도 계속 쇄신해 가며 쓸 것이다.
　이 책에는 작가를 꿈꾸던 시절 써둔 여덟 편의 소설이 묶여있

다. 책을 묶어보자는 결심이 서기까지 많은 각오가 필요했다. 스스로에 대한 믿음의 문제가 컸다. 누군가 마주할 용기를 내기가 힘들었다. 어딘가 닿고 싶어 글을 썼는데 정작 밖으로 나서기 직전에 마음을 굴착하던 기간이 길었다. 생각이 길어지니 이것저것 재거나 대보면서 겁만 많아졌다. 그래서 생각을 거두기로 했다. 마음 쓰는 시간이 너무 긴 것도 멋이 없는 일이란 생각이 들었고, 내가 가장 처음 바라왔던 일이 무엇이었는지 떠올려 보니 마음이 바로 섰다. 그제야 내가 써둔 소설의 민낯을 바라볼 수 있었다. 돌아보니 사뭇 낯설었다. 이런 걸 썼었나. 내가 마주하기 주저하던 누군가는 나 자신이었을지도 모르겠다는 생각이 든다.

당연한 말이지만 소설은 소설이다. 허구와 상상의 산물이다. 그런 믿음으로 썼다. 그러나 어째선지 각 편마다 내가 보낸 어느 한 시절의 조각들이 비쳐 보인다는 느낌을 지울 수 없다. 분명 이 책에는 나를 구성하고 있는 어떤 풍경들이 편린처럼 담겨 있다. 돌이켜보면 지지부진하고 남루했던 시절이다. 하지만 딱히 고통 속에 살았던 것은 아니다. 딱 지금을 빚어낼 만큼, 그러니까 기쁠 만큼 기뻤고 슬플 만큼 슬프며 그런대로 충분했다. 과거에 대해 별다른 폄하를 가하거나 낭만화하고 싶은 생각도 없다. 그렇게 살았던 것이고 다시 돌아간다고 해서 다른 선택을 하지도 않을 것이다. 글을 묶자니 그 시절의 나와 지금의 내가 나란히 걷고 있었단 생각이 든다. 그리고 이쯤에서 앞서 걷던 내가 문득 잠시 멈춰 뒤따르던 나를 마주한 것 같다.

이 마주침에 어떤 의미 부여를 할 수 있을지는 모르겠다. 다만 이쯤에서 어떤 조그만 결기를 맺고 싶은 바람이다. 작지만 다소 맹목적인 결기. 계속 해보고 싶은 마음. 그건 지금을 앞질러 걷고 있을 나의 몫이다. 그리고 또 계속 걸어갈 나의 몫이다. 그러니 마침표를 찍고자 시작한 것이 아니다. 새롭게 시작하려고 끝을 낸 것도 아니다. 계속하기 위한 매듭일 뿐이다. 아직 내가 가진 것의 백분의 일도 꺼내놓지 않았다. 나는 언젠가 미래의 나에게 다시 합류할 것이다.

여기까지 한 시절이라 부르자

초판 1쇄 인쇄 2024년 5월 28일
초판 1쇄 발행 2024년 6월 11일

지은이 | 박하신
발행인 | 강봉자, 김은경

펴낸곳 | (주)문학수첩
주소 | 경기도 파주시 회동길 503-1(문발동633-4) 출판문화단지
전화 | 031-955-9088(대표번호), 9536(편집부)
팩스 | 031-955-9066
등록 | 1991년 11월 27일 제16-482호

홈페이지 | www.moonhak.co.kr
블로그 | blog.naver.com/moonhak91
이메일 | moonhak@moonhak.co.kr

ISBN 979-11-93790-13-7 03810